John le Carré

Agent Running in the Field

ECUS
Publishing House

間諜本色

約翰・勒卡雷——著
譯——王凌緯

C26——勒卡雷作品

目次

國際書評

•「勒卡雷從不令人失望，無論是他的作品，或是他的人生。從二十世紀的冷戰、後冷戰，到二十一世紀的恐怖主義與新冷戰，勒卡雷的小說雖緊貼時代脈動，但也都透過錯綜複雜的國際陰謀，刻劃潛藏其下的人性，叩問亙久不變的人生課題。閱讀勒卡雷，永不過時。」

——東美文化總編輯 李靜宜

•「故事中搖擺不定的暗影與我們的真實世界相映成趣，一巴掌一巴掌打醒毫無防備之徒；搖搖欲墜的舞台，正反覆上演彼此廝殺的旋律。書裡「如果間諜幹得夠久，就能看到大戲周而復始」一言饒富歷史意味，也彷彿警惕著我們：無論選擇對集體忠誠，或對自己忠誠，在機關算盡、近乎無可信任的世界裡，仍有一些值得相信與守護的事物。」

——跨國自由記者 廖芸婕

•「傑作。」

——《泰晤士文學副刊》

•「當代得凌厲。」

——《經濟學人》

•「此道大師之一。」
——《星期日泰晤士報》

•「一部犀利的國情紀實。」
——《衛報》年度書選

•「勒卡雷最引人入勝的書之一。」
——《每日鏡報》

•「以機智與精準啟發人心的佳作。」
——《文學評論》

•「好到最令人愛不釋手的英國諜報小說。」
——《英國觀察家報》

•「令人神經緊繃、背脊發涼的今日寫照。」
——《倫敦旗幟晚報》

•「一如既往，閱讀勒卡雷筆力萬鈞的文章是種純粹的享受。」
——《週日電訊報》

•「微妙、尖酸、天衣無縫。從第一頁到最後一頁都是徹頭徹尾的歡樂。」
——《每日郵報》

•「文筆富麗、遍布驚喜之作。敘事是種魔術，而勒卡雷正是大魔法師。」
——《旁觀者》

• 「關於政治理想與謊言的絕妙娛樂之作……綴以對英國脫歐與川普毫無意義破壞之舉的憤怒。」

——《衛報》

• 「勒卡雷再次展現作家的高雅風範，以及描摹陰暗間諜界人性弱點的細膩筆觸。」——《每日郵報》

• 「諜報小說大師依然在寫作錯綜複雜、捕捉時代精神的小說。勒卡雷再次施展以往的魔力。」

——《泰晤士報》年度書選

• 「文筆超群，人物刻畫精準，間諜技巧的聰明詭計——勒卡雷的正字標記，盡現於這部輕快、驚喜、苦樂參半的故事當中。」

——《華爾街日報》

• 「美妙……精緻的娛樂之作，出自一位筆鋒保養得比多數人還敏銳的作者筆下。」——《教會時報》

• 「一本關於忠誠與背叛之書……強調出英國史上最任性妄為的錯誤決策帶來的後果。」

——《新政治家》

• 「輕易榮登勒卡雷本世紀最佳力作。勒卡雷胸中仍有壯志，腦中仍有偉大故事。」——《英國地鐵報》

• 「與今日同類型任何作品一樣充滿細節、令人驚嘆又愉快。」

——NPR.ORG（美國國家公共廣播電台網站）

• 「一部活生生的當代故事。勒卡雷是講述故事的天才，讓讀者頻頻暫停閱讀，細想閱讀其作是何等愉悅。」

——《今日美國報》

• 「勒卡雷或許是國際違法亂紀地圖的卓越製圖家，對間諜技巧的描寫也一如往常迷倒讀者……願意對權力說出真相的最尖銳、鏗鏘的聲音。」

——《大西洋》

1.

我們的會面並未遭人刻意安排——不是我、不是艾德、也不是哪雙可能悄居幕後的提線黑手。我沒被人盯上，艾德沒受人唆使；我們既沒被偷偷摸摸地監視，也沒被光明正大地觀察。艾德邀我進行體育競賽，我就接受。沒有圈套、沒有陰謀、沒有串通。我的生命中（儘管總共只有幾天）還是有些實實在在、只容許一種敘述版本存在的事件發生。我們的會面就是那麼一種事件；每當他們要我重述，我的說詞都未曾動搖的那麼一種事件。

那是個週六傍晚。我坐在巴特錫「體育家」俱樂部室內游泳池畔的一張扶手沙發椅上。我是這裡的榮譽部長，不過這個頭銜大體而言沒有任何意義。俱樂部所在地點是昔日啤酒廠改建後隔出來的，室內空間寬敞挑高，一側是游泳池，游泳池對面是座吧臺，中間夾成一條走道，兩端分別通往男女更衣淋浴間。

我面向游泳池，斜朝吧臺。吧臺後是俱樂部入口，入口連接大廳，再往外就是通往大街的大門。於是我的座位既看不到有誰走進俱樂部，也看不到是誰在大廳裡閱讀公告、預訂球場、或者在賽程表上填進自己名字。吧臺的生意活絡，泳池裡的少女們與她們的情郎潑水談心。

我一身羽球行頭：短褲、針織衫、一雙能保護腳踝的新訓練鞋。之所以買這雙鞋，是為了舒緩上個月在愛沙尼亞森林漫步時傷到的左踝傳出的惱人痛楚。經過多年接連不斷的漫長海外駐派，我現在終於能夠享受應得的一小段探親假。不過一片我盡可能想無視的職涯烏雲飄來：我預計會在週一接獲裁員通知。我不斷告訴自己：就這樣吧。我都要四十七歲了，也有過一段充實的職涯，反正這天一定會來，我不會有半句怨言。

而知道自己縱然年事漸長、左踝又會作怪，卻還是能衛冕俱樂部羽球冠軍，這一切就更讓我無比寬慰。我上週六才從某個年輕好手的手中保住單打頭銜——羽球單打向來被視為是健步如飛的二十幾歲小伙子獨霸的天下，不過截至目前為止我打得都跟他們一樣好。作為新晉冠軍的我，今天也延續俱樂部的一貫傳統，在友誼賽上完敗河對岸切爾西某俱樂部的冠軍。年輕的他是個胸懷理想抱負，又一身運動員體魄的印度裔大律師，此刻就坐在我身旁，沉浸在球賽的餘韻當中，啤酒一杯在手。我在最後幾分時都還被牢牢壓制，所幸長年經驗與些許好運讓我得以扭轉局面。這些單純的事實或許多少能解釋，艾德來到我生命中的那一刻，我何以擺出一派寬宏大度，又怎麼能感覺裁員之後的人生仍有春天——哪怕這種感覺只維持了瞬間。

我和手下敗將閒話家常。我清楚記得當時的話題是各自的父親，原來我們彼此的父親都是羽球狂。他父親曾經是印度全國賽亞軍，我父親則曾在某個太平時節登上駐星國英軍的冠軍寶座。就在我們愉快地比對故事細節時，我發現本俱樂部的接待兼會計，加勒比出身的愛麗絲，帶著一位身材極高同時不甚起眼的年輕男子兵臨我的城下。愛麗絲年屆六旬，古靈精怪，顯露福態，一向有點上氣不接下氣。我們兩人是俱樂部最資深的會員——我是球員，她是祕書。不論我被外派到世界哪個角落，我們總是能為彼此寄上耶誕賀卡——我老是輕佻，她總是冰清玉潔。「兵臨城下」一詞絕無浮濫，愛麗絲率領兩人小隊從我背後發動攻擊；先拉近距離，然後像演喜劇般同時轉到我面前。

「見過奈特爵士。」愛麗絲以主持皇家儀式的語氣如此宣告。我通常在她口中貴為奈特勳爵，但今晚我只是一介平民騎士。「這位俊俏有禮的小生想與您進行一段最為私密的談話。然而他無意侵擾您沐浴於榮耀當中的時光。其名為艾德。艾德，跟奈特說哈囉。」

我記憶裡的艾德有好長一段時間都是那個站在愛麗絲身後幾步、身高約一米八許、手足無措、臉上掛著眼鏡，周圍籠罩著一股孤寂感又尷尬地要笑不笑的年輕男子。我還記得兩道反向光源同時匯聚在他身上是什麼樣子：吧臺那裡照來的橘色霓虹燈賦予他一圈天神般的光暈，游泳池從下而上的燈光則在他身後打出魁梧過頭的剪影。

他往前站了幾步，正式獲得存在感——那實在是很大、很笨拙的兩步，左腳、右腳、停。愛麗絲匆匆退下。我調整五官，擠出一道耐心的微笑，等待艾德開口。他身高應該起碼一米九，滿頭淩亂黑髮，鏡片讓那雙書呆氣的棕色大眼更顯空靈縹緲；他穿的及膝白色運動短褲，比較像是遊艇大亨還是波士頓小開會穿的那種。年約二十五歲上下，但那整身萬年延畢生元素，讓人很容易錯估他的年齡。

「先生？」他終於開口發問，但並非全然帶有敬意。

「不介意的話叫我奈特。」我換成另一種笑容糾正他。

他聽進去了。奈特。他對此慎重考慮一番，皺了皺他的鷹勾鼻。

「那個，我叫艾德。」他主動為我複述愛麗絲剛才提供的資訊。我最近回來，發現這個英格蘭每個人都沒姓氏了。

「好的。哈囉，艾德。」我愉快地回答他。「我能為你做些什麼？」

他又陷入思考，停頓一下。然後脫口而出：

「我想跟你打球，好嗎？因為你是俱樂部冠軍。問題是，我剛剛加入這個俱樂部。上個禮拜的事。對。我把自己的名字填進賽程表之類的，可是整個賽程要該死的一整個月。」他話中的每個字好似終於掙脫了枷鎖。他先看了看我和藹的對手，再看看我，又是一陣停頓。

雖然我沒表示反對，總之他繼續說服我。「你看，我是不是沒搞懂俱樂部規矩？」他出於惱怒抬高音量。「那也不是我的錯。我只是去問愛麗絲。她叫我自己去問你，說你又不會咬人。所以我就來問你。」以防我需要進一步解釋，又說：「我要先看過你打球，然後要先幹掉一些你幹掉的人還有一兩個幹掉你的人，對吧。我有把握能跟你打一場比賽，精彩的那種。嗯，實際上是相當精彩的那種。」

那個嗓音質地我到現在還找不到一個好的參照。英國有一套歷史悠久的室內團康活動，玩法是按照英語咬字發音的優劣將國民排出社會階序；而我在異地耗掉大半人生，頂多就是一個低等玩家。但我猜在我鐵面無私的女兒史蒂芬妮耳裡聽來，艾德的咬字可能會剛好及格：也就是說沒有直接證據顯示艾德受過私校教育。

「艾德，我能請問你都在哪裡打球嗎？」我問起這個標準的問題。

「到處打。有像樣的對手就打，對啊。」他繼續補充：「我聽說你是這裡的會員。有些俱樂部當場付錢就能打球，但這裡還要先繳入會費，我個人覺得這是騙錢。我還是繳了會費。他媽的爆貴，反正我還是繳了。」

我把那不必要的「他媽的」一詞歸因於他的緊張，盡己所能真誠回答：「這個嘛，艾德，很遺憾這筆錢你付得不太情願。不過，你要是想打一場，我倒是沒問題。」我意識到吧臺那裡的對話乾透了，客人紛紛轉過頭來。「改天訂個時間吧。我由衷期盼。」

艾德完全不吃這套。

「所以你認為什麼時間沒問題？說個確實的時間，不要只是改天。」他的窮追猛打在吧臺那邊換來連珠笑聲，從皺起的眉頭看來，他因此不悅。

「這一兩週內是沒辦法了，艾德。」我回答得夠誠懇了。「我有一件相當要緊的任務得執行。事實上，是一趟延宕許久的家庭旅行。」我希望這段解釋能換來他的一抹微笑，卻只換得一道木然呆視。

「那你何時回來？」

「如果我們沒摔斷哪裡的話就是下週六。我們要去滑雪。」

「在哪？」

「在法國梅傑夫一帶。你滑雪嗎？」

「滑過。在巴伐利亞。下週日怎樣？」

「恐怕我只能配合週間時段，艾德。」我強硬地回答，因為普露跟我現在終於能共度的家庭週末是神聖不可侵犯的；今天只是罕有的例外。

「週間是從週一起算，對吧？哪一天？選一天吧。我都可以。」

「週一對我也許最方便，艾德。」我這麼提議。週一晚上是普露每週處理法扶案件的時段。

「那就兩週後的週一。六點？七點？還是何時？」

「這個嘛，不如看你何時方便好了。」我提議，「我的行程還沒定，屆時也可能是在四處奔波。」

「他們週一偶爾會不放我走。」他聽似在抱怨，「八點如何？八點你方便嗎？」

「八點可以。」

「如果我借得到一號球場，你可以？愛麗絲說他們不喜歡將場地借給單打，但你例外。」

「哪個場地都行，艾德。」我對他這麼確認。吧臺後方傳來更多笑聲以及零星掌聲，大概是在向他的鍥而不捨致意。

我們交換手機號碼——這對我來說總是有些兩難。我只能給他家用手機號碼，請他有任何問題就傳訊息給我。他也對我提出同樣要求。

「然後……嘿，奈特？」他的口氣突然柔和起來。

「怎麼了？」

「家庭旅行玩得開心，好嗎？」他像是怕我把方才的對話忘得一乾二淨，「兩週後的週一。晚上八點。這裡。」

艾德漫不經心地揮動整隻細瘦的右臂向我道別，大步跳向男子更衣間，這副德性為他博得滿堂笑聲與掌聲。

「有人認識他嗎？」我向眾人問道，發現自己無意識間在目送他退場。

眾人搖搖頭。抱歉，老兄。

「有人看過他打球嗎？」

再次抱歉。

我目送來訪的羽球對手走出大廳，回更衣間的途中我在辦公室門邊探頭。愛麗絲正埋首在電腦前。

「哪個艾德？」我問她。

「姓夏農，」她頭也沒抬，凝重地唸著。「名愛德華．史坦利。單人會籍。繳長期會費，地方會員。」

「職業？」

「夏農先生是個研究員。他沒說他研究誰，也沒說他研究什麼。」

「住址？」

「哈克尼自治市的霍克斯頓。就是我兩個姊姊跟表妹艾美住的那個地方。」

「年齡？」

「夏農先生並不符合青少年會員資格。究竟不符合到什麼程度，他沒說。我只知道他是個對你相當飢渴的男孩，願意騎著單車繞過大半個倫敦，只為了和你這個南區霸者來場大戰。他聽說過你的豐功偉業，現在準備要來征服你，一如大衛征服巨人哥利亞。」

「他這麼說？」

「他沒說出口的我都感應到了。就你這年紀的男人來說，你霸占單打冠軍也太久了。奈特，你就是哥利亞。你還想知道什麼？他老爸老媽是誰？背了多少房貸？吃過幾年牢飯？」

「晚安，愛麗絲。謝了。」

「也祝你有個美好的夜晚，奈特。把我的愛確實傳達給普露。然後，那個年輕人啊，你現在也不必對他感到太不安。你會像對付其他屁孩那樣把他電回家的。」

2.

如果這是一份官方案件紀錄，我會從艾德的全名、雙親、出生時地、職業、宗教、族裔、性傾向、還有愛麗絲電腦遺漏的其他個人資料開始交待。但這不是官方紀錄，所以我就從自己的事情開始說。

我受洗名為安納托利，後來轉為英文拼寫奈森尼爾，簡稱奈特。我身高一米七八，不蓄鬍，頭髮茂密，逐漸花白。我娶普露登絲為妻，她是倫敦一所老牌訴狀事務所的合夥律師，個性急公好義，經辦各種法律事務，但主要是法律扶助案件。

我身材精瘦，普露也喜歡男人結實一點。我喜歡各式運動，羽球之外我還跑步，而且每週會在某個不對一般人開放的健身房鍛鍊。我散發粗獷魅力，性格世故又平易近人。我的外在舉止都是典型英國人，能在短時間內做出流暢服人的辯論。我適應力佳，沒有任何不容逾越的道德界線。我偶爾顯得暴躁，一向無法抗拒女色。我生來不適合坐辦公室——這樣說卻總是過於輕描淡寫。我偶爾冥頑固執，不主動服從紀律，這既是我的缺點又是我的美德。

以上引自前雇主對我這二十五年來的工作表現和整體優勢所做的機密考核。你應該也會想知道，若有必要我會盡忠職守，展現出必要的冷血；不過是誰的必要、又冷血到什麼程度，報告並未提及。作為對比，我輕鬆討喜的性格容易博得他人信賴。

在更瑣碎的細節層次上，我是一個有著混血背景的英國人，在巴黎出生，是家中獨子。在我的認知當中，亡父當時是一個落魄的蘇格蘭衛隊少校，附屬於楓丹白露北約總部，而我的母親則是定居巴黎的白俄羅斯沒落貴族之後。母親雖說是白俄羅斯人，其實從父系家族那繼承了好些德國血統，她則視心情而定，反覆承認或否認這件事實。紀錄載明，這對男女首次於白俄羅斯流亡政府的某場招待會上相遇，當時母親還自稱是美術系學生，而父親則已年屆四十。到了早上他們就訂好婚約，準備步入禮堂；母親大概就是這麼說的。就算她還有其他地方的生活史沒提，這段說詞我也無從質疑起。父親退伍後——他退伍得相當迅速，因為他一墜入愛河就得到了一個妻子和其他家累——這對新人定居在娘家位於巴黎市郊訥伊的一棟漂亮的白色房屋裡，我很快就在那裡出生；而有了娘家支援照顧嬰兒，母親往外尋求其他發展就更方便了。

我還住那裡時，向來有著一位摯愛的語言教師相伴，名為嘉琳娜夫人，她同時是保母，也是家中實質女主人。她氣質莊嚴、無事不曉，據悉是位被剝奪財產的伯爵夫人，來自俄國伏爾加地區，號稱具有羅曼諾夫血統。她究竟是怎麼進到這個紛擾的家庭裡，對我而言始終是謎。我頂多只能猜到她是被某個舅公拋棄的情婦；那個舅公逃離列寧格勒之後，以藝術品買賣展開人生第二春，終身致力於獲取美麗女子。

嘉琳娜夫人第一次在我家出現時起碼五十歲了，體態豐腴但掛著一抹風騷微笑。她穿著一襲窸窣作響的黑色絲綢洋裝，頭戴自己手工製作的帽子，借居我們家的兩個閣樓房間，裡頭擺著她在這世上的全部家當：留聲機、幾尊聖像、一幅黯淡的聖母像（她信誓旦旦堅稱那是達文西真跡）、成箱成捆的舊信件、幾張祖父母輩的王子公主在雪地裡受家僕狗兒擁簇的照片。

嘉琳娜夫人最大的熱情奉獻在照顧我的成長起居，其次便給了語言，她本身就能說上好幾種。我才剛掌握英文拼寫的基礎，她馬上就對我灌輸西里爾字母。我們的睡前故事時間總是反覆重讀同一套童話——每晚一種不同語言。在社群急速萎縮的白俄後裔與蘇俄流亡者的集會上，我會作為她的多語教學成果上台表演。聽說我的俄語帶有法語腔、法語帶有俄語腔，而我的德語腔調則是俄法混雜。不過我的英語腔調無論如何都得自於父親。甚至有人說我的英語帶有他的蘇格蘭式抑揚頓挫，只差沒有伴隨而來的酒後怒吼。

父親在我十二歲那年受癌症與憂鬱所苦，我在嘉琳娜夫人的協助下照料他臨終前的起居；我母親則與她最富有的那個追求者訂了婚，一位我從未見過面的比利時軍火商。在父親過世後留下的這場緊張三角關係中，我被當成多餘的存在，被打發到蘇格蘭邊區，學期間待在高地上一所斯巴達教育的寄宿學校裡，假期則寄居在一位不苟言笑的姑姑家中。雖然那所寄宿學校費盡心機不讓我學好任何學科，我最後還是取得了英格蘭中部工業帶某大學的入學資格。我在大學才青澀笨拙地初嘗女色，最後勉強混出一個斯拉夫研究三等學位。

•

過去二十五年來我都服務於英國祕密情報局，這裡對剛進來的新手而言，就叫辦事處。

就算今天看來，我被機密情報機構吸收一事還是有如早已註定。我不記得自己曾經考慮過、甚至嚮往過其他職涯——可能除了羽球及征服凱恩戈姆山不算。我的大學導師在一杯溫白酒下肚後，遮遮掩掩地問我有沒有考慮「為你的國家做些有點見不得人的事」，在那一刻我心生嚮往、熱血沸騰，而我的思緒則飄回過去跟嘉琳娜夫人時常造訪的一間聖日耳曼漆黑公寓。在父親去世前，我們每週日都會去那裡。我在那裡第一次知道反布爾什維克陰謀論有多麼刺激——我的各種半堂表親、繼叔伯、單純好騙的姑婆們在那交換祖國傳來的種種耳語，雖然裡面有幾個人根本沒踏進過祖國半步；然後他們注意到我，圍過來要我發誓，不論我是否理解那些不該側耳偷聽到的祕密，都必須保密到底。也是在那裡，我開始對自己體內也流動著的俄羅斯熊血統感到著迷——那種多元、龐大、深不可測。

一封平鋪直敘的信飄進我的信箱，建議我去白金漢宮附近一間柱廊環繞的建築露個面。一位退伍皇家海軍上將從砲塔那麼巨大的辦公桌後問我喜歡什麼球類運動。我回說是羽毛球，他顯然為此大受感動。

「你知道我跟你親愛的父親在新加坡曾經打過羽球嗎？他還狠狠擊敗過我。」

「不知道，先生。」我說。我不知道有這種事情，當下還想是否該為父親的行為表達歉意。我們應該還聊過其他細節，但我一點記憶都沒有。

「你家那可憐老頭後來葬在哪裡？」他在我準備離席時問道。

「巴黎，先生。」

「唉，好吧。祝你好運。」

我被指示帶著一本上週的《旁觀者週刊》來到博德明公園大道火車站。一陣張羅後，我發現沒賣完的雜誌已經悉數退還給批發商，於是就從當地圖書館偷了一本。有個戴綠色短沿毛氈帽的男人問我下一班往坎伯恩的車何時出發，我答道自己幫不上忙，因為我正要前往迪德科特。我隔著一段距離跟著他走到一片停車場，一輛白色廂型車早已等候多時。經過三天諱莫如深的問答以及生硬造作的正式晚宴，藉此檢驗我的社交特質與酒量，我終於被傳喚到諸位大老跟前。

「好了，奈特，」坐在長桌中央的灰髮女士開口，「我們已經問完了你的一切，那麼反過來，你有沒有什麼想問我們的呢？」

「這個嗎……事實上，有。」我先表現出鄭重考慮的樣子才開口回答。「你們不斷質問我的忠誠是否足以讓你們依靠，但我又能依靠你們的忠誠嗎？」

她笑了一笑，接著同桌所有人都跟著她面露相同的微笑：傷感、聰明、發自內心——這是整間情報局所展現過最真摯的笑容。

處於壓力下尚能巧言令色。具有潛在侵略性。佳。予以推薦。

•

我有幸在完成諜報技巧基礎訓練的那個月遇見未來的妻子，普露登絲。我們的初遇不是什麼可喜的好場合。父親過世後，本不外揚的家醜傾巢而出——一堆我從沒聽過的同父異母兄弟姊妹忽然紛紛現身，索討一處被父親的蘇格蘭委託人吃乾抹淨的房產。這官司十四年來糾紛不輟。有個朋友建議我去一間倫敦律師事務所求助。該所的資深合夥律師在聽了我的疑難雜症五分鐘後，按下一個電鈴。

「等一下過來的是我們最年輕有為的律師之一。」他向我打包票。

一位與我年紀相仿的女子從門後走了進來。她穿著法律業界偏好的那種令人望而生畏的黑色套裝，戴著訓導主任風的眼鏡，小巧的腳上套著厚重的黑色軍靴。我們握過手，她再也沒看我一眼。她咔咔作響的靴底領著我走進一個隔間，毛玻璃上名牌寫著「法學士 P. 史東威小姐」。

我們相對而坐，她一絲不苟地把栗棕色的前髮撥到耳後，從抽屜裡拿出一本黃色便箋。

「你的職業？」她問。

「女王外務官隊伍成員。」我答道，不知為何臉竟紅了起來。

接下來我抖出一件又一件傷風敗俗的家醜細節，我記得最清楚的部分卻是她直挺的腰桿、分明的下巴，一撮陽光逗弄著她雙頰上的汗毛。

「我能叫你奈特嗎？」她在第一次會談後這麼問我。

她當然能。

「大家叫我普露。」她說。然後我們訂了兩週後再會，接著她用同樣淡然的口吻報告她的研究成果：

「奈特，我必須讓你知道，就算你父親名下的爭議財產明天全進到你手上，那筆錢連事務所的費用都付不起，更別說要清償你的未決賠款。不過呢——」我還來不及表示從今而後都不再打擾貴所，她就繼續說了下去：「敝所合夥條款載明，貧戶等其他應得援助的案件，都應免費處理。我很高興通知你的案件落入此一範疇。」

她一週後需要再與我進行一次會談，但我必須延期——當時我們正急著讓某個拉脫維亞間諜滲透進白俄羅斯的紅軍信號基地。我踏上英國本土後馬上打了電話給普露，邀她共進晚餐。她卻匆匆回答：事務所規定，律師與客戶之間的往來應該嚴格限於非私人層次。不過她很高興通知我事務所代表斬獲的結果：對我聲請的所有索賠全數撤除。我再三感激，並問她如此一來是否再也沒有別的事情能妨礙我邀她共進一場晚餐呢？障礙已全數排除。

我們去了碧洋琪餐廳。她一襲低胸夏季洋裝，前髮從耳後撩回額前，滿堂賓客不論男女都緊盯著她不放。我很快就意會到我平日的口若懸河竟在今天乾涸見底。我都快要準備把話題開到法律與正義之間的落差，主菜才好不容易上桌。結帳時她取過帳單，分文不差地算出她自己的餐點價格，加上一成服務費後從手包裡拿出等量現金越過桌子交給我。我假裝盛怒不已，說自己從未見過如此厚顏無恥的高風亮節，她笑到幾乎要在椅子上翻過去。

過了半年，在徵得雇主同意後，我開口問她是否願意嫁給一個間諜。她願意，所以現在輪到情報局邀她吃晚餐了。兩週後她決定將律師事業暫時擱置一旁，參加辦事處為間諜配偶開設的訓練課程，以防日後短暫駐派敵對陣營環境時會有不時之需。她要我知道，這個選擇是出於她的自由意志，而非對我的愛。她一開始還有點掙扎，最後則被自身的愛國責任感說動。

她高分結訓。一週後我作為（名義上的）二等祕書駐派莫斯科的英國大使館，有著美嬌娘普露登絲相伴。到頭來，莫斯科是我們唯一一起外派過的地方，但背後沒有什麼會讓普露蒙羞的理由，晚點再來談這話題。

二十年來，起初有普露相隨、而後我隻身一人，在莫斯科、布拉格、布加勒斯特、布達佩斯、提比利斯、特里亞斯特、斯德哥爾摩、以及最近一次的塔林等地，表面上以外交官或領事員的身分為女王效勞，檯面下則吸收、操作各形各色的間諜。我很高興自己從未獲邀進入決策高層。若一個人生來註定要當情報員操作人，他一定有著獨立自主的性格，即便他聽命於倫敦，但到了外場前線，他就是自己與手下情報員命運的主人。但過了黃金時期，世界上可是沒多少港灣在等待一位年近五十、厭惡案牘工作、學力連履歷表上那張二等文憑都搆不上的老鳥間諜靠岸。

•

耶誕節將近，我的清算日也不遠了。在泰晤士河畔情報局總部的地下大墓穴裡，我被帶往一間不通風的面試小間，一位年齡不詳的聰明女人在那微笑著迎接我。她是人資部門的莫伊拉。情報局的莫伊拉們總是有些古怪之處。她們比你更加了解你自己，但不會告訴你那些事情，也不會讓你知道她們有何感想。

「現在聊聊你的普露，」莫伊拉熱切地問著，「她撐過事務所最近的合併案了嗎？我相信那一定讓她很心煩吧。」

謝謝你的關心，莫伊拉，那件事一點也沒讓她煩心。然後，恭喜啊，你做的功課超乎我預期。

「那她還好嗎？你們兩個都好嗎？」她語中帶有一絲我選擇無視的焦慮。「——既然你已經平安到家了。」

「非常好，莫伊拉。我們兩個的團圓很美滿，謝謝你。」

請你大發慈悲趕快宣讀我的死刑判決讓我們結束這回合吧。但莫伊拉自有一套玩法。話題清單下一項來到我的女兒史蒂芬妮。

「我相信她現在在大學平平安安的，應該不再有那些青少年煩惱了吧？」

「不管有過什麼，現在都沒了，謝謝你，莫伊拉，她的大學導師個個喜上雲霄。」

我心中實際在想的是：請告訴我歡送會預計辦在週四晚上，因為沒人想在週末還見到同事；快點問我是否介意端著這杯冷掉的咖啡到走廊三扇門外的退役人員安頓部門，讓他們替我安排一些令人心癢垂涎的肥缺，像是軍火工業、私人合約或是任何能讓失業老間諜安身的地方，不管那是國家信託、汽車協會、還是哪間私校正在徵財務助理。因此她爽朗地宣布以下事項時，我相當驚訝。

「我們實際上是還有一個機會能夠給你，奈特。我們猜你會有點興趣。」

有點興趣？莫伊拉，整個地球上不會有其他人比我對任務更有興趣了。不過我的興趣態度謹慎，因為我想我知道你即將要給我的位子是——我想我的猜想即將成真。她開始說起應對當前俄國威脅的幼幼班守則。

「莫斯科中心在倫敦把我們搞得焦頭爛額，就像在其他地點一樣，我想我就不必多提了，奈特。」

沒錯，莫伊拉，你什麼都不必再說了。同樣的內容總部已經對我唸了好幾年。

「他們最近手腳更不乾淨，更明目張膽、更愛管閒事、狀況更多。我應該沒說錯吧？」

當然沒錯了，莫伊拉。讀讀我從陽光普照的愛沙尼亞帶回來的結案報告吧。

「自從踢走他們一大批合法間諜後，」——合法間諜就是有外交身分作掩護的那些，如我一般——「他們的非法間諜現在已經淹沒英國海岸線了。」她憤恨地接著說下去，「我想你也同意那是最棘手、也最難揪出來的類型。你好像有個問題是嗎，請問。」

上吧。值得一試。反正沒什麼好損失。

「好的，在你繼續說下去之前，莫伊拉。」

「我在。」

「我剛剛忽然想到，俄國部門或許能為我開個缺。我們都知道他們要多少高級年輕公務員就有多少。但想想：一位經驗老到、俄語達到母語水準的貴賓如我，二話不說就能飛往任何地方，就算整個車站沒人吐出半個俄語字，也能在第一時間揪出突然現身的俄國投誠者或間諜。何樂而不為呢？」

話還未完，莫伊拉已經開始搖頭。

「恐怕門都沒有，奈特。我曾經把你轉給布萊恩，但他這個人很固執，難說話。」

整個辦事處只有一個布萊恩：布萊恩·賽克斯—喬登，一般簡寫為布萊恩·喬登。俄國部門當家主任，我在莫斯科情報站的前老闆。

「為何門都沒有？」我追問。

「你自己也很明白。俄國部門就算把布萊恩都算進去，平均年齡也只有三十三歲。大部分的人都有博士學位，頭腦靈活，電腦技能高超。面面俱到如你，也不太吻合上列標準吧？」

「有沒有可能布萊恩剛好在這裡？」我準備使出最後一招。

「就在我們談話的同時，布萊恩．喬登正在華盛頓首府埋頭苦幹只有他做得到的事情，拯救我們在脫歐後與川普總統情報社群岌岌可危的特殊關係，絕不容許他人打擾，謝謝——就連能收到他親切慰問的這個你都不行。明白嗎？」

「明白。」

「不過呢……」她突然眼神一亮，接著說下去，「還有一個職缺保證你勝任愉快……事實上還太愉快了點。」

來了。我打從進門就預料到的那個屎缺來啦。

「抱歉了，莫伊拉，」我打斷她，「如果你是指訓練部門，那我只好走人不幹了。總之還是感謝你的仁慈與體貼。」

我好像冒犯到她了，所以我又說了道歉，表示自己對精良的訓練部門同仁並無一絲不敬之意。不過還是，謝謝，我不幹。結果她突然流露一股出乎意料的溫情，甚至還夾雜著一絲惋惜的微笑。

「事實上不是訓練部門，奈特，雖然我肯定你在那裡也能大展身手。阿多相當希望能跟你聊幾句。還是我該告訴他你就是想走人了？」

「阿多？」

「多明尼克・川奇，最近奉命上任的倫敦總站主任，也是你在布達佩斯情報站的前主任。他說你們兩人一拍即合，我保證這次也……你幹麼這樣看我？」

「你是認真地在告訴我阿多・川奇是倫敦總站主任？」

「我不認為我會騙你，奈特。」

「這是何時的事？」

「一個月前。你當時在塔林昏天黑地，沒讀到我們的最新通訊。阿多明天早上十點整見你，先跟小薇確認。」

「小薇？」

「阿多的助理。」

「喔，當然。」

3.

「奈特！瞧我們這個漂泊歸來的水手！你整個人還真是容光煥發，身強體健，看起來只有一半年紀！」多明尼克．川奇從指揮官辦公桌後一躍而起，雙手包捧著我的右手。「你在健身房苦練的成果簡直沒話說。普露好嗎？」

「健康得不得了，謝謝你。你家瑞秋呢？」

「好極了。我簡直是世界上最幸運的男人，你跟普露都該見見她。我們四個人應該一起吃頓飯。你們會喜歡她的。」

瑞秋。有上議員資格的世襲貴族，托利黨大將，阿多最近娶進門的第二任妻子。

「孩子們也好嗎？」我謹慎地發問。他跟善良的前妻留下了兩個小孩。

「非常好。莎拉在南漢普斯特女子學院表現優異，進牛津是遲早的事。」

「山米呢？」

「還在找自己方向。他很快就能跟上姊姊腳步的。」

「方便的話……能問問泰碧還好嗎？」泰碧莎是他的第一任妻子，在他們分手時精神崩潰了。

「很好。就我們所知她還沒遇到第二春，不過凡事總有希望。」

我猜每個人生命中難免都有一個阿多（而且似乎非男性不可）：他跟你促膝深談，指定你作他在這世上唯一的朋友，滔滔不絕說些你寧願沒聽過的隱私細節，還懇求你給點建議。就算你什麼都沒說，他還是會發誓謹遵你的寶貴教誨。隔天早上卻又裝作彼此從沒見過。五年前在布達佩斯他才即將年滿三十，但他現在看起來同樣即將年滿三十，同樣一身賭場荷官的人模人樣衣裝：條紋襯衫、比較適合二十五歲年輕人的黃色吊帶、白袖片配金袖釦，臉上一副萬用微笑。外加同樣一套惱人小動作：雙手指尖互抵成一道婚禮拱門，上身後仰，居高臨下，胸有成竹微笑著審度你。

•

「恭喜你啊，阿多。」我比劃著那張總裁扶手椅跟十歲以下幼童禁止接近的辦事處陶瓷茶几說道。

「謝謝，奈特，你人最好了。整件事讓我措手不及，但徵召令一到，總得挺身而出。要喝個咖啡嗎？還是茶？」

「咖啡，謝謝。」

「加奶？加糖？還是加黃豆奶？」

「都不加，謝了。不要黃豆奶。」

他是指「豆漿」嗎？現在高人一等的傢伙都用「黃豆奶」這個說法嗎？他走向毛玻璃大門往外探頭，逗了小薇幾句，又坐回定位。

「倫敦總站的職權範圍還是老樣子嗎？」我信口問道。布萊恩・喬登以前描述過這裡，在我聽來就是辦事處收留懷才不遇者的單位。

「當然。當然。老樣子。」

「所以倫敦所有情報分站名義上都歸你管。」

「不只倫敦，除了北愛爾蘭以外的不列顛群島都是。我很高興我們還擁有完全自主權。」

「管理上的自主權嗎？還是也有行動上的自主權？」

「這話怎麼說？」他對我皺了皺眉，好像在駁回我的質問。

「你貴為倫敦總站主任，能夠授權行動執行嗎？」

「這條界線有點曖昧。現在所有分站的行動流程上都得拿到有關地區部門簽核。我正在設法得到這種權力。」

他微笑。我也微笑。準備過招。我們同時舉杯嚐了口不加豆漿的咖啡，又同時把杯子放回碟子上。阿多要開始傾訴他跟新歡之間沒人想聽的親密細節了嗎？還是準備解釋我今天在此的理由——他顯然還沒準備好。首先我們必須重溫一下舊夢。我們開始聊阿多還是我的無能主管時跟我一起操作的情報員。他清單上第一人是從「莎士比亞」情報網退役的波羅紐斯。我一個月前因公前往里斯本時，順路去阿爾加維看了老波羅紐斯，他現在住在一間閒置高球場旁的空曠新屋裡，那房子是我們作為安置撫卹的一部分買給他的。

「一切平安，感謝你，阿多。」我由衷地說。「他的新身分沒有問題，也走出了喪妻陰影。他現在過得很好。真的。對。」

「奈特，我聽出你話裡藏著一個『可是』。」他挑毛病地問。

「好吧，如果你還記得的話，我們曾經承諾會給他英國護照，但我們沒有。看來這件事在你回倫敦之後就石沉大海。」

「我會馬上著手調查。」他邊說邊用鋼珠筆寫下一張便條，證明自己有心。

「他也覺得我們沒把他女兒送進牛津是在搞他。他覺得我們只要花點力氣就能搞定這件事，然而我們連出力都沒有——或是說，只有你沒出力。在他看來是這樣。」

阿多不會有罪惡感。他只會覺得受傷，或是連感覺都沒有。他傾向於覺得受傷。

「牛津是好幾間大學，奈特，」他不耐煩地抱怨：「每個人都以為這幾間古老大學隸屬同一個單位。這是錯的，想進牛津就得一間一間大學去求。我會持續追蹤這件事。」——說著又是一張便條。

話題清單下一位輪到黛麗拉。她七十幾歲，一位為人風趣的匈牙利議員，本來領俄國盧布，後來決定投奔（崩盤前的）英鎊。

「黛麗拉也很好，謝謝，真的很好。只是她發現我的接班人是個女的有點不爽。她說我還負責帶她的時候總能讓她感到少女懷春。」

他露齒一笑，抖出黛麗拉的諸多情史，但始終沒有真的笑出聲來。又輕啜一口咖啡。杯子再度擺回碟上。

「奈特，」他語帶憐憫。

「在。」

「我真心認為這會成為你人生最精彩的一刻。」

「何以見得？」

「欸，天啊！我是在提供你一個轉型的大好機會。那是一個藏身民宅、孤立無援、被埋沒已久的俄國情報站。你的專業能讓那裡起死回生……怎麼？……你最多只能待半年？你在那裡可以自由發揮、執行任務、作你自己。你這年紀還能上哪兒找更好的機會？」

「我恐怕沒跟上你的話題，阿多。」

「你沒跟上？」

「不。我沒有。」

「你是說他們沒有事先告訴你？」

「他們叫我來跟你聊聊，我就來跟你聊聊。我得到的資訊只有這些。」

「你難道頭腦空空的就走來這裡嗎？老天爺啊。我一直在想那些該死的人資到底以為他們是被請來幹麼的。你見的是莫伊拉嗎？」

「或許她認為由你親口告訴我會比較好。隨便。你說的是被埋沒又藏身民宅的俄國情報站嗎？我知道一間，叫做『避風港』，而且根本不是海外據點，只是倫敦總站庇護的一個失能情報站、一個垃圾場，專收毫無價值的投誠者還有隨時會砸鍋的五流線民。我最近聽說財政部準備把那裡收掉，但他們一定連這件事都給忘了。你認真為我挪出來的位子就是那裡嗎？」

「『避風港』絕對不是垃圾場，奈特——絕、對、不、是。在我的眼皮底下就永遠不會是。我承認那裡有幾個主管已經太老了，情報來源的潛力也尚待開發。但那裡有一流的資源，懂的人就會懂。當然——」他補上一句：「『避風港』的機會對任何想證明自己能力的好手開放，那是進入俄國部門的跳板。」

「所以可能的話，那會是你為自己考慮的進路嗎，阿多？」我質問道。

「『那』是指什麼，我的老友？」

「從『避風港』畢業，高陞俄國部門的這條進路。」

他皺眉噘嘴表示否認。阿多就是藏不住表情。他的畢生志願就是進入俄國部門，最好就當上俄國部門主任。但他會有這份夢想並不是因為他能說俄語——他根本不會。他只是一個後來才進總部收割前人成就的天龍男孩，身上沒有半張分文不值的語言證照，獵頭相中他的理由，我懷疑連他本人都摸不透。

「如果你真心想走這條路，我相當樂意奉陪到底——假如你不介意是由我來陪。」我不確定自己聽起來到底是滑稽、風趣、還是憤怒，反正我就直接說了。「還是你又打算把我報告書上的名字換成你自己的，就像當初在布達佩斯那樣？隨便問問而已。」

阿多對此進行一番思量——也就是說他先從指尖拱門後看著我，接下來凝望我身後的某處，然後再把視線移回我身上，確定我還在現場。

「這就是身為倫敦總站主任的我所能給你的位子了，奈特。不要就拉倒。我正式邀請你接手吉爾斯・瓦克福的職務，成為『避風港』主任。在我暫時聘用你的這段時間裡，你都直接隸屬於我。你一上任就能接管吉爾斯的情報員以及情報站預備金，此外還有他的招待費。我建議你儘速上任大幹一場，把你剩下的探親假往後挪。你還有問題嗎？」

「別跟我來這套，阿多。」

「這是為什麼呢，我的囊中物？」

「這整件事都必須跟普露討論過。」

「你何時會跟普露討論？」

「我們的女兒史蒂芬妮準備要過十九歲生日了。我答應在她回布里斯托開學前帶全家去滑雪渡假一週。」

他探頭向前看著掛曆，眉頭演戲似地大大皺起。

「何時開始？」

「第二學期開學。」

「我是在問你何時開始渡假。」

「如果你是想加入我們的話，週六早上五點斯坦斯特德機場出發。」

「假設你到時應該已經跟普露從頭到尾討論過，而且得到了滿意的結論，我猜我能請吉爾斯先代管『避風港』到下週一——如果他還沒嗝屁的話。這個安排你是滿意呢，還是覺得悽慘？」

好問題。我會滿意嗎？就算我得靠阿多剩下的菜渣過活，但如此一來我就能留在辦事處，致力於對付俄國目標。

但普露會滿意嗎？

•

普露如今已經不是二十年前那個熱衷投入的情報員配偶了，但同樣正直，也同樣無私，把頭髮放下來時也一樣有趣。她也一如既往意志堅定，隨時準備為全世界效命——儘管不再是以祕密情報員的身分服勤。這位受過反監視、安全信號、收發死存信箱[1]等等訓練的出色年輕律師，當然也曾和我共赴莫斯科。整整十四個月，天天都是嚴苛考驗，我們共同承擔無盡壓力，因為我們知道自己最親密的互動全都暴露在他人耳目之下被分析，以便找出任何人性弱點或資安漏洞的蛛絲馬跡。在當時情報站主任（就是現在與華盛頓的情報夥伴們焦頭爛額召開密會的那個布萊恩．喬登）滴水不漏的指引下，普露還必須主演一場事先安排好的偽裝夫妻戲碼以騙過敵方竊聽。

在我們緊接而來的第二趟莫斯科外派任務時，普露發現自己懷孕了；隨著懷孕而來的，是對辦事處與諜報事業的幻滅。就算她曾經嚮往過終其一生爾虞我詐的生活，那當下也不再心存任何悸動；更別說讓我們的孩子出生證明上的地點一欄寫著外國。之後我們回到英格蘭，我懷抱一絲希望對自己說：也許等孩子出生了，普露會回心轉意。不過會這麼想就是不夠了解普露。史蒂芬妮出生當天，普露的父親心臟病發驟逝，她憑著父親的大筆遺產，用現金買下巴特錫一間有著寬闊庭院與一棵蘋果樹的維多利亞風格洋房。她的意圖相當明顯，只差沒在地上插一根旗幟，上頭寫著「老娘就是要留在這」。因此史蒂芙（我們很快就這麼暱稱史蒂芬妮）才沒有長成已有太多前車之鑑的那種傭人過度照料、隨父母不斷更換居住國家與學校的驕縱外交官公子千金。我們的女兒有機會正常融入社會，就讀公立學校，而不必去上私立或寄宿學校。

那普露自己接下來的人生又要做什麼呢？她重拾一度放下的事業，成為人權律師以及受壓迫者的法律鬥士。但她的決定並未讓我們一夕拆夥。她了解我對女皇、國家與情報局的熱愛；我了解她對法律與人權正義的熱愛；而她對辦事處已仁至義盡，再也嘔不出更多心血。打從結婚那天起，她從來沒當過迫不及待參加長官辦的耶誕派對、德高望重同仁的葬禮、新進員工與其眷屬迎新的那種情報員妻子；至於我本人跟普露那些想法激進的法界同仁在定期聚會上打交道時，也總是感到扞格不入。

然而我們兩人都沒有預見的是，後共時代的俄羅斯，竟然一反全世界的期盼，一躍而成全球自由民主體制最毋庸置疑、最迫在眉睫的威脅。於是駐外任務接踵而至，我實質上成為一個總是缺席的丈夫與父親。

現在的我，一如阿多仁慈地形容，已經從海上歸鄉。這趟旅程對我們彼此來說都相當不容易，尤其是普露。她現在有充足理由希望我永遠上岸，停留在乾燥的陸地上，在她時常掛在嘴邊、甚至有些過於頻繁的「真實世界」裡找到新生活。我某位前同事在伯明罕為弱勢孩童成立了一間戶外鍛鍊俱樂部，他

1　死存信箱（dead letter box）：間諜及其管理者利用祕密地點交換情資、物品或指示等，不實際見面，以保安全及隱密。

發誓自己這輩子從來都沒這麼快樂過。過過小日子就好——這種願望難道連一次都沒從我嘴裡說出來過嗎？

4.

斯坦斯特德機場的清晨班機起飛後一週，我受到家庭和樂氣氛感動而反覆思索：究竟該接受辦事處為我開的那體面又夢幻的缺額，還是該讓普露宿願得償，與辦事處來個一刀兩斷？普露靜候我的佳音，史蒂芙則表示怎樣都無所謂。就史蒂芙已知的部分而言，我只是一個再怎麼努力都出不了人頭地的中階官僚。她愛我，只不過是高高在上地愛。

「講難聽點，老兄。難道他們會派我們去北京當大使，還是賞賜我們騎士頭銜嗎？」這個問題在餐桌上現身時，史蒂芙興高采烈地如此提醒我，而我一如往常忍氣吞聲。我還作為外交人員駐外時，還能夠保有一點起碼的地位；一旦回到母國，我就只是沒有臉孔的眾多路人之一。

在山間的第二晚，史蒂芙跟著同旅館的義大利小伙子們出門尋歡，普露與我則在「馬歇爾」享受靜謐的乳酪鍋時光，外加幾杯櫻桃白蘭地——直到此刻我才一股勁湧上來，迫不及待想對普露把一切說清楚，相當地清楚，絕非我本來打算的那種敲邊鼓，也不是又一套掩飾說詞，而是發自內心對她坦白一切；她為我吃了這麼多年苦，最少也值得這點坦白。而普露悄悄散發出一種聽天由命的氣息，讓我明白她早已察覺到我待會要說的，遠非準備為弱勢孩童成立一間戶外拓展俱樂部。

「那是一間走下坡的倫敦情報分站，只能緬懷冷戰的黃金歲月，現在連顆鳥蛋都不生，無足輕重，還有點與世無爭。我的工作要不是讓它重整旗鼓，就是讓它加速滅亡。」我破釜沈舟地說了出口。

我跟普露很少能自在聊起辦事處，每當聊起，我永遠不會知道自己究竟是順著她的意走、還是即將踩到她的地雷。所以我通常正反兩方都會稍微試一下。

「我以為你老是嚷著不想作管理職，」她輕巧地否定，「你說你比較喜歡當副手，而不是待在負責管錢管人的位置上。」

「這個嘛……那也不真的是一份管理職。」我小心翼翼地向她保證。「我在那裡還是當個副手。」

「那我想一切都好說了，是吧？」她的語氣輕快起來。「你上頭應該還是布萊恩。你很欣賞布萊恩；我們都很欣賞他。」──同時豪邁地把她心中的顧忌擱在一旁。

我們回憶起兩人短暫的莫斯科蜜月，彼此交換了一個懷舊的微笑。當時我們在莫斯科當間諜，布萊恩負責扮演無微不至的指揮者與導師。

「那個……我並不會直接隸屬於布萊恩，普露。布萊恩現在貴為大俄國部門的沙皇，『避風港』這種又小又破的二流單位有點難以負擔他的薪水。」

「所以是哪個幸運的傢伙負責管你？」她詢問。

接下來就不再是我想像過的真情吐露時刻。普露討厭阿多。她帶著史蒂芙到布達佩斯看我時，也見過阿多神經衰弱的妻女，從此就對這個人有了戒心。

「正式來說，我會隸屬於所謂的倫敦總站，」我解釋道，「但實際上，要說這個單位到底有什麼厲害的，大概也就是把布萊恩挺到金字塔頂端這件事吧。這工作就作到他們不再需要我為止，普露，不會再多一天。」這段話說得好像在安撫誰，不過我不確定到底是在安撫我們兩個之中的誰。

她往乳酪鍋裡叉了口食物，喝了口紅酒，再喝了口櫻桃白蘭地，然後雙手從桌子另一邊伸來握住我的雙手。她有猜到是阿多嗎？她直覺就是阿多嗎？普露宛如靈媒般的洞察力可以準到幾乎讓人坐立難安。

「我就跟你說吧，奈特，」她思考良久後說道，「如果你真的不惜糟蹋一切也要去做些什麼，我想那都是你的自由，換成是我也會那麼做。再說這次本來就輪到我買單。多虧我那不知羞恥的高風亮節，我全部買單。」她補上一個永垂不朽的笑話。

我們雙雙躺在床上，迎來圓滿的結局。我感謝她多年來的慷慨無私，她則說些我的好話聊表安慰，而史蒂芙在外徹夜跳舞狂歡——起碼我們希望是這樣。當下我突然覺得，現在也是把我的工作實情對女兒說清楚的大好機會——至少是總部允許的那麼清楚。我認為史蒂芙早就應該知道這些，最好還是不假他人之口，由我親自來說。我或許還會對她說：從我回到溫暖的家以來，她沒完的輕佻蔑視，讓我一天比一天更加惱怒；而她青春期保留下來的習慣，讓她只把我當成一件必要的家累加以容忍，要不就把我當成已如風中殘燭的老爺子，只有需要替她最近的追求者說些好話時，才想到會來抱我大腿，諸如此類也都讓我相當不爽；就殘酷的事實來說，普露作為人權律師那實至名歸的光環，更促使史蒂芙相信我永遠是會被比下去的那種人，這同樣讓我非常不爽。

但我終究不會對她說身為律師與母親的那個普露，一開始對此相當謹慎：準確來說，我究竟底該對史蒂芙透露多少？總該有個限度吧？確切而言我又該說些什麼？誰來決定這些內容？是我還是辦事處？

我又想怎麼應對接踵而至的各種問題——她會問嗎？我有想過她會問嗎？我又怎麼能確定話題不會被她牽著走？我們兩人都知道史蒂芙的反應無從預料，而且她跟我又很容易聊到牛頭不對馬嘴，這類情況早有前科。云云。

普露的忠告帶著她一貫的義正辭嚴。史蒂芙剛踏入青少年階段時簡直是一場活脫脫的夢魘，對此普露毋需多提。男生、毒品、崩潰叫罵……你或許會說這些不過就是尋常的現代青少年問題，但史蒂芙把這一套玩得出神入化。我還在海外情報站之間奔波往來時，普露的空閒時間全花在跟校長與班主任進行談話、參加親師座談、爬梳報章雜誌並蒐羅網路專家文章，只為了瞭解該怎麼管好一個我行我素的女兒——然後把一切過錯都算在自己頭上。

我則竭盡棉薄之力共同承擔。有那麼幾個週末，我會飛回老家，跟精神科醫師、心理醫師、以及其他各種亂七八糟師進行洽談。他們都同意的似乎只有一件事——史蒂芙智力過度發達（我們並不驚訝），身邊同儕又讓她無聊得要命，以至於她視團體紀律為個人存在的威脅，同時嫌棄師長全都俗不可耐。她真正需要的，是一個能夠跟上自己速度、挑戰自己智力的環境。諸如此類的敘述對我來說過於顯而易見；但比我更信仰專家意見的普露，卻好像發現一座新大陸。

好啦，現在史蒂芙有一個能挑戰她智力的環境了。她目前在布里斯托大學攻讀哲學與純數學，讀到了第二個學期。

那麼就告訴她吧。

「親愛的，你不覺得你能把這件事做得更漂亮嗎？」我對家族長老普露這麼暗示。

「不，親愛的。既然是你決定要說，那麼從你嘴裡說出來絕對更好。只是要記得，你是個性子太急的人；無論如何都別做出任何自我貶低的行為。一旦你在她面前自我貶低，她馬上就會騎到你頭上。」

•

我在腦中掃視所有可能談話地點——簡直就像在策劃一場接近潛在情報來源的高風險行動——得出的結論是：最理想又最自然的場景，絕對是「大平原」北坡上那架鮮少為人使用的滑雪纜車。那邊的纜車類型是老式T字桿：兩人可以並肩乘坐，眼神無須接觸，談話聲所及範圍內不會有半個閒雜人等，左有松林，右有直達谷底的陡峭下坡。在一段短暫的滑雪陡降之後，會停在只有唯一一處的纜車底部起點，所以不必擔心彼此失聯。纜車乘上坡頂時談話就必然要告一段落，假如有任何進一步的問題，都能等到下一趟纜車上行時再解答。

這是個晴朗的冬日早晨，積雪完美。普露藉口肚痛而缺席，實際上自己去進行購物之旅。史蒂芙昨晚跟那群義大利年輕男子闖蕩夜店，天曉得幾點才回來，不過除此之外看似沒有其他更失控的狀況發生，而且她現在好像還算享受與老爸獨處的時間。很顯然，我能解釋的部分只有：自己從來沒被冊封為騎士或是駐北京大使，是因為我只是一個假扮的外交人員；此外不可能深入描述我其他不可告人過去的細節。我想既然我已經回家了，也許她會放過這題不問，不然要回答的話實在讓我相當緊張。

我想對她解釋，為什麼在她十四歲生日那天沒打電話給她——我知道她一定還對此耿耿於懷。那天我在愛沙尼亞往俄羅斯邊界上厚厚的雪中向上帝祈禱，希望躲在木材堆裡的手下情報員能平安通過國界。我也想讓她大概知道父母身為辦事處駐俄國情報站成員是什麼樣的感覺──那裡的監視永無止息，用死存信箱收發一次情報會花上十天，只要稍有差池，手下情報員就有可能死無全屍。不過普露堅稱我們的莫斯科之旅是她生命中不足為人道的一部分。她以一貫的直白說：

「親愛的，我不覺得史蒂芙有必要知道我們特地打炮給俄國人拍。」──同時享受著我們重新尋回的魚水之歡。

•

史蒂芙與我搭上纜車準備啟程。第一趟上坡我們聊到，我在返鄉後才發覺自己對服務了大半輩子的祖國瞭解的竟然那麼少，還有很多要學、要適應的。史蒂芙，我相信你懂。

「像是再也沒有探望你時順便買的可愛免稅酒了。」她發著牢騷，接著我們父女一起開懷大笑。

到了分頭滑下雪坡的時刻，史蒂芙先走。我們的私密對話看來有個很和緩的開場。

普露的忠告言猶在耳：「在任何崗位上為國效忠都不丟臉，親愛的。我們兩人的愛國觀點或許會有不同，但史蒂芙認為愛國對人類來說是僅次於宗教的詛咒。然後就是克制你的幽默感。在嚴肅時刻展現幽默，對史蒂芙來說只是一種逃避。」

我跟史蒂芙繫好安全帶，第二次啟程上坡。就是現在──不說笑話、不自我貶抑、不道歉。謹遵普露跟我共同研擬的教戰守則，分毫不差。我直直凝視前方，挑了一個嚴肅但不裝模作樣的語氣開口：

「史蒂芙，我跟你媽覺得是時候讓你知道某些事了。」

「原來我是私生女！」她渴望地說。

「你不是。但我是個間諜。」

她現在也跟我一樣直直凝視前方。我本來要的不是這種開場，不過沒關係。我照稿演出，她靜靜聽著。沒有眼神接觸，沒有壓力。我把話說得乾脆俐落。所以就是這樣了，史蒂芙，你現在知道了，我活在必須的謊言當中，這是我獲允能告訴你的一切。或許我表面上看起來很失敗，但在情報局裡還是有我一定的地位。史蒂芙一語不發。我們再度抵達山頂，再度分頭滑下雪坡，她還是一語不發。她滑得比我快，或起碼她自認如此，所以我也就讓她領先。我們再度於纜車起點會合。

我們排隊時沒有交談，她連我這方向都不看一眼，但這沒有讓我感到不安。史蒂芙活在她自己的世界裡；現在她知道我也活在自己的世界裡，而且那個世界不是什麼給低成就外交人員待退的養老單位。她排在我前面，所以先拉上了T桿。纜車尚未離地，她就用一種就事論事的平淡口吻問我有沒有殺過人。我竊笑著說，沒有，史蒂芙，絕對沒有，感謝老天，這是實話。其他同僚或許間接殺過人，但我既沒親自動手也沒假託他人，連辦事處所謂的「可推諉發起人」都沒當過。

「如果你沒殺過人，那你的間諜生涯做過第二糟的事情是什麼？」史蒂芙的語氣一樣稀鬆平常。

「這個嘛，史蒂芙，第二糟的我想大概就是……說服某些傢伙去做一些假如我沒說他們可能就不會去做的事。」

「去做壞事嗎？」

「可以這麼說——看你站在國界哪一邊。」

「舉例來說像是什麼？」

「首先就是要他們背叛祖國。」

「你說服他們這樣做？」

「如果他們本來還沒說服自己的話，那麼就是我說服他們的。」

「那些『傢伙』只限男人，還是也有女人？」——一旦史蒂芙談起女性主義話題，語調就不會跟平常一樣漫不經心。

「大部分都是男人，史蒂芙。對，男人。絕大多數都是男人。」我向她保證。

我們又再次抵達山頂，再次分頭下坡，史蒂芙再次疾馳而下，我們又再次於纜車起點會合。這回沒有隊伍。她此前都拉到額頭上的護目鏡，這次卻戴就定位。那鏡面是無法看透的款式。

「具體來說是怎麼說服他們的？」纜車才離地，她就回到上個話題。

「是不會提到拇指夾啦，史蒂芙。」我這麼回應。這是我單方面的失誤：在嚴肅時刻展現幽默，對史蒂芙來說只是一種逃避。

「所以會提到什麼？」她繼續在說服他人的話題上折騰。

「這個嘛，史蒂芙，很多人會為了錢去做各種事情，也有是出於怨恨或為了自我。也有人是為了理想，就算你把錢推到他們面前，他們也不為所動。」

「具體而言是什麼理想，爸？」她從閃亮的護目鏡後方這麼問道。這是她第一次叫我爸，我也發現她沒再罵髒話了，這可能是史蒂芙釋出的細微警訊。

「就說是正義吧。有些人對英國懷抱理想憧憬，把英格蘭尊為一切民主政體之母；要不然就是出於某種難以言喻的狂熱，愛著我們親愛的女王。他們心目中的那個英格蘭，就算真的存在，我們也體會不到。但反正他們認為存在，所以就是這樣。」

「那你認為存在嗎？」

「我持保留態度。」

「很認真的保留態度？」

「老天，誰會沒有這種保留態度？」她話裡的影射激怒了我，好像我沒發現這整個國家都在自由落體一樣。「一小群三流保守黨把持內閣，我上頭的那個外交大臣[2]還是妖魔鬼怪。工黨也沒好到哪去。脫歐更是瘋得徹底。」——我就此打住。我也會受傷。就讓我無聲的憤怒道盡剩餘的一切。

「所以你是對此抱持認真的保留態度嗎？」她用最純真的語調追問。「非常、非常認真，對嗎？」

當我發現自己著了她的道時已經來不及了，但或許整段對話以來，我想達到的就是這個目標：讓她贏，承認自己就是比不上她那些才華洋溢的教授，然後各自回歸我們原本的角色。

「所以，如果我理解得沒錯，」在下一趟纜車啟程時她重啟這個話題，「你是為了一個自己持有非

2 由後文可推知，此處的外交大臣是指鮑里斯・強生（Boris Johnson）。

常、非常認真保留態度的國家，而去說服其他人背叛他們的祖國囉。」她接著闡釋：「這只是因為他們並沒有你對英國的那種保留態度，同時又對他們自己的國家有著保留態度，對吧？」

此言讓我脫口而出一聲歡呼，接受這光榮的一敗，同時卻又想緩和場面：

「但他們不是無辜的羔羊，史蒂芙！他們是自願的；起碼大部分都是。我們照顧他們的起居安全。如果他們要的是錢，我們就給大把大把的錢。如果他們追求上帝，我們就跟他們一起膜拜上帝。只要行得通，怎麼樣都好，史蒂芙。我們是他們的朋友。他們信任我們，我們提供他們所需，他們也回過頭來提供我們所需。世界就是這樣運作的。」

但她對世界運作的法則興趣缺缺。她真正有興趣的是我個人怎麼運作。下一趟纜車時她更加直白地問：

「你在告訴其他人應該成為什麼人的時候，有沒有想過你自己是誰？」

「我只知道我站在對的這一邊，史蒂芙。」我不顧普露的禁令逕自厚起臉皮。

「那是哪一邊？」

「我的單位、我的國家——實際上也是你的國家。」

在我鎮定下來之後我們搭了最後一趟纜車。

「爸？」

「放馬過來。」

「你在國外的時候有做過那種事嗎？」

「哪種事？」

「偷情。」

「你媽說過我有嗎？」

「她沒說。」

「那你為什麼不管好自己該死的那種事就好？」我的理智在我來得及管好嘴巴之前斷了線。

「因為我跟我那該死的老母不一樣。」她用同樣的力道吼了回來。

我們最後一次分頭滑下山坡，各自回到村莊，迎來不圓滿的結局。當晚她拒絕所有義大利男孩到夜店狂歡的邀約，直說她需要上床睡覺；她在喝光一瓶勃艮地紅酒之後，的確是需要睡上一覺。

我在好一陣子之後才對普露約略轉述早前的對話。為了我們好，我略去史蒂芙最後那些沒必要的問題不提，並想說服我們兩人，那段短暫的談話算是漂亮達成任務；但普露太了解我了。隔天早上回倫敦的班機，史蒂芙獨自坐在走道另一側；再隔一天，她在回布里斯托開學前夕跟普露撕破臉。史蒂芙的滿腔憤怒，並非因為她父親是個間諜、還去遊說其他或男或女的傢伙去當間諜之類的事情而起，而是因為含辛茹苦多年的母親，竟然把這種茲事體大的祕密對親生女兒瞞了那麼多年，毀棄女人之間最神聖的互信道義。

普露好聲好氣地想要指出，這不是她的祕密，所以不該由她洩漏；這是我的祕密；甚至也不應該是我的祕密，而是屬於辦事處的祕密。史蒂芙卻氣得大步踏出家門，先逃到男友住處再獨自前往布里斯托，而後使喚男友去幫他收拾行李，開學三天了才抵達學校。

艾德在這齣家庭肥皂劇裡有客串任何角色嗎？當然沒有——怎麼可能？他又沒踏出英格蘭半步。然而有那麼一瞬間，儘管只是錯覺，卻足以令我記憶彌深。普露與我坐在三峰山一間能鳥瞰整片地貌的滑雪小屋裡，共享乳酪鍋麵包丁與醒酒壺中的白酒；此時走進來一個小伙子，簡直是艾德的分身——活生生的，有血有肉，不只是艾德的諷刺肖像，而就是艾德本人。

史蒂芙還在賴床，而普露與我稍早已經滑過雪，正打算悠哉地晃下雪山直達被窩。此時這位頭戴絨球毛帽的偽艾德，就這麼石破天驚地走了進來：同樣的身高、同樣的孤獨與憤慨、同樣顯得有些迷失。他無視大門後方的隊伍，自顧自地踱著靴子，把上頭的雪抖乾淨，接著扯掉護目鏡，開始環顧室內，好像他把眼鏡搞丟在這裡一樣。我還沒來得及阻止自己，手已經舉到半空中準備打招呼了。

但普露一如往常迅速地攔截我舉到一半的手。出於某些我至今還想不起來的原因，我竟然反抗普露，她要求我對此給出一套完整詳實的解釋，於是我說了一個濃縮版故事：「體育家」有個對我緊咬不放的男孩子，除非我同意跟他打場羽球才肯善罷甘休。但普露需要更多資訊：明明只有一面之緣，我到底是被他哪一點深深觸動？為什麼只是一個長得像他的人就能釣出我不經大腦的反射動作？這根本不是我的行事風格。

我似乎就此滔滔不絕講了一大串回答；而普露正常發揮，比我記得更多內容：他是一個怪咖——我好像是這麼說——而擁有某種勇氣；就在吧檯的粗魯圍觀者準備嘲笑他的同時，他只是鍥而不捨地追問著我，得到想要的答案就直接閃人——也暗示那些人滾回家吃自己。

•

如果你跟我一樣熱愛山岳，那麼下山的感覺總是讓人沮喪。不過，若是你於一個浸在雨水裡的週一早上九點看到肯頓鎮後街一棟扎眼的失修三層紅磚樓，並且對走進這棟建築後該做什麼事情絲毫摸不著頭緒，那麼下山的感覺相較之下簡直好到不能再好。

怎麼會有分站淪落到這一帶本身就是個謎；一個分站又怎麼得到「避風港」這種諷刺的暱稱則又是另一個謎。有個理論是說這裡在一九三九到四五年的戰爭期間被用來當作被捕德國間諜的安全屋；另一個理論是說前情報站主任把他的情婦養在這兒；還有一個理論是說，辦事處總部在執行其中一次沒完沒了的政策轉彎時，為達到最佳保安效果，將各分站位址打散在整個倫敦裡；而「避風港」本來就完全無關緊要，在這道詔令廢止後更是從此遭受總部忽略。

我拾三級龜裂台階而上，還沒來得及把老舊鑰匙插進鎖孔，脫漆的大門就先打開了，站在我面前的是一度令人聞風喪膽的吉爾斯．瓦克福，如今老來發福，淚眼汪汪；但在他馳騁沙場的年代，可是辦事處旗下最聰明的情報員操作人之一，只比我大個三歲。

「我親愛的同事，」他低啞的嗓音穿過前夜留下的威士忌酒臭如此宣告，「你一如既往，準時得分秒不差！容我為你致上我最誠摯的額手禮。實在是一份了不得的殊榮啊！我想不出哪裡還找得到比你更優秀的傢伙來當我的接班人！」

再來見見他那拆成兩人一組、分散在狹窄木樓梯上下兩層樓的前哨團隊：

伊果，抑鬱的六十五歲立陶宛人，一度控管辦事處有史以來最好的後冷戰巴爾幹情報網，如今淪落到只剩一群軟性外交使館聘的溫馴辦公室清潔工、門房與打字工可管。

下一位，瑪麗卡，愛沙尼亞裔寡婦，咸認是伊果的情人。她的前夫是辦事處的退休情報員，在當年還叫列寧格勒的聖彼得堡撒手人寰。

然後是丹妮絲，矮胖開朗的蘇格蘭女子，能說俄語，雙親有部分挪威血統。

最後是小伊利亞，一個眼光敏銳的英芬混血男孩。我在五年前吸收他並將他遣往赫爾辛基當雙面諜。當初我承諾將他安頓在英國，所以他持續為我的繼任者工作。起初辦事處總部對他避而遠之，要到我反覆向布萊恩．喬丹陳情之後，辦事處才同意讓他成為一個最低階情報人員：考核丙等的基層文書助理。他帶著芬蘭式的喜悅發出尖叫，把我拉進俄羅斯式的擁抱當中。

至於那墮入無邊黑暗的頂樓則駐紮著我渙散的支援團隊：一群具備雙重文化背景，受過情報行動基礎訓練的文書助理。

這趟巡禮貌似告終，我開始懷疑上頭答應給我的副手是否真的存在。此時吉爾斯慎重嚴肅地拍了拍他那霉味四溢辦公室的毛玻璃門（我還以為那裡是女傭房），我才首次見到年輕、大膽、氣宇軒昂的芙洛倫絲。她俄語流利，最近才加入避風港，見習生涯來到第二年，而根據阿多所言，大家一致看好她的前程。

「那她怎麼沒直升俄國部門？」我當時這麼問阿多。

「因為我們認為她見識還不夠。」阿多用一嘴拾來的牙慧高高在上地回答，藉此顯示他位居此決策的核心。「她是很有才幹，不過我們覺得應該再給她一年沉澱。」

有才幹，但需要沉澱。我叫莫伊拉把芙洛倫絲的檔案調出來讓我看一眼——還真的，阿多果然偷了最精華的那句。

•

一夕之間，「避風港」的一切都繞著芙洛倫絲轉——起碼在我的記憶中如此。「避風港」或許還有其他值得動工的計畫，但打從我瞄到「玫瑰蓓蕾行動」初稿的那一刻起，該計劃就成為這小小鎮上唯一能作的秀，而芙洛倫絲就是秀上唯一的女主角。

她在獨立行動時吸收了一名烏克蘭寡頭的失寵情婦。該名烏克蘭寡頭現居倫敦，代號奧森，與莫斯科中心以及烏克蘭政府親俄人士的來往都已有詳盡書面記載。

芙洛倫絲野心勃勃的計畫則浮誇得駭人聽聞，需要動員辦事處總部派遣潛襲部隊侵入奧森在公園巷上那戶價值七千五百萬鎊的樓中樓，並在梁上安裝竊聽器，然後對大理石階梯上不鏽鋼大門後的電腦設備做些結構調整。

就我的判斷，「玫瑰蓓蕾」目前呈現的樣貌，能得到機密行動處批准的機率為零。非法入侵是炙手可熱的領域，潛襲小組更是可遇不可求。現在的「玫瑰蓓蕾」只能淪為喧嘩市集上又一道被忽略的叫賣聲。但隨著我更深入研究芙洛倫絲的簡報，我更加確信，只要經過一番大刀闊斧的修改、加上恰到好處的提交時機，「玫瑰蓓蕾」就能賺來可操作的高級情報。而芙洛倫絲本人儘管有點走火入魔，但依然是執行「玫瑰蓓蕾」的不二人選，正如吉爾在「避風港」後頭廚房與我夜飲泰斯卡威士忌時苦口婆心對我灌輸的那樣，：

「那姑娘自己做了全部的現場調查，又自己做了全部的書面工作。她從檔案櫃裡挖出奧森這個名字的那一天起，人生與夢想就化約到只想去竊聽他。我問她：你是跟這傢伙有仇嗎？她連笑都不笑一下就說：他是人類中一顆該被沖掉的老鼠屎。」

接著長飲一口威士忌。

「那姑娘不只是攀上阿絲特拉成了她的終身摯友，」——阿絲特拉是那個從奧森身旁醒悟過來的情婦的代號——「她還串通了目標建築的夜班警衛，編了個故事，說自己在為《每日郵報》的倫敦寡頭生活風格大解密專題做臥底採訪。那個夜班警衛愛死她了，她說的每個字都信。每當她想一窺獅籠內的景象，就付那門房一筆《每日郵報》出資的五千鎊封口費。她不成熟？不成熟個屁咧。卵蛋早就長得跟大象的一樣大啦。」

我安排了與珀西・普萊斯共進一場低調的午餐。他是監視局無所不能的主任，自成一國。礙於規矩，我必須邀請阿多同桌。珀西與阿多的不對盤很快就浮上檯面，不過我跟珀西是老交情了。他是一個五十幾歲、瘦弱寡言的前警官。十年前，他的潛襲小組與我手下某個情報員合作，從一個國際軍武商展的俄國攤位上偷了一顆飛彈原型。

「我手下的孩子們都一再遇到這個奧森，」他若有所思地抱怨，「每次我們搞掉一個跟俄國有染的老奸巨猾百萬富翁，奧森的名字就會突然冒出來。我們不是專案官，只是監視人員，只能監視別人交待我們監視的對象。不過我很高興終於有人要來辦他，這個男人跟他的好運讓我困擾了很久。」

珀西會看看他是否能為我們網開一面。這個計畫迫在旦夕，照子放亮，奈特。如果機密行動處在最後一刻決定另一個賣家比較有力，那麼不管是珀西還是任何人都幫不了我們。

「當然，每件事都要先經過我，珀西。」阿多說。我跟珀西則同聲讀著：是的，阿多，當然。

三天後珀西打了我辦事處的手機。看來情況有個小轉機，奈特，或許值得放手一搏。謝了珀西，我說。我會把你的話適當地轉達給阿多——意思是說，儘可能延後轉達給他，或者乾脆別告訴他。

芙洛倫絲的小天地離我辦公室只有一步之遙。我通知她，從現在開始，若有需要，想在奧森拋棄的情婦，代號阿絲特拉身上耗費多少寶貴時間都行——帶她去鄉間兜風，陪她進行採買，在她最愛的福南梅森百貨一起享受一頓充滿少女情懷的午餐。此外也要進一步培養跟目標建築夜班警衛的關係；為此我忽略阿多的存在，撥下五萬鎊疏通關節。芙洛倫絲在我的指導之下，也將起草一份正式申請，請求機密行動處的潛襲小組對奧森的樓中樓內部展開第一次祕密偵查。在這麼早期的階段就把機密行動處考慮進來，代表我們是玩真的。

•

我第一時間的直覺叫我跟芙洛倫絲保持適當距離：她是那種跟小馬一起成長的上流社會女孩，你永遠搞不清楚她們腦袋裡在想什麼。史蒂芙大概一見到她就會反胃，普露則會心生擔憂。她有一雙毫無笑意的棕色大眼，在工作場所穿著寬鬆的羊毛裙來掩蓋體形，穿平底鞋，素顏。根據檔案記載，她與雙親住在賓利柯，沒有特定伴侶，並且不願表明性傾向。她無名指上的那顆男款黃金印戒，我認為是用來當作閒人勿近的警告標示。她走路步伐很大，每一步還帶有些微抑揚頓挫，同樣的跌宕也在她的談吐中出現——她說著一口純正的切頓罕女子學院口音，穿插一些泥水匠愛用的贅詞。我初次聽到這種難得一聞的談吐風格，是在一次「玫瑰蓓蕾」的討論會議上。當時我們有五個人：阿多、珀西．普萊斯、我本人、一個叫艾力克的傲慢辦事處老賊、以及芙洛倫絲。當時討論到艾力克的手下入侵奧森的樓中樓進行偵查時，切斷建築物電源是否明智，眾人對此意見分歧。一直以來處於休止狀態的芙洛倫絲此刻突然爆發：

「可是，艾力克，」她駁斥道，「你以為奧森的電腦是靠什麼跑的？他媽的手電筒電池嗎？」

我手中有個待辦的當務之急是：驅散她準備上繳給機密行動處的初稿中無所不在的義憤填膺之氣。我在辦事處或許不是文書作業領域的無冕王者——我個人的書面報告看來恰好相反——但我知道我們親愛的管理高層地雷在哪。我用簡明英語告訴芙洛倫絲這件事情，她竟然大為光火。我在應付的是史蒂芙嗎？還是史蒂芙二號？

「喔，老天啊，」她大嘆一口氣，「你又要來告訴我你對副詞有意見嗎？」

「跟那個完全無關。我要告訴你的是：奧森究竟是不是這個星球上最墮落的人、是不是一切良善的公敵，這些內容從機密行動處與俄國部門的眼中看來，用你的話來說，就只是礙眼而已。所以我們必須刪除提到凜然大義以及他從全世界的被壓榨者身上偷來的黑錢總額之類的敘述。我們要提的是企圖、紅利、風險層級還有可推諉性，然後確保『避風港』的浮水印確實出現在他媽的每一頁上，才不會莫名其妙就被換成別人的。」

「像是阿多的嗎？」

「像是任何人的。」

她怒氣沖沖走回到自己的小天地裡，把門甩上——難怪吉爾斯會這麼愛她，因為他沒生女兒。我致電珀西，告訴他「玫瑰蓓蕾」提案初稿正如火如荼進行中。至於阿多，我直到耗罄一切拖延藉口才對他進行一次完整透明的會報，說明迄今為止的進度總量——也就是足以讓阿多保持閉嘴的那麼多進度。週一晚間，一股足以讓我寬赦一切的自我滿足感湧上，我向「避風港」的同仁道了晚安，啟程前往「體育家」俱樂部，準備與研究員艾德華．史坦利．夏農展開我們延宕多時的羽球對決。

5.

根據我那不宜丟在公車上或家裡的日誌記載，艾德跟我在「體育家」一共打過十五場羽球賽，時間集中在週一，有時候一週兩場，在「金商」來到前打過十四場，最後一場在「金商」來到之後。我的「金商」一詞用法相當隨意，與秋季或是販賣貴金屬的生意人都沒有關係，我不確定這個詞能不能發揮指示功能，但我也想不出更好的。

如果我繞道從北邊走去「體育家」，那麼在路程最後就能享受一段穿越巴特錫公園的清爽散步；如果我直接從家裡出發，就只是一段五百碼的路程。「體育家」俱樂部雖然很難跟我本人聯想在一起，卻是一處占據我成年生活很大比例的世外桃源，普露會說是我的兒童遊戲圍欄。我駐派海外時依然繳費維持會籍，並且趁著探親假回國時讓我的名字留在賽程表上。每當辦事處準備把我拖回行動會議，我就抓緊時間隨手打一場球。我在「體育家」的所有人心目中終究只是「奈特」，沒人在乎我或其他任何人平常過的是什麼生活，也沒有人會問。本俱樂部的中國與其他亞洲會員人數三倍於我們白人會員。史蒂芙學會說「不」之後就拒絕進來玩了；但還是有過那麼一段時光，我會用推車推著她進來買冰淇淋，然後帶她下水游個泳。普露精神可嘉，開口邀她就通常會來，只不過每次都好像要了她的命；而她近來由於手上的法扶案件，外加她的合夥人淌了一窪集體訴訟的渾水，她現在對我的此類邀約只會回答「不」。

我們有個青春永駐而夜夜失眠的汕頭酒保名叫弗雷德。這裡提供的青少年會籍方案相當賠本，但只要會員年滿二十二歲，一年就是兩百五十鎊，外加一筆鉅額入會費。不過，若非一位名叫亞瑟的中國會員突如其來的一萬歐元匿名善款，我們可能就得變賣財產、或是再度調漲會費。說來話長。身為俱樂部榮譽部長的我，是少數幾個有幸能夠當面感謝亞瑟慷慨之恩的人。某天晚上，有人跟我說他坐在吧臺區，他跟我年紀相當，但已經滿頭白髮，穿著一身輕便西裝，直視前方，桌上沒有酒水。

「亞瑟，」我在他身旁坐下。「我們實在不知道怎麼謝你才好。」

我等待他轉過頭來，但他的眼神凍結在前方的空氣中，不為所動。

「我是為了我兒子而捐的。」他良久之後才做出回應。

「你兒子今晚也在這裡嗎？」我看到泳池旁有一群中國小孩在玩便如此問道。

「他不會再出現了。」他回答，頭依然沒轉過來。

不會再出現？什麼意思？

於是我對他兒子展開一陣仔細的搜查——畢竟中文人名處處陷阱。有一個與亞瑟同姓的青少年會員，他的會籍在六個月前已經到期，而且完全無視我們定期發送的提醒通知。想聯絡上這孩子就得請愛麗絲出馬。她還記得這孩子叫做阿金，是個有點性急的細瘦男孩，天真無邪，報上來的年齡是十六歲，但看起來有六十歲。跟著他來的那個中國女人彬彬有禮，可能是他母親，也可能是他保母。他們很乾脆地掏出現金買了六堂羽球入門課程，不過這小男孩完全接不到球，用手丟都接不到。於是教練建議他自己在家先嘗試練習：只要眼盯手，讓球停在拍上，幾週後再過來上課。然後這男孩就再也沒回來了。他的保母也是。我們猜他大概放棄了羽球，或是回中國了，也可能……老天爺，就別說下去了。那麼，天佑可憐的阿金。

我如此鉅細靡遺地回憶這個插曲，無非是想表達我有多麼喜愛這個對我來說意義重大的地方；而就在此處，我與艾德享受了幾乎十五次的交手。

•

根據紀錄顯示，我們相約的第一個週一開頭得並不美好。我是個準時的人（史蒂芙不齒地說）；而我們整整三週前約好的行程，艾德上氣不接下氣地在三分鐘前才趕到，他身上還穿著起皺的外出套裝，褲管上箍著單車用綁腿，提著一口咖啡色仿皮公事包，心情相當糟糕。

現在請注意，我只見過穿著羽球裝的艾德一次。再請注意，這個比我年輕二十來歲的男子在眾目睽睽之下對我發出戰帖，我幾乎只是為了保全他的顏面才接受挑戰。又請注意，我的生活不是光當好一個俱樂部冠軍就行，我整個早上馬不停蹄地跟吉爾斯手下兩個最不牢靠、最沒用的情報員開交接會議；午餐時間還得安慰普露，因為她收到史蒂芙一封傷人的電子郵件，要她把放在玄關桌上的手機用掛號寄到一個陌生地址由朱諾代收……這個朱諾又是什麼東西？下午則虛耗在刪除一個又一個敘述奧森放浪形骸私生活的段落……我明明已經叫芙洛倫絲完成這件任務叫了兩次。

最後請注意，在艾德像個亡命之徒衝進更衣間的那一刻，我早已穿好整套羽球裝備在那閒晃，盯著時鐘發慌整整十分鐘。他開始寬衣解帶，嘟囔著我只能聽懂一半的抱怨，說是某個「痛恨單車的該死卡車司機」在紅綠燈前對他做了些不友善的事情，以及他那「沒他媽的工作要做卻不放人」的老闆，諸如此類，對此我只能做出「你還真慘啊」這樣的回應。然後我在板凳上坐穩，觀察鏡中的他手忙腳亂的換裝過程。

就算我相較於幾週前確實少了半點寬宏大度，現在我眼前的這個艾德也絕對跟那個需要愛麗絲陪同才敢接近我的害羞大男生毫無相似之處。他脫掉外套，上身往下猛撲，膝蓋毫無彎曲，就這麼把他的置物櫃門甩開，拉出一筒羽球、幾把球拍，然後拖出一捆內含上衣、短褲、短襪和球鞋的衣物。

我注意到他有雙大腳，跑起來可能不快——雖然我正在想這件事，但還是不得不注意到他把棕色公事包丟進置物櫃後立刻將櫃門鎖上。為什麼？這個人衣服才換到一半，此刻用一種狂亂的節奏把穿了整天的衣物剝下來，三十秒後馬上又要用同樣的節奏把這堆衣物塞進置物櫃裡。如果半分鐘後就要打開置物櫃，剛剛又何苦上鎖呢？他是在害怕有誰會在他背對置物櫃的時候摸走那只公事包嗎？

我沒有刻意花力氣去進行這些思考，這是我的職業病，我就是這麼被教育、這麼討生活的，哪怕我的觀察對象是端坐巴特錫家中梳妝檯前化妝的普露，還是占據咖啡廳角落太久又聊得太起勁但連我這方向都沒轉頭看過一眼的中年情侶。

他把上衣拉過頭頂，展現出赤裸的軀幹：體型勻稱，有點柴瘦，沒有刺青、疤痕與其他醒目的印記；而從我坐著的角度看上去，他的身高非常、非常之高。他摘下眼鏡，解開置物櫃鎖頭，把眼鏡拋進去，又重新把門鎖上。他先穿上T恤，再換上搭訕我時穿的同樣一件及膝短褲，最後套上一雙本來應該是白色的踝襪。

他的膝蓋現在與我的臉齊高。去掉眼鏡後，他的臉孔顯得相當素淨，看起來甚至比搭訕我時還年輕，至多二十五歲吧。他傾身向我，望進牆上鏡子，調整隱形眼鏡，最後把眼睛眨乾淨。我還注意到，他表演這套軟骨功，膝蓋全程連一次都沒彎曲過——無論他是在低身綁鞋帶、或是伸脖子調整隱形眼鏡，所有動作都以腰作為樞紐；如此一來，就算他的身高具備優勢，想搆到太低或太外側的球可能都會有困難。他又解開了一次置物櫃鎖頭，把西裝、襯衫與皮鞋都塞進去，再次把門甩上，轉了鑰匙上鎖，把鑰匙拔掉，瞧了一下躺在他掌中的鑰匙，聳了個肩，把繫在鑰匙上的緞帶解開，踢開腳下垃圾桶蓋子，把緞帶丟進去，最後把鑰匙裝進短褲右邊口袋裡。

「一切就緒了嗎？」他問話的方式好像所有人是在等我而不是在等他一樣。

我們前往球場。艾德在我前面邁開大步，手上轉著球拍，同時還在為了那個痛恨單車的卡車司機、豬頭老闆、或是其他有待他本人進一步吐露的原因生著悶氣。他認得路；他已經偷偷摸摸在這裡練了一陣子球——起碼我賭他有，而且大概就從對我邀賽之後開始。出於工作需求，我常常有需要跟私底下可不想往來的人物打好關係，但這個年輕人不斷挑戰我的容忍極限，我想我就要在羽球場上矯治他。

•

第一晚我們大戰整整七個回合。連同冠軍賽在內，我從不記得自己何時曾經這麼拚命地一心想修理哪個年輕對手。我在九死一生之際險勝四局——他打得相當好，好在狀態並不穩定。雖然他年輕，還比我高了十幾二十公分，但我承認他的羽球造詣已經磨練到他現階段的最高水準。最後要感謝老天讓他的專注力不時渙散。他能夠前衝、扣殺、箭步、拔高、輕吊、把身體逼成各種不可能的角度，藉此拿下十幾分，我僅能勉強接招；接下來三四個回合，他卻像換了個人似的，好像心中已無輸贏；等他回過神來，大勢早已頹然難挽。

我們在場上從頭到尾沒有交換過隻字片語，只有艾德一絲不苟的計分宣讀——他從第一回合起就擅自扛下這份重責大任——還有他搞砸時偶爾脫口而出的「該死」。直到決勝回合以前，我們大概已經吸引來十幾個圍觀群眾，最後甚至還出現零星掌聲。沒錯，艾德的那雙大腳的確跑不快；儘管具備身高優勢，他的低角度擊球確實也顯得兵慌馬亂，還有點窮途末路。

但無論如何我得說，他在比賽中與落敗後所展現出的風度都超乎我意料；他沒像「體育家」裡、或世界上隨便一場球賽都可能上演的那樣，爭執每一顆擦線球或要求比賽重來。比賽結束後，他馬上堆出一個跟搭訕我那天一樣的大大露齒微笑——儘管摻雜懊悔，卻是出於貨真價實的運動員精神；由於超乎我的意料而看起來更好。

「那真是相當、相當精彩的比賽，奈特。對啊，有史以來最好的。」他握住我的手上下搖晃，發自內心對我再三保證。「有時間快速『悉』一下嗎？我請客。」

「悉」一下？我應該離開英格蘭太久了吧。他是說「吸」一下嗎？於是我腦中浮現了一幅荒謬景象：他從那只棕色公事包裡準備拿出古柯鹼招待我。我隨後才意會到，他只是提議我們一起到吧臺那裡文明地喝上一杯。所以我回答：恐怕今晚不能，謝了，艾德，我還有約。這是實話，我等等又有一場深夜交接。這次的對象是吉爾斯手下僅存的一位女性情報員，代號「星光」，是個讓人十分頭痛的女人，對我來說她顯然不值得信賴，不過吉爾斯自以為駕馭得了她。

「下週讓我來場復仇如何？」艾德以我已經預期得到的死纏爛打迫切地問著。「有誰臨時想取消都沒問題。反正我就先借球場。你來嗎？」

我再次誠實地回答他，自己正被工作追著跑，所以改天再說吧；然後我會負責預訂球場，這次輪到我了。接著艾德又是一陣奇怪的上下搖晃式握手[3]。分開後我看他最後一眼，他彎著腰與單車綁腿折騰一陣後，才動手解開老式單車的大鎖；有人告訴他前面馬路不通，他只叫他們滾。

事出突然，我得傳訊告訴他下週一比賽取消；芙洛倫絲勉為其難地同意淡化道德譴責的口吻，再加上我檯面下的關說，「玫瑰蓓蕾」的進度現在真的得快馬加鞭。艾德提議改到週三，但我只能說自己整週都會被工作追著跑。下下週一來到，由於「玫瑰蓓蕾」正在緊要關頭，我只能對他好好道歉，再次取消比賽，隨後的同一週間看來也不太樂觀。浪費他的時間讓我對他感到相當虧欠，不過每次收到他那句客氣的「沒問題」都讓我鬆了一口氣。初次交手三週後的週五晚上，我依然無法確定下個週一、甚至往後的日子是否可能成行；這麼一來就是連續三週取消比賽了。

企劃書繳交期限已過，「避風港」的班表又來到週末，本週依舊是小伊利亞自願值班，他缺錢。我

3　英國人握手時間短，至多輕晃一下。

的辦事處手機響起——是阿多。我很想讓鈴聲就這麼響下去，但終究還是屈服了。

「奈特，我要為你捎來一些頗為可喜的消息。」他用一種公開演講的腔調如此公布。「那位名為『玫瑰蓓蕾』的小姐獲得俄國部門大老的垂青。俄國部門將我們的提案書轉給了機密行動部，等候最終裁示。希望你有個愉快的週末，因為你值得，容我這麼說。」

「是我們的提案還是倫敦總站的提案，阿多？」

「是我們的共同提案，奈特，跟我們當初說好的一樣：『避風港』與倫敦總戰並肩作戰。」

「所以正式提案人究竟是掛誰的名字？」

「是你那強悍的副手，雖然她還只是個見習生。如此一來，按照慣例就是由她負責對行動部進行簡報，下週五早上十點半準時開始。這樣你還滿意嗎？」

要我滿意……除非寫成白紙黑字啊，阿多。我去電小薇再次確認，結果搞了半天小薇原來是我的盟友。她發了一封正式電子郵件，確認阿多跟我握有同等主導權，而芙洛倫絲是企劃正式提案人。我到現在才覺得有空能給艾德發個簡訊。我先是為了事出突然而道歉……那麼，他下週一有沒有可能想打個球？

他想。

•

他這次身上沒穿那套汗濕的灰色套裝，褲管上沒有箍著單車綁腿，嘴上沒叨唸著卡車司機或豬頭老闆，手上也沒提那口棕色公事包。他穿著牛仔褲和休閒鞋，襯衫釦子解到胸前，正在摘掉的自行車頭盔之下掛著相當愉快的露齒微笑，上下搖晃的握手則進一步強調他的好心情。

「你是嚇到要那麼久才有膽子來約我，對吧？」

「根本嚇到發抖。」我愉快地應和他，同時和他一起踏著輕步兵的步伐走入更衣間。

戰況再度陷入膠著，不過這次沒有旁人觀戰，所以氣氛緊張得恰到好處。跟上次一樣，我們起初平分秋色，直到最後幾回合才分出高下。但這回結果讓我感到懊惱，他在最後千鈞一髮又堂堂正正地險勝；不過也讓我感到安慰，畢竟我要一個每打必倒的對手幹麼？比賽結束後，我立刻搶在他之前提議兩人移駕至吧臺區，如他所說的「悉」一下。俱樂部週一上門的會員寥寥可數，但或許是出於某種無法克制的本能衝動或職業習慣使然，我還是選了傳統上的監視者專屬角落：遠離泳池、視線能直達出入口、背後靠牆的兩人座錫桌。

從此以後，我們兩人就默認在這張遺世獨立的錫桌，進行我母親承認她的德國血統時會說的「Stammtisch」[4]；或如我親愛的同仁們會說的那樣，「犯罪現場」。我們可能固定在週一晚間碰頭，也可能在週間其他日子晚間抽空見面。

4 德文 Stammtisch 一詞，意指兩人或一群人的固定聚會，且常在固定的地點或慣用的桌位。

我原本預期首次球賽後的啤酒聊天只會以最尋常的套路發展：輸家請第一輪，還有人想喝的話，換贏家請第二輪；交換一些客套話，敲定再戰日期；沖澡，各奔東西。因為艾德還處於一個生活晚上九點才開始的年紀，所以我想我大概就喝個一杯，回家替自己煮顆蛋——普露此時還在南華克與她可愛的法扶客戶肩並肩長期抗戰。

「所以你是倫敦人吧，奈特？」在我們準備開喝時艾德問道。

我承認自己就是倫敦人。

「那你是哪一種？」

這問題比俱樂部裡的人一般會問到的還深入，不過別太在意吧。

「就是四處討生活，」我回答。「我為了養家活口在國外工作過好一陣子，現在回到老家，開始在找其他能讓我專心的事情忙……」除此之外：「同時在幫一個老朋友重振事業。」我接著用一套屢試不爽的話術回問道。「那你呢，艾德？愛麗絲口風不緊，說你是個研究員。這樣說算對嗎？」

他彷彿從前都沒被其他人問過那樣，思考了我的問題，好像稍稍受到激怒，有待被人安撫。

「研究員，對啊。我是。」他思索片刻後繼續說。「我研究。東西進來，整理它們，推到賭客面前。這樣。」

「基本上是研究每日新聞囉？」

「對啊。什麼新聞都研究，本地、外電、假新聞。」

「想必是集體作業吧。」我想起他對雇主的漫罵這麼猜測。

「對啊。真的需要高度合作思維。不守規矩就吃屎。」

我猜他已經把想說的話說完了，因為他又遁入了自己的腦海中，與外界失聯。不過他又繼續說下去：

「但我沒那種思維也還是在德國待了幾年，不是嗎？」他接著安慰自己。「我愛那個國家，但沒那麼愛那個工作，所以我回來了。」

「繼續做同類型的工作？」

「對啊，一樣的鳥事。實際上是不一樣的領域。我以為這裡會好一點。」

「結果沒有。」

「也未必。我想我還會撐一下，逆境求生。對啊。」

以上為我們就各自職業所進行交談的淨總和。我覺得這樣就好——我猜我們兩個都覺得這樣就好。雖然我親愛的同仁們不太想這麼相信，不過我記得此後兩人就再也沒提起這話題。我倒是記得那晚職業話題暫歇之後的討論方向整個大風吹。

艾德凝望前方良久，從那齜牙咧嘴的扭曲表情推判，他的內心大概是在經歷什麼天人交戰。

「介意我問你個問題嗎，奈特？」他突然下定決心開口問道。

「當然不介意。」我大方地說。

「我實在很尊敬你。雖然我們才認識不久，不過只要跟一個人交手，很快就能了解這個人。」

「請繼續。」

「謝謝你，我繼續。在仔細思考後我認為，川普時代的美國正走上制度性種族歧視與新法西斯的老路；英國卻在此時脫離歐盟，連帶後果將是對美國無上限的依賴——這對英國與歐洲、乃至於全世界的自由民主體制而言，毫無疑問是最徹底的『連環爆幹』。我要問的是：以最寬鬆的解讀來說，你是否同意我的看法；還是我冒犯到你，最好現在就站起來走人。同意，還是不同意？」

一個才剛剛認識不久的年輕男子突如其來徵求我的政治同感，我出於詫異而採取普露所謂「維持體面的緘默」。他兩眼無神地盯著泳池中戲水的群眾一下，隨即把注意力轉回我身上。

「我想說的是，我欣賞你的球技，也欣賞你的人，所以我不想要虛情假意地坐在你旁邊。我認為脫歐是英國自一九三九年以來做出的最重大決定[5]——大家都說是一九四五年[6]，但說實在，我完全不知道為什麼大家會覺得是那年。所以我想問的只有：你同意嗎？我知道我太認真，大家都這麼說；他們也不喜歡我有話直說，但我就是這樣。」

「職場上的人都這樣說嗎？」我以反問作為拖延時間的戰術。

「職場把我稱之為自由言論的東西抹除得一乾二淨，那裡規定你不能對任何話題主張強烈立場，否則就會遭受唾棄。我的職場求生策略就是把嘴一路牢牢閉上，所以他們覺得我不好相處。我還是能跟你列舉其他沒人願意聽實話的場合——或者只是單純不想聽我說話。這些人表面上就算欣賞西方民主，還是更喜歡輕鬆過日子，無視反抗法西斯敵人侵略的公民責任。我注意到你還沒回答我的問題。」

讓我在此精準地複述我已經對親愛的同仁們訴諸反覆的同樣訊息：雖然「連環爆幹」這種說法還沒進入我的詞彙庫裡，但脫歐長久以來都讓我寢食難安。我是土生土長的歐陸人，身上流著德國、英國與舊俄的血，歐陸就跟巴特錫的家一樣讓我感到自在。至於他更宏觀的重點：川普治下的美國由白人至上主義者主導——這個嘛，我們在這點上也沒有歧見，甚至我親愛的同仁們當中不少人也持一致態度（雖然他們後來可能會希望自己對此採取比較中立的姿態。）

但給他一個答案還是讓我多有顧慮。首先這個問題一定會冒出來：他是要設計我、套我話、還是跟我討價還價？假設實情如此，我會用絕對的自信回答「不」：不會是這個年輕人、相處再久都不會是。所以接下來的問題就是：我難道要無視老酒保弗雷德在吧臺後鏡子上手寫的那條重要訊息嗎——「禁止大聲談論脫歐」？

最後一個問題是，我難道忘記自己作為一個公僕，儘管是見不得光的那種，應當支持本國政策（假設有的話）的本分嗎？還是乾脆說服自己：或許這個比我女兒（她對萬事萬物的激進觀點已是家庭日常）大個七、八歲，勇敢、真誠、秉性良善的小伙子（對，也很怪，絕非人見人愛；這對我來說更加分），只是想找個能陪他來場精彩羽球廝殺的傾訴對象？

5　該年九月二戰開始後兩天，英國與法國聯合對德國宣戰。

6　該年二戰結束，邱吉爾所屬的保守黨在大選敗於工黨。此外，直到冷戰結束後，邱吉爾在該年制定的兩份對抗歐陸蘇聯武力計畫才解凍公開。

想到這裡，有個念頭攪和進來；這個念頭我相信在那難以想像的第一次接觸中早已浮現，但我直到現在才願意承認：我意識到，有什麼在我截至目前為止的人生中難得一見的事物現身了，尤其就體現在這麼一個年輕男子身上。他擁有的真實信念，並非受到利益、嫉妒、復仇心或者自我膨脹所驅使，而是貨真價實、不要就拉倒的那種。

酒保弗雷德靈巧而徐緩地把冰鎮拉格啤酒倒入鑲金邊笛型杯裡。艾德低著頭，用他那纖長的手指輕戳起霧的杯壁，焦急地等待我的回覆。

「那個，艾德，」在足以顯示我已經充分深思熟慮過的一段時間過後，我開始回答，「讓我這麼說吧。沒錯，脫歐當然是最徹底的『連環爆幹』，雖然我不覺得還有什麼辦法能讓時光倒流。你接受這回答嗎。」

他不會接受的。我們都明白。我所謂的「維持體面的緘默」不過就是一種虛應故事；而隨著相處日久，我逐漸認為艾德漫長的無語是我們對話模式的某種特色。

「那你又怎麼看唐納・川普總統？」他問道，咬牙切齒得好像是在唸出惡魔的名字。「你是否跟我一樣，認為川普是文明世界的威脅，煽動並主導美國毫無節制的系統性納粹化？」

我想我到目前為止應該一直掛著微笑，但艾德側對著我的沉鬱臉龐上看不出半點對這微笑的回應，好像他只需要聽到我的聲音回答，而不需要看到任何緩和場面的表情。

「這個嘛，如果從沒那麼根本的層次上來說，我也是同意你的看法的，艾德。希望這能讓你好過一點。」我平緩地招認，「但他又不會當一輩子總統，不是嗎？反正美國憲法也會阻止他，不會放任他暴衝。」

但這些理由對他來說不夠：

「那，繞著他轉的那群狂熱的井底之蛙呢？相信耶穌發明貪婪之罪的基本教義派基督徒呢？根本沒辦法對付他們吧，難道有嗎？」

「艾德，」我借他的話來開玩笑，「只要川普嗝屁，這些人就會像他的風中骨灰一樣四處散落。看在老天份上，我們再來一杯吧。」

我一直在期待艾德那道洗刷一切不愉快的大大露齒微笑登場。但沒有。他骨感的大手倒是從桌子另一邊朝我伸了過來。

「那我們應該沒問題囉，對吧？」他說。

我握握他的手並說：對，沒問題。現在他才肯為我們去拿下一輪啤酒。

•

隨後幾場週一夜間的對打，我都花了好些功夫去否認或淡化他說的任何事情；也就是說，從那之後的第二次見面（日誌上記為「賽二」）以降，沒有一場球賽後的圓桌會議不是以艾德談論今日世界燃眉之急的政治獨白作結。

他的狀態與日俱進。忘了他那生澀的登場大掃射吧：艾德不是生澀，只是太投入，而過度投入就會變成執拗——這點現在才容易看得出來。他最晚從「賽四」起自曝是個消息靈通的新聞成癮者，知曉世界政治舞台上的每一處曲折離奇，包括脫歐、川普、敘利亞與其他經年人禍。收集這些新聞是他的個人興趣，如果我不讓他自由發揮的話就顯得太不體貼。你能給年輕人最寶貴的禮物就是時間，而我總是在想自己給史蒂芙的時間完全不夠；或許艾德的父母就這方面來說也不是特別慷慨。

我親愛的同仁們極力想相信的是，我捨得花時間理睬他，只是為了破除他的迷障。他們認為我們年紀相差太多，而我只是擺出一派他們津津樂道的「營業用魅力」。聽他們胡說八道。只要艾德開始講他天真美好的勸世寓言，我大概就只是一雙沆瀣一氣的耳朵，或根本也可以只是公車上的鄰座陌生人。我到現在還想不起來自己曾經發表過什麼意見有博取到他最起碼、哪怕只是最為表面應付的好感。他感激的只是終於找到一個不會被他嚇到、不會跟他唱反調、也不會直接閃人去找別人聊天的聆聽者；我不確定他能跟人進行意識形態或政治爭論多久而不致情緒失控。他對每個議題的立場在他開口前就能預料得到，這件事並未困擾我。好吧，他是個單一議題者，我認得出這個品種的人，我還吸收過幾個。他很有地緣政治敏感度，年紀尚輕，對自己早有定見的議題具備高度理解，而當他的定見遭到反對時就會當場勃然大怒——雖然我還沒有機會實際測試這點。

我個人從這段關係當中，除了與球場上刀光劍影的廝殺之外，還獲得了什麼呢？這又是一個我親愛的同仁們再三提起的問題。在偵訊時我並未當場擬出回答，事後我才想起艾德所傳達出的那種道德決心，簡直就像是在召喚我的良知一樣——接著就想起那帶點慚愧的大大露齒微笑，把我適才的念頭洗刷得一乾二淨。總而言之，這段關係給我某種收容瀕危動物的感覺——我向普露提議把他帶回家喝點小酒或共進週日午餐時，應該做出了類似的描述。不過冰雪聰明的普露不為所動：

「我怎麼聽起來好像你們兩個正打得火熱。你把他留著自己享用吧，別讓我妨礙你們。」所以我就愉快地接受普露的建議，獨享艾德。我們的見面流程直到最後都一成不變：在球場使出渾身解數對決，拾起外套（或許還在脖子上圍條圍巾），準備進行我們的圓桌會議，輸家請客。我們會交換幾則閒談，或許是拿出一兩件事來溫習。他含糊籠統地問起我的家庭，我則問他週末過得好不好，並互相給出枯燥無味的答案。接著艾德會一如預期，給出一段我很快就學會不去填補的沉默，接著才開始發表他的本日高見。我大多時候會同意他的說法；也可能只有部分同意，頂多就是說：「哇，慢著，艾德」，然後給他一陣年長智者的輕笑。只有那麼少數幾次，我用我最溫柔的語調質疑他最辛辣的見解——不過一定輕拿慢放，因為我的本能打從我們見面那天起就告訴我：艾德有顆玻璃心。

偶爾他講起話來就好像被附身。他那平常聽來不錯的嗓音，有時會飆高八度，來到某個高度就後定在那裡開始說教，雖然為時不會太久，但已經久到足以讓我心想：哈囉，我認得這種音域，史蒂芙也可以飆出這種高音。那種語調既出，旁人就不再有插嘴餘地，那些話只會旁若無人地說個沒完，最好一邊點頭稱是，等那狀態自動結束。

說些什麼話題？某種程度上，每一次的話題都是之前話題的大雜燴：脫歐是玩火自焚；一群故作人民領袖姿態的富有菁英分子帶領英國大眾走向斷崖；川普是一個混世魔王，普丁則是另一個；拉拔川普這種躲避徵兵富二代長大的環境，是一個就算可以挑剔也依然偉大的民主國家，所以他的此世和來生都不可能會有救贖；相較之下普丁一生從來沒見過民主，想上天堂或許還有一線曙光。艾德的新教徒底氣，就隨著這種大吐為快而逐漸明朗。

有任何進展嗎，奈特？我親愛的同仁們這麼問。他的眼界有長進嗎？你有感覺到他在追求某種根本上的解決方案嗎？我的答案依然無法安慰他們。他或許只要在聽眾（也就是我）面前得到自信，就會更顯野馬脫韁而暢所欲言；也或許是我隨著時間推移成為了一個更加友善的聽眾；不過我也不記得自己曾經特別不友善就是。

但我承認，只要心頭沒有太多需要操煩的事情——像是史蒂芙、普露、某些出包的新手情報員或是流行性感冒癱瘓了我們一半的情報員操作人長達幾週之類的——有那麼幾場圓桌聚會，我幾乎是對艾德全神貫注，想針對他某些更激進的言論進行爭辯；但與其說是想挑戰他的立場，不如說是想治一治他那種口無遮攔的說話方式。所以在這種意義上來說，就算討論內容沒有進步，我個人也對整個情境更加熟悉，而艾德雖然勉為其難，也終於願意開始偶爾自嘲。

但請記得這段簡單的證詞；這不是自我開脫，只是事實。我不是一向都很仔細聽他說話，有時也會完全斷線。假如「避風港」開始為我帶來壓力（實際上是與日俱增），在進行圓桌會議前，我會確保辦事處手機躺在我的後面褲袋裡，在他開始長篇大論時可能就會偷偷摸摸地看一下手機。

偶爾他那年少輕狂又大言不慚的獨白真的惹毛了我，在宣告散會的上下握手過後，我就不會往家中的普露直奔回去，而是往公園繞點遠路，好讓思緒有辦法沉澱。

最後談一下羽球對艾德、以及對我來說各有什麼意義。對圈外人而言，羽球不過是給害怕心臟病發的過胖成人打的軟腳蝦版壁球；但對圈內人來說，羽球就是唯一。壁球追求大刀闊斧，羽球則講究虞詐、耐性、敏捷與絕處逢生的救球。其精髓在於等待——等待空中的羽球悠悠哉哉地描繪出一道弧線，隨後再一口氣發動伏擊。有別於壁球，羽球場上無貴賤之分；公學裡才不會打羽毛球。羽球既無網球或五人足球那種戶外運動的陽光魅力，也沒有五光十色的熱鬧場面作為回饋。羽球毫無容赦；除了膝蓋，據說羽球還很傷髖部。而就已知事實而言，羽球要求的反應速度快過壁球。羽球玩家之間鮮少出現自然的情誼交流，他們大體來說是一群孤獨的人。對其他運動員來說，我們有點怪，有點形單影隻。

我父親駐守新加坡時也打羽球。他只打單人賽，全盛時期代表陸軍上場。他也陪我打羽球。我們暑假時在諾曼第海灘上打，也在訥伊家的花園裡打。我們把家裡的曬衣繩當球網，他空出來的那隻手裡還抓著一只紅木酒杯，裡頭盛著蘇格蘭威士忌。羽球是他留給我的最好回憶。我被送到蘇格蘭讀他那所可怕的寄宿學校後，也跟他一樣在那裡打起羽球，一直到去英格蘭中部讀大學還在打。當我在辦事處裡到處閒晃、等待第一次海外派駐任務分發時，我設法召集了一群同期生，以「非正規軍」的假名迎擊上門對手。

那艾德呢？他又為何皈依這種球中之球？我們坐在圓桌旁，他把自己的啤酒當成水晶球凝視；他這副德性，要不是正在解決世界危機的難題、苦思剛剛的反手拍哪裡出了差錯，要不然就只是什麼也不說，兀自悶悶不樂而已。任何問題只要對他問出口，就不再單純明瞭，一切答案務必溯及本源。

他最後終於鬆口，帶著那大大的露齒微笑。「文法學校裡有個體育女老師，她某天晚上帶我們幾個人到她的俱樂部裡打羽球。真的，就這樣。那個短裙跟白到發亮的大腿，太讚。」

6.

為了進一步陶冶我親愛的同仁們，我在此將「金商」來到前，我碰巧聽到的艾德的球場外生平做個總結。寫下這些事情後，我才發現，若非我受過訓練，而且習慣聆聽與記憶，不然這些細節之多連我自己也會吃驚。

他有一個相差十歲的手足，出生於英格蘭北部一個衛理會古老礦業家族。他的祖父二十幾歲從愛爾蘭移居當地；在礦場關閉後，他父親改以海上貿易維生。

「在那之後就不太常看到他，實在不常。他一回家就得了癌症，好像癌症早就在家裡等他。」艾德說。他父親也是個老派共產黨人，在一九七九年蘇聯入侵阿富汗之後就把黨證給燒了。我推測艾德也在父親的臨終病榻旁照顧他。

在他父親死後，他們舉家搬到頓卡斯特附近。艾德考上了一所文法學校，但可別問我是哪間。在成人進修教育計畫縮水前[7]，他母親只要工作一有空閒就會去聽課：

「媽的腦子動得比她被允許得還多，再加上她還有蘿拉要照顧。」

7 二〇〇九年度，英國政府將成人進修教育預算刪減至原先的一半左右。

蘿拉是她的妹妹，有學習障礙，部分殘疾。

他在十八歲時拋棄基督教信仰，轉向他所謂「無所不包的人道主義」，雖然我認為那也不過就是去掉上帝的新教思想，但出於禮節，我按捺著沒對他挑明。

文法學校畢業後，他進了一所「新」大學，主修計算機科學，選修德語。我不確定是哪間大學，學位等級也不明，我猜都是中等左右，而「新」是他自訂的貶義詞。

至於女孩子——這話題總是艾德心頭最軟的那一塊，也是非請勿問的部分——反正要不是她們不喜歡艾德，就是艾德不喜歡她們。我認為艾德對國際事務迫切的投入，以及其他無傷大雅的奇行怪癖，會讓他很難成為誰的人生伴侶。我還覺得他並不知道自己的魅力何在。

那麼應該跟他一起跑健身房、爬梳世界大事，一起慢跑、騎單車、混酒店的男性朋友呢？艾德從未跟我提過半個這樣的名字，我也想知道他的生命中究竟存不存在這樣的角色。我打從心底認為他把這種孤立狀態當成一種榮譽勳章。

他從羽球圈的小道消息網絡聽說我的事蹟，接著想盡辦法讓我成為他的固定對手。我就是他不願與人分享的獎盃。

我問他，如果他那麼嫌棄媒體業，那是什麼理由讓他想要從事這一行。他起初閃爍其詞：

「在某個地方看到廣告就去面試。他們出了某種考卷，然後說，好啦，你上了。就是這樣，對啊。」艾德說。

但當我問起職場上有沒有合得來的同事，他只是搖搖頭，像是這個問題與他無關。

艾德孤獨的小宇宙其他地方可有什麼好消息嗎？除了德國，還是德國。

艾德對德國人嚴重癡迷。我想我本人也是，可能是受我媽潛意識裡那個不甘不願的德國人潛移默化的。艾德在圖賓根念了一年書，然後在柏林某媒體單位工作了兩年。「德國是最好的國家，德國公民簡直是最好的歐洲人，尤其是對於歐洲團結的理解，其他國家根本看不到德國車尾燈，」艾德居高臨下地說。他曾經想過拋下一切，在德國展開全新人生，但他跟柏林大學研究生女友的交往不順讓希望成空。就我目前所知，就是因為這個女友，艾德才開始進行有關一九二〇年代德國國族主義興起的某些研究，因為這也是她的研究主題。可以確定的是，他憑著這些隨意散漫的研究，覺得自己有足夠理據在歐洲獨裁者抬頭與川普崛起之間做出令人不安的對照。只要跟艾德打開這個話匣子，就能看到他最目中無人的一面。

在艾德的世界裡，脫歐狂熱者跟川普狂熱者是沒有區別的：兩者都種族歧視且仇外、兩者都膜拜美好往日帝國主義的神主牌——只要開始這個話題他就會失卻一切客觀——兩者共謀要剝奪他的歐洲屬地公民身分。他或許在其他方面都顯得孤獨，但在歐洲議題上，他問心無愧地在替他的世代發聲，或甚至對我的世代問責。

有一次，我們在例行的鏖戰之後氣力耗盡，於「體育家」更衣室內稍坐片刻。他探進置物櫃裡拿他的智慧型手機，堅持讓我看一段影片。影片拍的是川普的核心內閣圍著桌子坐成一圈，輪流宣示對領袖至死不渝的忠誠。[8]

---

8 詳見《紐約時報》線上報導〈Trump's Cabinet, With a Prod, Extols the 'Blessing' of Serving Him〉。

「這根本他媽的是元首誓詞[9]欸。我重播一次，奈特，看著。」他氣喘吁吁地叫我。

我老老實實地看完了。沒錯，實在令人作嘔。

我從來沒問過他為什麼喜歡德國，但我想是德國為了過去所作所為進行的贖罪，深深撼動了他內心那個世俗化的衛理會靈魂：一個一度發狂的泱泱大國，竟然能向全世界悔改其罪愆。他想知道世界上究竟還有哪個國家會這麼做——土耳其可曾為了屠殺亞美尼亞人與庫德族道過歉？美國可曾對越南人道過歉？英國難道有對他們奴役過的無數人民、遍及全球四分之三陸地面積的殖民地做出任何彌補？

至於那上下搖晃的握手方式，他從沒告訴我是哪裡學來的。我猜他應該是在柏林暫住女友家中，從那普魯士家庭學到的；而出於某種難以言喻的忠誠，他往後都保持著這個習慣。

9 納粹德國時期，軍人與官員使用的誓詞，內文直接對希特勒表示效忠。

7.

十點，這是個陽光普照的週五早晨，鳥兒都曉得春日已至。芙洛倫絲與我——我從巴特錫出發，我猜她從賓利柯來——已經喝完晨間咖啡，一起沿著泰晤士河堤向總部辦公室邁步出發。以前剛從遙遠駐外情報站談判歸來、或只是休個探親假時，這座醒目過頭、塔樓林立的卡美洛城[10]，那運轉聲如耳語的電梯、明亮如醫院的走廊、從橋上呆頭呆腦張望過來的觀光客，偶爾會讓我心生退卻。

但今天不行。

再過半小時，芙洛倫絲就要向倫敦總局發表這三年首次的完整特別行動提案，提案書會打上「避風港」的浮水印。她一身半正式褲裝，只帶少許淡妝。她就算會怯場，神色也沒有透露半分。過去三週以來，我們一起熬夜，在「避風港」密不透風的作戰室裡那張搖搖欲墜的長桌上並肩而坐，直至清晨，精讀細究街道地圖、監視報告、電話書信攔截，以及奧森失寵情婦阿絲特拉的最新說詞。

阿絲特拉是第一位通報奧森準備利用他在公園巷樓中樓，討好某對塞普勒斯洗錢二人組的線民。這對洗錢二人組流著斯洛伐克血統，立場親莫斯科，在尼克西亞開了私人銀行，還在倫敦市設了分行。這

10　亞瑟王的城堡。

兩人都是已知的克里姆林欽定奧德薩犯罪組織成員。奧森獲悉他們來訪，馬上請人到樓中樓清除電子監控設備，不過並未發現任何裝置。現在就有待珀西・普萊斯的潛入小組來修正那個「並未發現」。

俄國部門在並未親自坐鎮的總監布萊恩・喬登同意之下，也開始主動探探水深。其中一位事務官偽裝成芙洛倫絲的《每日郵報》編輯，跟大樓夜間警衛談成交易。他們還說動供應奧森樓中樓能源的瓦斯公司發布氣體外洩公告。目中無人的艾利克手下的三人潛襲小組扮成瓦斯公司技師，就這麼對樓中樓內部展開搜查，把電腦房加強鋼製大門的鎖頭拍攝下來，請英國鎖匠提供複製鑰匙以及破解密碼的指南。

現在「玫瑰蓓蕾」只欠總部巨獸們——咸稱機密行動處——在全體會議上正式通過了。

•

芙洛倫絲跟我戮力避免握手或其他肢體接觸。我們雖然在這點上涇渭分明，但彼此關聯依然算是密切。我們生命重疊的部分多過我所預料。她的前外交官父親在英國駐莫斯科大使館有過兩段成就斐然的任期，也帶著妻子與三名兒女一同赴任，最大的孩子就是芙洛倫絲。普露和我的故事則與他們錯開了六個月。

芙洛倫絲在莫斯科就讀國際學校期間，懷著滿腔青春熱血擁抱俄語專長。她的生命中連嘉琳娜夫人都有：一位蘇聯「欽定」詩人的寡婦，在佩瑞德基諾的舊藝術家聚落裡有間破舊農舍。在芙洛倫絲準備好回英國就讀寄宿學校前，辦事處的星探早已經看上她。辦事處在她的普通教育高級程度鑑定考上派了內部俄國語言學家去評估她的語言技巧。她得到了非俄國人士所能得到的最高評等，十九歲時就被加以接觸。

在辦事處的督導之下她繼續完成大學學業，每次放假都撥出一部分時間進行初階訓練演習：貝爾格勒、聖彼得堡、還有最近一次是塔林。若非她以林業學生的身分臥底、而我扮演外交官，否則我們應該會在塔林見過彼此。她喜歡跑步，就跟我一樣：我在巴特錫公園跑，她則出乎我意料在漢普斯特公園跑；那裡離賓利柯有很長一段距離。她爽快地回答我的驚訝，說有輛公車能直達她家與公園。我閒來無事查了一下，還真的：二十四號公車走的就是這條路線。

我對她還了解多少？她有一種渾然天成的強烈正義感，讓我想起普露。她喜歡行動任務的刺激感，對此也具備超乎常規的才能。辦事處時常惹火她。她絕口不提私生活，甚至到嚴加防備的地步。某個漫長一日工作結束後的晚上，我不小心看到她蹲在自己的辦公隔間裡，拳頭緊握，淚水流過雙頰。我從史蒂芙身上學過教訓：千萬別問她發生了什麼事，留些空間給她就對了。於是我留了空間給她，什麼都不問，讓這眼淚流下的原因只為她一人所有。不過她今天對「玫瑰蓓蕾行動」以外的整個世界沒有絲毫關心。

•

那天早晨辦事處菁英薈萃的場面、中間可能發生過的事件、以及當晚最後的場面，如今回想來都有些如夢似幻：陽光盈滿頂樓會議室天窗，壁板色澤金黃如蜜，一張張睿智的臉孔朝向在原告席上並肩而坐的芙洛倫絲與我，專心傾聽。席上每位成員我從以前就認得，各有令人欽敬的獨到之處：姬塔．馬斯登是我在特里亞斯特情報站時的前上司，也是第一個爬到高位的有色女性。珀西．普萊斯，辦事處那規模不斷擴張監視部隊的主任。名單還長著。蓋伊．布拉默，俄國情報需求部門主任，五十五歲，發福而狡猾，代理身困華盛頓的布萊恩．喬登出席。瑪麗翁，暫時派駐此地的姐妹處資深成員。接著是布拉默兩位最被看好的女性同僚，貝絲（北高加索）與莉琪（俄領烏克蘭）。最後而最不重要的，阿多．川奇，倫敦情報總站主任，他堅持在所有人入座之後才進入會議室，深怕自己被帶到地位較低的座位。

「芙洛倫絲，」蓋伊．布拉默和藹地從桌子另一頭發話，「讓我們聽聽你的簡報吧。」

剎那間她離開我身旁，一襲褲裝站在六呎外就定位：芙洛倫絲，我陰晴不定卻才華洋溢的第二年見習生，對著一群長輩講述她的智慧，我們「避風港」的小伊利亞則像個小妖精，帶著題詞表蹲踞在投影機隔間裡，跟著芙洛倫絲切換投影片。

芙洛倫絲今天的嗓音當中毫無激情的顫抖，過去幾個月來在她心中燃燒的怒火也並未透出半分，也沒有展示她在個人所設的地獄中為奧森保留的特別席位。我提醒過她要克制情緒、保持口條清晰。我們的監察主委珀西．普萊斯是一位勤上教堂的信徒，絕對不會歡迎盎格魯-薩克遜髒話；我也不覺得姬塔會對髒話有好感，儘管她跟我們一樣帶有不信者的包容力。

至此芙洛倫絲還沒偏離主軸。在宣讀奧森起訴書時，她既沒義憤填膺、也沒慷慨激昂——轉眼之間她也能兩者兼具——反而冷靜沉著，就像我為了找樂子而拐進法庭十分鐘所聽到的那個將對造辯倒在地的普露。

她首先報告的是奧森難以解釋的財產——鉅額、離岸，從根西島和倫敦市進行管理；不然還會是哪裡？接著是奧森的其他海外資產，遍及馬德拉群島、策馬特與黑海周邊。然後是他在倫敦俄國大使館舉辦的脫歐領袖招待會上一次難以開脫的現身，還有他捐給某個邊陲脫歐團體戰備基金的一百萬英鎊。她敘述了奧森在布魯塞爾與六名俄國網路專家的密會，而這六個人都涉嫌大規模西方民主國家論壇駭客攻擊。如此這般，語氣依然不帶情緒波折。

她的酷勁維持到提議在目標樓中樓安裝竊聽器為止。伊利亞的投影片以紅點標示了十幾個竊聽器安裝點。瑪麗翁請求打斷她的發言：

「芙洛倫絲，」她正色問道，「我無法理解，為何你在此提議動用特殊設備監控未成年兒童？」

我以前沒見過芙洛倫絲啞口無言，但現在看到了。作為她的情報站主任，我連忙上前支援她。

「我想瑪麗翁針對的，應該是我們提議監控奧森樓中樓的每個房間，而不論房間是誰在使用這件事。」我在講檯邊悄悄對芙洛倫絲說。

瑪麗翁卻沒有被說服。

「我質疑的，是你們在育兒房安裝視聽紀錄設備的倫理觀。監控保母房間的行為也同樣可議，如果這不算更惡劣的話。或者我們應該推測奧森的小孩跟保姆都具備情報價值？」

芙洛倫絲這時才重整態勢；或者說——如果你像我一樣了解她的話——準備開戰。她吸了口氣，切換成她最最甜美的切頓罕女子學院嗓音。

「那間育兒房呢，瑪麗翁，在奧森有些格外祕密的事想對生意夥伴說說的時候會派上用場。每當他的小孩跟著保母去索契海邊渡假、老婆又出門買卡地亞珠寶時，他就在那間保母房肏他的妓女。情報來源阿絲特拉告訴我們，奧森最喜歡在肏著女人的時候對她們吹噓自己幹過的聰明勾當了。我想我們也該聽聽看。」

但場面還過得去。每個人都在笑，蓋伊．布拉默笑得最大聲，連瑪麗翁都在笑；阿多也在笑，雖然沒笑出聲，但不如說他是一邊發抖一邊微笑。我們起身走到咖啡桌旁圍起小圈圈。姬塔像一位姐妹般向芙洛倫絲致上祝賀。一隻看不見的手挨近我的上臂——這是我就算在這種大好時刻也不會仁慈以待的東西。

「真是場精彩的會議，奈特。多虧了倫敦總站，多虧了『避風港』，多虧了你這個人。」

「很高興你喜歡，阿多。芙洛倫絲是個可靠的專案官了。她的起草人身分得到認可真是一件好事，可惜這些好事容易被草草略過。」

「你那從背景傳出的溫和嗓音就總是被忽略的好事，」阿多自說自話，假裝沒聽到我的微言大義。

「我可是幾乎能聽出父愛的質感。」

「還真是謝謝你了，阿多。」我爽朗地回應，一邊忖度他葫蘆裡還有什麼膏藥想賣。

芙洛倫絲與我沉浸在大功告成的餘韻與陽光之中，沿著河岸步道徐行返家，一邊互相談起——不過主要是芙洛倫絲在說：如果「玫瑰蓓蕾」能收穫的紅利只有預期的四分之一，那我們唯一可以合理確信的就是奧森在倫敦的俄國奴才身分，以及——她最懇切的期盼——他用倫敦市運轉無休的洗錢機器往南半球堆的大把髒錢全都完蛋了。

因為我們都還沒吃飯，再說為此刻而整晚熬夜，也讓時間有點沒真實感，我們於是沒去搭地鐵，而是半路進了一間酒吧找了個凹室座位，點了漁夫派與一瓶勃艮地紅酒——我忍不住告訴她這也是史蒂芙的愛酒，而且她們兩人都嗜魚成痴。用餐期間我們用黑得正好的黑話檢討早上的發表過程，那段時間事實上比我在此交代的更加漫長、更多技術細節，包括珀西．普萊斯與自大老賊艾力克的發言，討論關於如何標記並觀測監視目標、在目標的鞋履衣物上染色、動用直昇機或無人機；而要是奧森及其隨行人員在預計時間之外返回目標樓中樓，潛行部隊又尚未撤退，此時又該如何應對。答：一名便衣警察會客氣地告訴這些人，大樓接獲線報有非法入侵者闖入，先生女士們可否慷慨地在調查進行的同時先利用警車車廂享受一杯熱茶。

「所以到時候真的會這麼做嗎？」芙洛倫絲在第二杯、或可能第三杯紅酒下肚後沉思道，「我們大功告成了。大國民凱恩[11]，你的好日子終於來了。」

「在胖女士唱歌以前都不算。」我提醒她。

11　「玫瑰蓓蕾」是電影《大國民》（Cirizen Kane）主角凱恩的遺言，本片導演的名字即為奧森（Orson Welles）。

「那又他媽的是誰？」

「財政部專案小組必須先賜與我們祝福才行。」

「裡頭有誰？」

「財政部、外交部、內政部和國防部各派一位官員。加上幾位增選國會議員，可以信賴他們會聽話照辦。」

「照辦什麼？」

「對行動計畫書蓋好橡皮圖章後繳給總部，我們才能開工。」

「這就該死浪費時間，如果你要問我的話。」

我們坐地鐵回到「避風港」，發現伊利亞早我們一步回來，傳達當紅女主角芙洛倫絲的捷報。就連伊果這彆扭的六十五歲立陶宛人都從巢穴裡冒出來握著她的手道賀。儘管他背地裡懷疑任何撤換吉爾斯的決策都是俄國的陰謀，但還是握了我的手。我逃進自己的辦公室，把領帶與外套掛在扶手椅上，電腦正關機，家用電話在外套口袋裡喑啞地響起。我猜是普露打來的，但本希望是史蒂芙，於是趕忙摸索手機。結果是艾德，聽起來相當緊急。

「奈特，是你嗎？」

「很神奇地是我。你一定是艾德吧。」我輕佻地回應。

「對，嗯。」停頓良久。「只是一些蘿拉的事，你知道。週一。」

蘿拉是他那有學習障礙的妹妹。

「沒關係，艾德。如果你因為蘿拉走不開，那就忘掉週一。我們改天再打。只要說一聲我就會看看哪天有空。」

不過，這不是他打來的理由。還有些其他什麼。如果是艾德，就一定還會有些其他什麼。等得夠久他就會告訴你。

「只是她想雙打，你知道。」

「蘿拉也打嗎？」

「打羽球。對啊。」

「啊。打羽球。」

「她心情一到就發狂想打球。打得不好，注意。我是說，真的不是很好。但你也知道，狂熱者。」

「當然可以。聽起來很棒。所以是哪種雙打。」

「這個嘛，混雙啊，你知道。跟一個女人一起。也許邀你老婆。」他知道普露的名字，但貌似是說不出口。我替他說出「普露」，他接著說：「對，普露。」

「恐怕普露沒辦法，艾德。我連問都不必問。週一晚間她都要為倒楣的客戶處理案件，還記得嗎？你們店找得到其他人嗎？」

「找不太到。也不是說我能問。蘿拉打得真的很爛。對啊。」

此時我的視線飄到把我跟芙洛倫絲的小天地隔開的那片毛玻璃門上。她還在桌子前，背對著我，也正在關電腦。但有些事情讓她心煩。我的話雖然停了，但還沒掛斷電話。她轉過身來偷瞄我，然後起身開門探頭進來。

「你找我？」她問。

「對。你能把羽毛球打得真的很爛嗎？」

8.

現在是週日晚間，也就是與艾德、蘿拉、芙洛倫絲計畫的混合雙打前夜。普露和我正享受的無疑是我從塔林返家後最美好的週末。我在這家中長居久留對我倆都還是新鮮體驗，彼此都知道這個現況必須慎重以待。普露熱愛她的花園，我就樂意替她除草搬重物，不過我在六點呈獻給她的琴湯寧才真是畫龍點睛。她的事務所最近一樁對大藥廠提告的集體訴訟進展順利，我們同感欣喜——我有點沒那麼欣喜。我們的週日早晨就貢獻給了她的法律團隊，來了一場「工作早午餐」。他們討論的字字句句在我耳裡聽來，不像經驗老道的律師，反而更像密謀造反的無政府主義者。我對普露這麼說時，她噗哧一笑：「但我們就是啊，親愛的。」

我們下午去看了一場電影——我忘記看了什麼，反正就很愉快。到家後，普露詔令曰我們應該一起做個起司舒芙蕾；史蒂芙言之鑿鑿地說那是廚藝界的古典社交舞，反正我們就是很愛。於是我就磨著起司，她打著蛋，一邊音量全開，聆聽費雪－狄斯考[12]的歌聲。以至於兩人都沒聽到辦事處電話嗶嗶作響，直到她的拇指鬆開調理機開關。

12 費雪－狄斯考（Dietrich Fisher-Dieskau,1925-2012），德國知名男中音。

「阿多。」我告訴她，然後她臉垮了下來。

我退下，進到客廳並把門帶上，因為我們都心知肚明，只要事情涉及辦事處，普露不會想知道。

「奈特，原諒我唐突驚擾你的週日。」

我打發著原諒他。從他親切的語氣推測，他要說的是財政部已經批准「玫瑰蓓蕾」，這訊息完全可以拖到週一再通知我。不過我錯了。

「不，恐怕嚴格來說還沒，奈特。但毫無疑問隨時會下來。」

嚴格來說還沒？什麼意思？像是「嚴格來說還沒懷孕」的「嚴格來說還沒」？但他不是為此來電。

「奈特，」——這個最近發展起來的句型，每句話開頭就是一口「奈特」，把我呼喚到他的跟前——「能否請你幫我一個大忙？你明天會有任何空閒時間嗎？我知道週一一向狀況百出，但就這麼一次，好嗎？」

「要做什麼？」

「頂替我偷偷溜去諾斯伍德。多國情報總部。你以前去過嗎？」

「沒有。」

「那好，現在就是你一生一次的機會。我們的德國朋友得到一個炙手可熱的莫斯科混合戰計畫全新情報來源。他們還召集了一群北約專家與會。我認為這根本就是你的場子。」

「你是要我發言還是幹麼？」

「不、不、不。最好不要。現在情勢整個不對。那完完全全是一個泛歐洲單位的控場，英國人的意見不會被好好聽進去的。好消息是，我為你批准了一輛專車，一流款式，司機代駕。他會載你過去，不管會議拖多久，都會等到結束後載你回巴特錫。」

「這是俄國部門的事吧，阿多。」我不滿地抗議。「這才不是倫敦總站的事。而且絕對不是『避風港』的事。老天爺啊。這簡直是在求救吧。」

「奈特，蓋伊．布拉默已經看過資料，而且個人向我保證俄國部門沒有必要出席那場會議。那也就是說，你這次出席實際上不只代表倫敦總站，也會代表俄國部門。我想你會喜歡。這是雙重殊榮。」

這根本不是什麼殊榮；這是該死的無聊雜務。但不管我喜不喜歡，我就是聽阿多使喚的人員，這才是重點。

「好吧，阿多。車子也免了，我開自己的車就好。我想諾斯伍德那裡應該有停車場？」

「天大的笑話，奈特！我堅持派車接送。這是一場高級歐洲人聚會，辦事處一定要亮出國旗。我強烈建議你坐公務車去。」

我回到廚房。普露戴著眼鏡坐在桌前讀著《衛報》，等待我們的舒芙蕾膨脹。

•

週一晚間終於來到，艾德的羽球之夜，為他妹妹蘿拉舉辦的慈善雙打賽，我必須說我個人還頗為期待的。我悲慘的一整天就坐困諾斯伍德的地下堡壘當中，裝作在聽那一串串德語數據，休息時間我就像個站在自助餐桌旁的男服務生，對著各式各樣的歐洲情報專家就脫歐一事進行道歉。由於我一到會場手機就被收走了，我還得在司機駕駛的禮車、在不斷重重砸下的雨中才有辦法打給小薇——因為阿多本人此刻「不方便」，還真是新潮流——聽她告訴我財政部小組委員會對「玫瑰蓓蕾」的決議是「暫緩」。正常情況下我不會為此過於困擾，但阿多那句「嚴格來說還沒」實在揮之不去。

雨中的尖峰時段，巴特錫大橋上車流堵塞。我叫司機直接帶我到「體育家」。抵達時我剛好看到芙洛倫絲套著塑膠雨衣的身影消失在門廊階梯上。

接下來發生的事情有必要仔細記錄。

•

我跳出辦事處禮車，想起我跟芙洛倫絲匆匆忙忙定下雙打行程，卻沒有套好臥底故事，所以正準備要大聲喊住芙洛倫絲。我們是什麼人？我們怎麼認識的？而且怎麼會在艾德電話打來時共處一室？每一道問題都尚待解決，所以我們應該盡快找時間套招。

艾德與蘿拉在大廳等著我們。艾德掛著大大露齒微笑，身穿古董油皮大衣，頭戴一頂我想是他那討海父親傳下來的扁帽。蘿拉躲在艾德衣襬下，拉著他的腿，不太願意走出來。她體型矮小結實，一頭棕色捲髮，笑容燦爛，身穿藍色巴伐利亞裙。我還在決定到底是要站得後退些對她熱烈揮手招呼、還是直接走近艾德身旁對她握手致意，此時芙洛倫絲已經跑帶跳地到她面前：「哇，蘿拉，我好喜歡你的洋裝！是新衣服嗎？」蘿拉燦笑著說：「艾德在德國買給我的。」——以一種低啞的嗓音說出，並敬愛地仰望她的兄長。

「全世界只有那裡買得到呢！」芙洛倫絲讚道，一把握著蘿拉的手就往女子更衣室揚長而去，轉頭撇下一句「待會見，男孩們。」徒留艾德跟我呆視她離去背影。

「你從哪兒把她給找來的？」艾德咕噥著說，一邊掩飾對她顯而易見的熱切興趣。我別無他法，只能對他說我單方面還沒跟芙洛倫絲套好的臨時臥底故事。

「我只知道她是某人位高權重的助理，」我含糊其詞，在他追加更多問題之前開拔走向男子更衣室。

不過到更衣室後我鬆了一口氣，他比較想就川普毀棄了歐巴馬與伊朗簽署核協議大放一番厥詞[13]。

「美國做過的承諾從此就由官方宣告不具法律效力，」他聲稱，「同意嗎？」

「同意啊。」我回覆——在我有機會逮到芙洛倫絲前，請繼續說個不停。我下定決心趕快去找芙洛倫絲，我開始擔心艾德會不會突然察覺到我並非什麼半就業半退休的生意人。

「至於他最近在渥太華幹的事[14]，」他套上及膝短褲時的話題仍然是川普，「你猜怎樣？」

「怎樣？」

13　二〇一八年，川普在白宮宣布撤出歐巴馬二〇一五年協同其他五國與伊朗簽署的限制核武協議。

14　川普在二〇一八年 G7 峰會上，責備加拿大與歐盟貢獻的北約軍備經費太少。

「實際上會讓俄國在伊朗問題上看起來像好人，這肯定是讓誰撈黑錢的第一步。」他帶著滿足的露齒微笑說著。

「大膽的想法，」我附和，隨著我跟芙洛倫絲在球場上碰頭的時間逼近，我心更加雀躍——或許她就「玫瑰蓓蕾」還聽說過一些我不知道的事，那也順便問一下。

「我們英國人還死命想跟美國進行自由貿易，說著『好的，唐納』、『不行，唐納』、『請自食其糞直到世界末日吧，唐納』。」——然後抬起他的頭，眼皮不眨一下給我滿滿的凝望。「我們不會這樣吧，奈特？你說。」

我只好又同意他第二次還第三次來著，我知道他通常要直到坐進那固定的桌位展開會議，幾杯拉格啤酒下肚後，才會開始大談拯救世界的方法。但他還講個沒完，對現在的我來說十分恰好。

「這個男人是個純粹的懷恨者，他恨歐洲，他這麼說過喔。還恨伊朗、恨加拿大、恨條約。他還會愛什麼？」

「高爾夫呢？」我提議。

三號球場陰風陣陣，年久失修，盤據在俱樂部後頭的獨立小球館裡，所以不會有觀眾與路人，我猜艾德因此才預訂這個球場。這是為了蘿拉的小小安排，他不希望有旁人盯著看。我們到處晃晃，等待女生出現。在此艾德可能又要拋出那道棘手難題：芙洛倫絲跟我到底怎麼認識的？反正我就鼓勵他繼續談論伊朗。

女子更衣室的門從內側推開。一身華服的蘿拉踩著不平均的腳步走上伸展台：全新運動短褲、乾淨無瑕的格紋運動鞋、切·格瓦拉T恤，尚未拆封的專業級標準規格球拍。

接著進場的是芙洛倫絲。她穿的不是辦公室工作服、上台發表用的正式褲裝或防雨皮衣；她就只是一個外放、苗條、自信的年輕女生，穿著艾德青春期回憶中的那種短裙與閃亮白緊身褲。我瞥了他一眼。他沒有呈現印象深刻的表情，反而板著最不以為意的臉孔。我則報以某種幽默的抗議：芙洛倫絲，你不該穿成那樣。於是我就重新找回自己定位，再次成為一個負責任的家庭主夫與父親。

我們以唯一合理的方式分成兩隊：蘿拉與艾德對芙洛倫絲與奈特。練球時間，這指的是蘿拉把她的鼻子貼到球網前，往所有朝她飛過來的東西狂劈猛砍，然後艾德再去追任何還沒真的被她打進死路的球。這也是說在對打之間，芙洛倫絲與我有足夠機會說上一場暗話。

「你是某人位高權重的助理，」我告訴她，她同時間在球場後方撈起了一球，「我對你的認識只有這麼多。我是你老闆的朋友。就從這裡編下去。」

毫無回應，完全不在預料之內。好啊，小妞。艾德在幫蘿拉一隻鞋帶鬆掉的訓練鞋做些修繕工作，或者只是蘿拉說它鬆開了，畢竟艾德的關注對她來說就是一切。

「我們在我朋友的辦公室偶然撞見彼此，」我繼續編故事。「你坐在電腦前，我走進辦公室。在此之前我們都還沒透過亞當互相認識。」然後非常小聲地補充道：「我在諾斯伍德時，你可曾聽說過關於『玫瑰蓓蕾』的什麼風聲？」

這一連串問題得不到任何回應。

我們先進行一段略過網前蘿拉的三人試打。芙洛倫絲是天選的運動員：不費吹灰之力地抓對時機與做出反應，如羚羊般敏捷，對她來說實在優雅得太過頭了。艾德就跟平常一樣跳躍蹲踞，但眼睛只盯著來來回回的球。我懷疑他是為了蘿拉好，才裝出這付對芙洛倫絲興趣缺缺的樣子：畢竟他也不想惹妹妹不開心。

又一場三人球，打到蘿拉嚷著自己被排擠一點都不好玩為止。我們暫停，艾德蹲下來安慰她。這對芙洛倫絲和我，是尋常地站著、面對面、手扶在後腰上，繼續編造我們臥底故事的理想時刻。

「我的朋友，你的雇主，是一個消費品貿易商，而你是一個高級臨時雇員。」

但她沒有認可我的故事，反倒注意起挫敗的蘿拉、還有嘗試讓她打起精神來的艾德。芙洛倫絲大叫一聲「嘿，你們兩個，馬上分開！」她跳到球網旁，宣布接下來我們要換隊友：現在是男人對女人的殊死戰，三場中最精彩的比賽，由她開球。她往球場另一端走時我碰了碰她裸露的手臂。

「故事你都沒問題了嗎？你聽到我說的話了，對嗎？」

她倏地轉身瞪我。

「我他媽不想再騙人了，」她突然爆出最大音量，眼中怒火熊熊，「不騙他，不騙任何人。懂？」

我懂了。但艾德呢？好在他看起來完全沒懂。芙洛倫絲大步走向球網對面，從艾德的手中牽走蘿拉，並命令艾德跟我組隊。我們會打上一場史詩般的對決，世界上的男人對世界上的女人。芙洛倫絲宰割了飛向她的每一球。在我們男人的鼎力相助之下，女人獲得了凌駕於男人的無上地位，高舉著球拍，踏著宣示勝利的緩慢步伐，走進她們的更衣室。而艾德與我慢慢退回我們的更衣室。

跟她的戀愛有關嗎？我問我自己。是那些我視而不見的寂寞眼淚嗎？還是她正在經歷辦事處心理醫生津津樂道的駝峰症候群——要是你不被允許談論的事情突然變得比你自身重要許多，就會暫時處於壓力之下？

我從置物櫃抽出辦事處手機走進前廊打給芙洛倫絲，只聽到電子語音告訴我此線路未開通。又試了好幾次，依然未聞好消息。我回到更衣室，艾德已經淋浴完畢，脖子掛著毛巾坐在板凳上。

「我在想，」他索盡枯腸，沒注意到我出了更衣室才進來，「那個，你知道。你願意才答應，有點事。或許我們可以在別的地方吃飯。不要酒吧。蘿拉不喜歡那裡。去外面別的哪裡。我們四個一起。我請客。」

「你是說現在嗎？」

「對啊。如果你也願意的話，為何不？」

「跟芙洛倫絲一起？」

「我說了。我們四個。」

「你怎麼知道她有空？」

「她有空啊。我問了她，她說好。」

快動動腦子啊，那麼，好，我想去。一逮到機會的當下——希望是在飯前而非餐後——我就要找出到底是哪個魔鬼盤踞在她心中。

「這條路前面有一間『金月』，」我提議，「中式餐館，他們開到很晚，你們可以試試看。」

話才說完，辦事處的加密手機響出驢嘶聲。我想總該是芙洛倫絲了吧。感謝老天，她前一秒還說不想再玩辨事處的遊戲規則，下一秒就決定大家一起去晚餐。

我咕噥著什麼普露需要我，以此藉口站回前廊。打來的竟然不是普露、也不是芙洛倫絲的，而是伊利亞，「避風港」今晚的值班。我猜他要告訴我一些過時的消息，像是我們已經讓財政小組委員會對「玫瑰蓓蕾」說「好」，只是還需要見鬼般那麼多的時間。

只不過伊利亞並非為此來電。

「快訊插播，奈特。你的農夫朋友。留言給彼得。」

讀作「農夫朋友」，寫成「音乂」，約克大學俄籍研究生，接收自吉爾斯。讀作「彼得」，寫成「奈特」。

「他說什麼？」我詢問。

「請你儘早登門拜訪他。只要你一個人，不能有其他人。外加，最緊急狀況。」

「他自己的話嗎？」

「如果你要的話我能寄給你。」

我回到更衣室。這件事完全不必動腦，像史蒂芙會說的那樣。有時候我們是混帳，有時候我們是好撒馬利亞人，而有時候我們單純只是搞錯情況。但在一個情報員有需要的時刻背棄他，那就如我的導師布萊恩·喬登所言，你就等於永遠背棄他了。艾德還坐在板凳上，頭往前低垂，雙膝打開，從兩腿間往下直盯。同一時間我在手機上查詢鐵路時刻表。最後一班從國王十字站往約克站的列車在五十八分鐘內出發。

「愛你們，但恐怕要離開你們了，艾德，」我說，「我今天吃不到中國菜了。有些生意上的事情必須在它出錯前去處理。」

「慘。」艾德頭也不抬地評道。

我起身向門而去。

「什麼事呢？」

「嘿，奈特？」

「謝謝你，好嗎？你人真的很好，芙洛倫絲也是。我也告訴她了。你們讓蘿拉過了很棒的一天。可惜你吃不到中國菜。」

「我也很遺憾。要點北京烤鴨，會附餅皮跟甜麵醬……你這又是哪招？」

艾德以舞台劇般的身段張開他的雙掌，絕望般地搔頭晃腦。

「想知道嗎？」

「有話快說。」

「要不就是歐洲完蛋，要不就是哪個帶種的傢伙找出治川普的解藥。」

「那傢伙可能是誰？」我詢問。

沒有回音。他又低頭遁入沉思之中，我則踏上前往約克的路程。

9.

我在做我該做的事。我回應世界上每一聲間諜操作人都會往墳墓裡帶的哭喊。音調有所變化、歌詞有所變化，但到頭來唱都是同一首曲子：我自己一個人活不下去了，彼得；我要被壓力整死了，彼得；背叛的重擔對我來說太沉重了，我的情婦離開我了，我的妻子欺騙我了，我的鄰居懷疑我了，我的狗也跑了，而你，我所信賴的管理人，是這個世界上唯一一個能說服我別割腕的人。為什麼我們這些間諜操作人每次都會下海管理間諜？那是我們欠的。

但我不覺得自己有欠「音叉」這位特別沒有動靜的情報員太多，他也不是我坐上一輛開往約克、車廂擠滿自倫敦郊遊返家的尖叫兒童的誤點火車時首先考慮的事。我想的是芙洛倫絲拒絕跟我編造臥底故事，明明這件事對我們的機密情報生涯來說就跟刷牙一樣稀鬆平常。我想的是「玫瑰蓓蕾行動」遲遲未成型的進展。我想的是打給普露跟她說我今晚不回家並問及有沒有史蒂芙消息時得到的答覆：

「只說她搬進克里夫頓某間豪宅寄居，但沒說寄居在誰那。」

「克里夫頓。那房租究竟要多少？」

「恐怕不是我們能問的。只來了一封電子郵件。單向溝通。」她完全掩藏不了聲音裡的絕望。

當普露哀傷的聲音不在我耳裡迴盪，就換芙洛倫絲上場服侍我：「我他媽不想再騙人了。不騙他，不騙任何人。懂？」這句話終究又引領我重溫在阿多那通巧言令色的電話與司機代駕禮車之後，就不斷折磨著我的問題——阿多的任何舉動不可能沒有理由，不論那理由究竟多麼曲折離奇。我又試了幾次撥打芙洛倫絲的辦事處手機，得到同樣的電子語音呼嘯。我的心思還放在阿多身上：你今天為什麼要我替你跑這一趟？你有任何可能正是芙洛倫絲決定不再為國撒謊的原因嗎？如果為你的國家撒謊是你所選的志業，這會是天大的抉擇。

所以直到車抵彼得波羅，我才就著一份贈閱的《倫敦晚報》遮掩，摸出一串永無止盡的密碼，開始研究探員「音叉」那份記錄得不甚令人滿意的個案歷史。

•

他本名謝爾蓋・波里索維契・庫斯涅傑夫，因此以下我將違反一切已知規範，單純稱他謝爾蓋。他是聖彼得堡契卡[15]分子家族第三代，祖父是葬在克里姆林城牆內的內務人民委員部榮譽總長，父親是前KGB上校，在車臣死於多處外傷。目前為止一切合理。但謝爾蓋本人是不是這個高貴世家的真正傳人還不能確定。

已知事實都對他有利，而這類已知事實數目不少，有些人可能還會覺得太多。他在十六歲時被送進彼爾姆附近的特別學校，在物理之外還學習美其名為「政治策略」、實際上就是陰謀策劃與間諜活動的課程。

十九歲時他進入國立莫斯科大學，以物理與英文的極優等學位畢業，並入選特殊學校，進一步受訓成為潛伏間諜。根據他的口供，自那兩年受訓的第一天起，他就決心要向將來被派往的隨便哪個西方國家投誠，這也就解釋了為什麼他在晚上十點抵達愛丁堡機場時彬彬有禮地要求與「英國情報單位的高層」談談。

他此舉的理由表面上無可挑剔。他宣稱自己自年幼起就祕密地拜服於物理學大師與人道主義巨擘的腳下，像是安德烈·沙卡洛夫、尼爾斯·波耳、理查·費曼，乃至於我們的史蒂芬·霍金。他總是夢想著人人共享自由、科學與人道。這樣一來，他怎麼能不憎惡弗拉基米爾·普丁的野蠻專政與他那些邪惡勾當呢？

謝爾蓋還自承是名同性戀者，這件事要是被學生或教師同僚知道，他會立刻被逐出課堂。但根據謝爾蓋所言，這種情況從沒發生過。他維持住某種異性戀門面，跟課堂上的女孩子調情、甚至睡過幾個——據他本人所說，這些行為純粹是出於掩飾用途。

而最重要的物證，只要看看端坐在滿頭霧水的筆錄員桌上那意外的寶箱——兩口行李箱，一只後背包，裡頭藏著正統間諜的完整工具組：吸飽最新型化合物的鉛筆，用來書寫機密文件；一封寫給虛構丹麥女友的信，隱藏訊息要用那枝隱形鉛筆寫在信中文字的兩行之間；內建於鑰匙圈鏈條內的微縮照相機；藏在其中一個行李箱底部的起始資金，總值三千英鎊的十鎊紙鈔與二十鎊紙鈔；一疊一次性密碼

15　Cheka，全俄肅清反革命及怠工非常委員會，蘇聯祕密警察組織。

本，而最令人垂涎欲滴的是只能在緊急情況下撥打的巴黎電話號碼。

口供中每條資訊都精雕細琢，包括對匿名的教官與同期學員的側寫、學過的專業技倆、進行過的定期訓練、作為忠實俄國潛伏探員的神聖使命。他像誦唸真言一樣抖出這份使命：他認真做研究，博得了貴國科學家同胞的尊敬，自己也擁護他們的價值觀與哲學，並為他們知識淵博的期刊撰寫論文。在緊要關頭，千萬不能因為任何藉口去聯絡倫敦俄國大使館裡那些被除名的 rezidentura（駐外間諜），因為沒人聽過你，再說他們也不會為了臥底間諜這種打從一出生就被人服侍長大、由莫斯科中心專屬團隊控制、原原本本的菁英分子效勞。見風使舵，每個月要聯絡我們，每晚要夢見母國俄羅斯。

唯一古怪的是——對他的筆錄員來說則是比古怪還古怪——這份口供當中沒有一絲半毫新的或者有利用價值的情報。他吐露的每條消息都早已由先前的投誠者吐露過：重要人物、教育方法、專業伎倆，甚至那些間諜小玩意其中兩件的複製品就擺在總部一樓貴賓套房內的犯罪博物館裡頭。

•

儘管筆錄員態度保留，目前不在英國的布萊恩．喬登手下的俄國部門，當年還是給了「音乂」一套完整的投誠者迎新禮：帶他吃了晚餐、看了足球、陪他一起草擬寄給那位虛構丹麥女友的月報，聊聊他的科學家同仁幹了哪些事、竊聽他的房間、駭進他的通訊、一陣一陣地私下監視他。然後就等著。

但是在等什麼？代價高昂的六個月、八個月、十二個月過去，結果他的莫斯科中心管理人連一絲生命跡象都沒顯露：沒有半封暗語寫成的信，也沒有任何不用暗語寫的信，沒有電子郵件沒有電話，也沒有在預定的時間播放的預定電台廣告說出來的神奇咒語。俄羅斯放棄了「音叉」了嗎？他們看穿了「音叉」嗎？他們意識到「音叉」隱藏的同性戀特質才做出這些結論嗎？

徒勞的日子一個月接著一個月，俄國部門的耐心逐漸蒸發，最後「音叉」被轉送到「避風港」進行「既有技能維持與非行動技能技能開發」——或者如吉爾斯所說，「要我們戴著厚厚橡膠手套、拿著長石綿火鉗再三鍛鍊這塊人才。假以時日，這男孩會具備一切資質，甚至不止如此。」

資質喔，或許吧，但要是有的話也已成昨日。如果經驗能告訴我任何事情，今天看來謝爾蓋．波里索維契就只是俄國無盡的雙重雙面諜戰中又一個倒楣玩家，風頭也出過了，就能當作棄子了。如今他決定按下求救按鈕。

•

吵鬧的小朋友們離開餐車，我一個人在角落位子上打電話到我們給謝爾蓋的那隻手機，電話那頭傳來同樣一板一眼、不帶感情的聲音，我記得在二月與吉爾斯的交接典禮上聽過。我告訴他自己正在回應他的呼喚，他謝過。我問他人還好嗎，他說：還好，彼得。我說我十一點半才會到約克，他需要今晚就見面，還是能等到早上？他說，彼得，我累了，或許明天會好一些，謝謝你。還真是「最緊急情況」啊。我告訴他我們就回到「傳統安排」，並問「這樣你能接受嗎？」因為外場情報員再怎麼值得懷疑，按照行規都必須說出最後一句話。謝謝你，彼得，我可以接受傳統安排。

我在飄散異味的旅館房間裡再次嘗試撥打芙洛倫絲的辦事處手機。現在剛過午夜。又是一陣電子呼嘯聲。因為我沒有她其他電話號碼，就打電話給留在「避風港」的伊利亞，問他有沒有聽說「玫瑰蓓蕾」的最新消息。

「抱歉，奈特，連個鳥都沒。」

「好吧。你也不用那麼他媽不正經吧。」我罵了他，不爽地掛掉電話。

我應該要順便問他有沒有可能聽過芙洛倫絲說了什麼，或是會不會剛好知道為什麼她的辦事處手機打不進去，但伊利亞年少輕佻，我不希望搞得整個「避風港」大家庭雞飛狗跳。所有在職人員都有義務提供能在工作時間之外聯繫到人的固定電話號碼，以防手機收不到訊號。芙洛倫絲最後登記的固定電話號碼位於漢普斯特，我想起來她也喜歡在那裡跑步。看來沒人注意到漢普斯特這個地址，與她和父母同居於賓利科這個宣稱並不吻合，但反正就跟芙洛倫絲對我打過的包票一樣，二十四號公車總是會到。

我撥了漢普斯特的號碼，接通的是答錄機。我說我是客戶安全部門的彼得，我們合理相信她的帳號遭駭，為了保護個資，請盡快回撥此號碼。接著我喝了一大堆威士忌嘗試入睡。

•

我對謝爾蓋執行的「傳統程序」，可以追溯到他還被當成一個有著大好發展可能的活躍雙面間諜時期。我們的接送點是約克賽馬場的前庭。他會搭乘公車而來，挾著一份前一天的《約克郡郵報》，而他的專案官會坐在路旁停車格的辦事處公用車中等待。謝爾蓋會在人群中瞎晃一陣子，讓珀西．普萊斯的監視小組有時間足以判斷這場會面是否遭到敵對陣營埋伏——這種事的發生可能並沒有聽起來那麼牽強。一旦監視小組給出解除警訊的信號，謝爾蓋就會漫步前往公車站牌，檢查時刻表。報紙握在他左手代表終止行動，握在右手代表一切就緒。

吉爾斯在交接典禮上策劃出來的程序則相反地沒那麼傳統。他堅持在謝爾蓋大學校園宿舍會面，帶著煙燻鮭魚三明治以及一瓶注定要喝乾的伏特加。如果我們需要為自己開脫，那套薄如蟬翼的掩護說詞又是什麼？吉爾斯會是個正在進行獵頭考察的牛津訪問教授，我則是他的努比亞裔奴隸。

好啦，現在我們回歸傳統程序，煙燻鮭魚沒了。我租了一輛老舊佛賀，這是租車公司當時能給我的最佳選項。我一邊瞄著後視鏡一邊駕駛，對於自己在尋找什麼毫無頭緒，全部景物看起來一模一樣。天色灰暗，細雨綿綿，氣象預報則表示雨會下得更多。開往賽馬場的道路筆直平坦。或許羅馬人也在這裡賽過馬。白色欄杆從我左側不斷向後閃現。看到面前出現一道插著旗子的閘門後，我以步行速度駕駛，在購物人群與雨天愛好者當中尋找方向。

果然謝爾蓋就在公車站牌處，立於在等車旅客之中，查閱一張黃色的時刻表，右手抓著一份《約克郡郵報》，左手提著一只劇本上沒有載明的音樂包，把手間夾著一把摺疊傘。我在公車站牌幾碼外停車，降下車窗喊道：「嘿，傑克！記得我嗎？我是彼得！」

他起初裝作沒聽到。這種反應是課本上教的玩意，上過兩年潛伏間諜學校就應該都要會。他困惑地轉了轉頭發現到我，做出驚訝欣喜之情。

「我的朋友彼得！是你啊！我還真是無法相信自己的眼睛。」

好，夠了，上車。他上了車，我們隔空擁抱給旁觀者看。他穿著一件新的淡褐色博柏利風衣，上車就把風衣脫掉摺好，畢恭畢敬地放在後座，但把音樂包留在兩腿之間。在我們開走時，公車站牌一個男人對旁邊站著的女人面露無禮表情：你有看到我剛剛看到的嗎？鬆屁眼的中年基佬在光天化日之下把小白臉男妓載走欸。

我緊盯車停我們後面的每個駕駛，汽車、休旅車、機車。沒有異狀。在傳統程序中，謝爾蓋事前不會得知他將被載往何方，這次也沒有得到通知。他看起來比我在交接時記得的模樣更加削瘦而愁容滿面。他一頭黑髮亂如拖把，惺忪睡眼滿是哀傷，纖長手指在儀表板上跳著儀隊操；在他的大學房間裡，這些手指則是在座椅木質扶手上跳著同樣一套儀隊操。他那件新的哈里斯毛料運動外套對他的肩膀來說有點太大了。

「音樂包裡是什麼？」我質問。

「是文件，彼得。要給你的。」

「只有文件？」

「拜託。是很重要的文件，」

「很高興聽到這件事。」

他對我生硬簡短的語氣不為所動；也許他預料到了，也許他一直就是這麼預料的。或許他鄙視我，我也懷疑他鄙視吉爾斯。

「你身上、衣服裡、或是音樂包以外的任何地方還帶著什麼我必須知道的東西嗎？不能有可以用來攝影或錄音的東西。有這樣的東西嗎？」

「拜託，彼得，我才沒有。我有個天大好消息，你一定會開心。」

在我們抵達目的地之前的工作算是交代夠了。柴油引擎的噪音和車轂的響聲讓我怕他即將脫口說出一些我聽不見、我的辦事處智慧型手機也無法錄下或傳送到「避風港」的話。我們在我決定改說別的語言之前都以英語交談。吉爾斯沒半點俄語能力，但我覺得讓謝爾蓋知道我並非如此的這個舉動沒有價值。我選擇了城外二十哩的一座小山頂，這裡據說有片俯瞰曠野的美景，但在我把佛賀停靠路旁熄火引擎之後，我們所見只有腳下灰雲，雨水緊迫地鞭笞擋風玻璃。按照行規，到目前為止我們假如有所疑慮，應該已經要比對完彼此身分、確定何時何地再見，而他有沒有任何按捺住的焦慮。但他已經把音樂包平放在大腿上，準備解開扣帶，拉出一個A4大小的未封口棕色防撞信封。

「莫斯科中心終於聯絡我了。過了整整一年。」他用某種介於學者看人低與慷慨激昂之間的情緒宣布。「這顯然意義重大。我哥本哈根的安妮特寫了一封美麗又色情的英文信給我，而藏在我們祕密碳粉之下的，是一封來自我莫斯科中心控制者的信，我已經幫你翻成英文。」——說著擺出一付要對我展示信封的樣子。

「等一下，謝爾蓋。」我拿過那防撞信封，但沒有檢視裡面。「讓我搞清楚。你從你的丹麥淑女朋友那收到一封情書。然後你塗上必要的化合物，祕藏的隱文就浮現出來，接著你就解碼並把內容為我翻成英文。這些事情全部就是你一人親自經手，對嗎？」

「正確，彼得。我們的耐心有了回報。」

「所以準確來說你是在何時收到這封丹麥來的信？」

「週五中午。我當時無法相信自己的眼睛。」

「而今天是週二。你拖到昨天下午才聯絡我的辦公室。」

「我工作的整個週末心裡想的只有你。我日夜都樂在顯影並同時在腦中翻譯的過程，只希望我們的好朋友諾曼能跟我們一起分享這份成果。」

諾曼指的是吉爾斯。

「所以你莫斯科管理人寄來的信從週五起就一直在你手中。在這之間你有讓別人看過嗎？」

「不，彼得，我沒有。請看信封裡。」

我無視他的請求。再也沒有動作能嚇倒他了嗎？學術成就把他的地位抬舉到高過普通間諜這樣的烏合之眾了嗎？

「所以在你顯影、解碼跟翻譯的同時，你都沒想到自己還在長期契約當中，有義務立刻向你的管理官回報任何來自俄國管理人的任何信件及通訊嗎——」

「這是當然。就這就是我在解碼之後馬上做的事情——」

「——並且是在你、我們、或其他人採取任何進一步行動之前？這不就是你的筆錄官在你一年前抵達愛丁堡就馬上收走顯影劑的理由嗎？不就是要讓你無法自行顯影嗎？」

我尚未完全發作的憤怒已經等到足以被擱置一旁，但除了一聲寬恕我忘恩負義的嘆息之外卻依舊沒有任何回答。

「你怎麼搞到那化合物的？隨便走進一間最近的化學用品店，唸一下成分清單，讓大家聽到然後想，『好啊，他有一封機密書信要顯影』這樣嗎？或許校園裡就有化學用品店吧。有嗎？」

我們並排而坐，聽著雨。

「拜託，彼得，我沒那麼笨。我搭公車進城，在不同店家買藥品，全部付現，沒跟任何人交談。我很謹慎。」

同樣一種泰然自若，同樣一種與生俱來的優越感。沒錯，這個人很有可能就是那些顯赫契卡分子的兒孫。

•

我到現在才同意檢視信封裡的東西。

首先拿出來的是兩封長信，一封掩飾信件與其特殊碳粉隱文。他將每階段的顯影都影印或拍攝下來輸出，圖片都整齊排序並添加編號，備好供我檢視。

其次拿出來的是蓋上丹麥郵戳的信封，前面用少女般的歐陸書寫體寫著他的名字與校園地址，背後寫著寄件者的姓名與住址：安妮特．佩德森，住在哥本哈根郊區某公寓一樓之五。

第三樣文件是英文表文，洋洋灑灑六頁密密麻麻的少女字體與信封一致，用天真幼稚的措辭讚揚他的床技高超，還宣稱光是想起謝爾蓋就足以讓筆者達到高潮。

接著是以直欄每四個字符框成一組、逐格提取出來的隱文；然後是用他的一次性密碼本解讀出來的俄文版本。

最後是他為我這麼一位非俄語使用者設想，自行將俄文原文翻譯而成的英文譯本。我對俄文版本皺了皺眉頭，做了個無法理解的手勢，將其丟在一旁，然後拿起他的英文譯本讀了兩三次。謝爾蓋是時感到相當滿意，把雙手平壓在儀表板上釋放壓力。

「莫斯科說你要在暑假開始時盡快準備定居在倫敦，」我稀鬆平常地說著，「他們為什麼要你這麼做，你覺得呢？」

「是『她』說，」他用嘶啞的嗓音糾正我。

「誰說？」

「安妮特。」

「你是說安妮特是個真實的女人，而不是某個在莫斯科中心簽下女人名字的男人？」

「我認識這個女人。」

「這個實際存在的女人……你是說你認識她？」

「正確，彼得。就是這個女人為了策劃陰謀而自稱安妮特。」

「能問一下你是如何得出這份卓見的嗎？」

他憋下一聲嘆息，暗示話題即將進入一個我無能理解的領域。

「這個女人在潛伏間諜學校只教我們英文，每週一小時。她培養我們在英格蘭進行陰謀活動。她對我們提過很多有趣的歷史案例，在機密情報工作上給了很多建議跟鼓勵。」

「你是在說她的名字叫安妮特嗎？」

「跟所有講師與學生一樣，她只有一個工作假名。」

「叫什麼？」

「安娜塔西亞。」

「所以不叫安妮特？」

「這無關緊要。」

我咬著牙不發一語。過了一陣他又開始用那高人一等的語調說話。

「安娜塔西亞是個身懷可觀情報的女人，也能用毫不淺白的語言討論物理學。我對你那邊的筆錄員們仔細描述過她。你顯然忽視了這項資訊。」

是真的，他描述過安娜塔西亞，只是沒用剛剛那種精準或激情的詞彙，而且絕對沒說到她是個自稱安妮特、會在未來與他通信的女人。就筆錄員看來，她只是又一個莫斯科中心的忠誠共黨分子，偶爾去潛伏間諜學校露個面做做公關。

「你相信這個在潛伏間諜學校自稱安娜塔西亞的女人私下寫了這封信給你？」

「我深信如此。」

「只有隱文，還是連同表面信件一起？」

「兩者都是。安娜塔西亞變成安妮特，這是一個我可以辨識的信號。我們莫斯科中心睿智的講師安娜塔西亞，已經成為我那住在哥本哈根卻不存在的熱情情婦。我也認得她的字跡。安娜塔西亞還在潛伏間諜學校講課時，指導我們不帶西里爾字母影響地寫出歐陸書寫體。她所教給我們的每件事只為了一個目的：與西方敵人同化：『時間一久，你們就會變成他們。你們會像他們一樣思考。你們會像他們一樣說話。你們會像他們一樣感覺，然後你們會像他們一樣寫字。只有你們的內心私密處還能讓你依舊是我們的一分子。』」就像我一樣，她也出身於一個老契卡分子家庭；她父親是，她祖父也是。她對此相當驕傲。對我們上的最後一堂課結束之後，她把我帶到一旁告訴我：你永遠不會知道我的名字，但我們流著相同的血，我們很純淨，我們都是老契卡，我們就是俄羅斯。我發自靈魂深處恭喜你鵬程萬里。她擁抱了我。」

是從這段開始，我的行動情報員過去首次在我記憶中的耳畔響起微弱迴響嗎？可能是吧，但我當下直覺叫我重新引導對話。

「你用什麼打字器材？」

「只用手寫，彼得。我沒用到任何電子裝置。我們是這樣被教導的。電子用品太危險了。安娜塔西亞，安妮特，她很不電子，她很傳統，而且希望學生也一樣傳統。」

我用磨練出來的自制力，假裝無視謝爾蓋對那個叫安妮特或安娜塔西亞的女人的不可自拔，然後繼續閱讀他解碼翻譯後的隱文。

「你七月和八月要在北倫敦附近的三個選定區域租到一間房間或公寓——對嗎？——接著你的控制人——就是你說的這個前女講師——為你逐項條列出來。這些指示對你有任何意義嗎？」

「這是她教我們的。要安排陰謀會面，有可供替換的地點是很基本的。只有這個作法容許後勤變動，遵守保全。這也是她的行動信條。」

「你去過這些北倫敦區了沒？」

「不，彼得，我還沒。」

「你最後一次去倫敦是什麼時候？」

「五月，只去了一個禮拜。」

「跟誰？」

「這無關緊要，彼得。」

「有，這有關緊要。」

「跟一個朋友。」

「男性或女性？」

「這無關緊要。」

「所以是男性。這位朋友有個名字嗎？」

沒有回答。我繼續讀下去：

「七月與八月你在倫敦時會使用馬庫斯・許懷策這個假名，扮演一位使用德語的瑞士自由撰稿人，中心對此會提供你額外文件。你有認識哪位馬庫斯．許懷策嗎？」

「彼得，我沒認識這樣的人。」

「你之前用過這種假名嗎？」

「沒有，彼得。」

「從來沒聽過？」

「沒聽過，彼得。」

「馬庫斯．許懷策是你帶去倫敦的朋友名字嗎？」

「不是，彼得。而且不是我帶他去，是他陪我。」

「但你會說德語。」

「尚可而已。」

「你的筆錄官說你不只是尚可而已。他們說你德語流利。我更有興趣了解你對莫斯科下的指令有沒有任何解讀。」

他又斷線一次。他中途抽離現實，進入一種艾德似的冥想當中，緊盯擋風玻璃上的大雨滂沱不放。突然他又有些事情要宣布。

「彼得，很遺憾我扮不了這個瑞士人。我不該去倫敦。他們在挑釁。我退出。」

「我是在問你為什麼莫斯科會想要你扮成一個說德語、名叫馬庫斯．許懷策的獨立接案撰稿人，暑假在指定的三個倫敦東北行政區住兩個月？」

「為了方便滅我的口。熟悉莫斯科中心作法的腦袋就會覺得這是很明白的推理——或許你不覺得。把我在倫敦的地址交給中心，就是在指示他們要去哪個地點怎麼肅清掉我。這是對付背叛嫌疑者的一般手段。莫斯科的樂趣就是為我選一個最痛苦的死法。我不能去。」

「有點太大費周章了不是嗎？」我不為所動地提道。「把你拖到倫敦只為了殺你……為什麼不要把你帶到像約克這種荒涼的地方，挖個洞，一槍射死你，丟進洞裡就好？然後再透露點風聲給你的約克朋友，說你已經功成身退，平安回到莫斯科老家？你為什麼不回答我？你改變主意的原因是不是多少跟那個你不肯告訴我的朋友有關？就是你帶去倫敦的那個？我甚至覺得我已經見過這個人。有這個可能嗎？」

我做出直覺的一躍。我在當隻想抓死耗子的瞎貓。我當下想起與吉爾斯在謝爾蓋的大學宿舍裡舉行交接歡宴時的一段插曲。當時門沒敲就開了，一個青春洋溢的耳環馬尾男探頭進來就說，「嘿，謝吉，你有沒有——」接著看到我們悶哼了一聲「哎呀」，然後輕輕把門在身後帶上，彷彿從未出現在此處。

我腦中另一部分則記憶力全開。安娜塔西亞，又名安妮特，或隨便什麼她高興的名字，不再只是我過往記憶中一道要忘不忘的倏忽陰影。她現在是個形象立體的人物，有高度聲望與行動才能，正如謝爾蓋方才描述的那樣。

「謝爾蓋，」我用了到目前為止最溫柔的語調說，「還有什麼別的理由讓你不想在暑假時去倫敦扮演馬庫斯．許懷策嗎？你跟朋友在計畫好了要去渡假嗎？這種生活壓力很大，我們都瞭解。」

「他們只想殺我。」

「如果你有渡假計畫，又能告訴我你的朋友是誰，那麼我們或許能做出一個互相都能接受的安排。」

「我才沒有這種計畫，彼得。我其實覺得這都是你的投射。或許都是你自己有計畫。我對你一無所知。諾曼很照顧我，但你只是面牆。你是彼得，你不是我的朋友。」

「那麼誰是你的朋友？」我追問。「拜託，謝爾蓋。我們都是人。你自己一個人來英格蘭一年了，別跟我說你找不到人陪。好吧，或許你是應該先知會我們，但就先忘了這件事，我們就假設這並不是那麼嚴重的事。一起渡假的某人就好，某個夏日伴侶。說出來不好嗎？」

他回以俄國人的盛怒，吼著：

「他才不是夏日伴侶！他是我的心靈之友！」

「這麼一來，」我說，「他聽起來正好就是你所需要的那種朋友，那我們需要找出讓他開心的方式。不要去倫敦，但我們會想出其他地方。他是大學生嗎？」

「他是研究生。他是『kulturny』（文人雅士）——」為了讓我更容易理解：「他有一切藝文學科的教養。」

「或許是個物理學同行？」

「不。專攻英國文學。專攻你們的偉大詩人。所有詩人。」

「他知道你以前是俄國情報員嗎？」

「他會鄙視我。」

「就算你現在是為英國效勞嗎?」

「他鄙視一切欺騙。」

「那麼我們就沒什麼好擔心了，不是嗎?只要把他的名字在這裡幫我寫在這張紙上。」

他接過我的記事本和筆，別過身去動筆。

「還有他的生日，我相信你知道。」我追加道。

他再次動筆，撕下那頁紙，摺起來，以傲慢的姿態交還給我。我打開紙條，看一眼那名字，就把那紙條跟其他呈獻給我的文件放回防撞信封裡，然後闔上筆記本。

「所以呢，謝爾蓋，」我用上全然暖心的語調，「我們接下來幾天就能解決你家巴瑞那邊的問題。積極，有創意，我確定。這麼一來我就不必向內政部打小報告，說你不合作、違反居留條款了。可不是嗎?」

一陣大雨清刷擋風玻璃。

「謝爾蓋表示接受。」他出聲。

•

我將車開了一段距離，停在風雨沒那麼猛烈的橡樹叢下。坐在我旁邊的謝爾蓋選了個傲慢而抽離的姿勢，假裝在研究風景。

「讓我們多聊點你的安妮特。」我選用了最放鬆的嗓音提議道。「不然我們把她叫回安娜塔西亞如何？她教課時你就是這麼叫她的吧。跟我多說些她的專長。」

「她是個頗有造詣的語言學家，也是個品性教養很好的女人，最精於陰謀策劃。」

「年齡？」

「我想可能五十。或許五十三吧。樣貌不漂亮，但威嚴、領袖魅力十足。長相也是。這種女人會信上帝。」

謝爾蓋也告訴過筆錄員他信上帝。但他的信仰一定不靠中介；身為知識分子，他對神職人員不會有好感。

「身高？」我詢問。

「我猜一百六十五公分。」

「聲音？」

「安娜塔西亞只對我們說英語，她的英語毫無疑問很出色。」

「你從來沒聽她說過俄語？」

「不，彼得。我沒有。」

「一個字都沒有？」

「沒有。」

「德語呢？」

「她只說過一次德語。那時是在朗讀海涅。這是個浪漫主義時期德國詩人，也是個猶太人。」

「在你腦海中，現在或以前聽她說話，你會覺得她出身的地理位置在哪裡？哪個區域？」

我還期待他會遁入一陣誇張的深思，他卻直接回答：

「在我印象中，從這個女人的舉止、黑眼、膚色，以及她說話的抑揚頓挫判斷，她來自喬治亞。」

無聊——我克制自己不說。當你自己的平庸教授去吧。

「謝爾蓋？」

「請說，彼得。」

「你跟巴瑞規劃的渡假日期是什麼時候？」

「會是整個八月。我們會像朝聖者一樣，步行造訪你們英國的文化與精神自由相關歷史景點。」

「那你的大學何時開學？」

「九月二十四號。」

「那何不把你們的假期延後到九月？跟他說你在倫敦有個重要的研究計畫。」

「我不能這樣做，巴瑞只會希望跟著我去。」

但我腦中已經生出了各種替代方案。

「那考慮看看這招。我們寄給你……舉例來說，一封官方信函……就說是用哈佛大學物理系好了，用它們抬頭信紙，向你在約克的傑出工作表現道賀。我們在七月與八月提供你一份由哈佛學院提撥的兩個月暑期研究經費，所有開銷由我們買單，外加一份禮金。一旦你完成在倫敦扮演馬庫斯・許懷策的工作，你們兩人就能重拾中斷行程，然後就用哈佛為你研究計畫撥出的那些可愛銀兩去享受人生。這招行得通嗎？行還是不行？」

「提供這種信函很合理，禮金也很逼真，我個人相信巴瑞會以我為榮。」他宣稱。

有些間諜很膚淺，但假裝很有深度；有些則是不由自主地就具備深度。除非我猛然想起的記憶欺騙了我，不然謝爾蓋已經在剛才那刻晉升為有深度的階級。

•

在汽車前座上，我們作為兩位專家，辯論著應該寄給哥本哈根的安妮特什麼類型的回覆：一份隱文的初稿，向中心保證謝爾蓋會遵從指示；接著是掩飾用表文，我提議留待他揮灑情色想像；但規定他這兩篇文字在寄出前都要都要經過我審核。

在得到謝爾蓋對上女管理人似乎會比較自在的結論後——對我來說一點也不方便的結論——我通知他此後將會由珍妮佛，又名芙洛倫絲，跟他一起進行所有例行事務。我會負責把珍妮佛帶來約克進行一趟聯誼之旅，討論什麼樣的臥底身分最適合他們未來的關係：或許不會是女朋友，因為珍妮佛身高又高、長得又好看，巴瑞可能會受到冒犯。我依然是謝爾蓋的控制人，珍妮佛會對我報告每個環節。而我還記得當時在想，不管芙洛倫絲在羽球場上是被什麼附身了，這裡有份大禮能送她：一次用來重整她士氣、測試她技巧，充滿挑戰性的情報員行動。

我在約克郊區的一處加油站自掏腰包買了兩份雞蛋水芹三明治及兩瓶氣泡檸檬水。要是吉爾斯，他毫無疑問會生出一籃福南梅森餐盒。在結束野餐並一同清理車上碎屑之後，我把謝爾蓋在一個巴士站牌放下。他嘗試想擁抱我，我則先握了他的手。讓我訝異的是中午才剛過不久。我把租來的車開回停車場，很幸運地趕上一班能把我及時載回倫敦，帶普露去吃在地印度餐廳的快車。既然辦事處話題不許在晚餐對話中出現，我們就把話題轉向大藥廠的可恥行徑。回家我們看了第四頻道新聞台補充時事進度，聽著新聞沒有說服力的重點就上床就寢，但睡意遲遲才向我襲來。

芙洛倫絲還是沒回我的手機簡訊。財政部小組委員會對「玫瑰蓓蕾」的定奪，根據一封小薇寄來的謎樣深夜郵件所寫，「隨時都有可能撥款，但依然懸置中。」如果我覺得這些預兆沒有先前感覺起來那麼不祥，那是因為我的大腦還在為了謝爾蓋與他的安妮特之間那不大可能的關聯謎底揭曉而興奮不已。

我想起導師布萊恩．喬登的一句箴言：如果間諜幹得夠久，就能看到大戲周而復始。

10.

週三一大早搭地鐵到肯頓鎮，我清醒地檢視爭相等著我處理的工作。要把芙洛倫絲的抗命處理到什麼程度？向人資舉發她，跟莫伊拉坐在椅子上舉行一場規模完整的懲戒法庭？拜託老天不要。最好還是跟她閉門一對一把話談開。往好處想，我還能把績效立見的「音叉」案件賞給她。

我走進「避風港」骯髒破舊的走廊，被一片非比尋常的寂靜嚇住。伊利亞的腳踏車在，但伊利亞人呢？其他人呢？我爬上第一層樓梯間：鴉雀無聲，全部的門都關著。我又爬上第二層樓梯間：芙洛倫絲辦公間的門用封箱膠帶貼死，上面貼著一道紅字標語：「不准進入」，門把噴上封蠟。但我的辦公室門戶大開，桌上躺著兩張輸出文件。

第一張是來自小薇的內部通告，通知收件人，財務部小組委員會成員在經過審慎思考之後決議以風險不成比例為由取消「玫瑰蓓蕾」行動。

第二張是來自莫伊拉的內部通告，通知所有相關部門，芙洛倫絲自本週一起已辭去情報局職務，完整離職流程已經依照總部之除役規定啟動。

先思考，後處理危機。

根據莫伊拉的內部通告，芙洛倫絲辭職這件事情僅僅發生在她現身「體育家」與艾德和蘿拉進行混合雙打前的四小時。這大大解釋了她的抗命行為。不過，是什麼原因導致她辭職？從表面上看來是因為「玫瑰蓓蕾行動」取消，但別急著下定論。將兩份文件放慢讀完第三遍之後，我退回樓梯間，兩手在嘴邊圈成喇叭大喊：

「請所有人出來，馬上！」

隨著我的團隊小心翼翼地從關上的門後現身，我拼湊出整個故事——要不就只是所有人知道，或者願意透露的那麼多。週一早上大約十一點，就在我平安地被偷偷運往諾斯伍德地下深處同時，芙洛倫絲告知伊利亞，她與阿多．川奇在他的辦公室有約。據伊利亞這個通常可靠的消息來源指出，她對這場會面表現出的擔憂之情多於興奮。

一點十五分左右，伊利亞在樓上代管通訊檯，團隊其餘成員則在樓下吃三明治滑手機，此時芙洛倫絲結束與阿多的會面歸來，出現在廚房門口。蘇格蘭人丹妮絲一向都是芙洛倫絲親疏遠近階序中最親密的那一位，並且固定在芙洛倫絲忙到無法抽身或休假時代管她的情報員。

「她就只是站在那兒，奈特，大概好幾分鐘，盯著我們看，好像我們全都瘋了。」——來自嚇壞的丹妮絲。

「芙洛倫絲實際上有說過任何話嗎？」

「一個字都沒有，奈特。她就只是看著我們。」

芙洛倫絲從廚房上樓到她的房間，鎖上門獨處然後——換回伊利亞發言——「五分鐘後她提著一口特易購塑膠袋出來，裝著她的拖鞋、辦公桌上的死掉老媽照片、暖氣壞掉時穿的罩衫、還有辦公桌抽屜裡的那些女生玩意。」伊利亞怎麼有辦法在一眼瞬間看完這堆物件讓我感到疑惑，但也只好接受這詩歌般的破格吧。

芙洛倫絲接著「用俄國方式親了我三次，」——來自伊利亞，話匣子全開——「給了我一個誇張的擁抱，跟我說這是給我們大家的。是說擁抱。所以我說，所以這是在幹嘛，芙洛倫絲？因為我們知道不能叫她芙洛。然後芙洛倫絲說，真的沒什麼事，伊利亞，就只是這艘船已經被老鼠占領，我只好跳船。」

由於缺乏更多見證，以上就是芙洛倫絲給「避風港」的離別之詞。她跟阿多結束會談，上繳辭呈，從辦事處總部回到「避風港」，整理包袱，在下午三點五分左右再度走到室外，進入失業狀態。在她離開幾分鐘之內，兩名閉口不語的國安局代表——不是占領船的老鼠，而是「貂」，如一般所稱——開著綠色辦事處廂型車駕到，搬走芙洛倫絲的電腦與鋼櫃，並且逐一向我的團隊成員詢問她有沒有任何交由他們保管的物品，或跟他們討論過辭職理由。兩道問題都得到所需確認後，他們就把芙洛倫絲的房間封死。

•

指示眾人回到崗位繼續工作如常——一份不大可能實現的希望——之後我回到街上，轉進一條巷弄，步伐沉重地走了十分鐘的路，才在一間咖啡館坐定，點了一杯雙倍義式濃縮。放慢呼吸，理出事情的輕重緩急。我懷著最後一絲希望，再打芙洛倫絲的手機。音訊死絕如渡渡鳥。她的漢普斯特電話號碼則傳來一則新語音訊息，來自一位年輕倨傲的上流階級男性留言：「如果你是要找芙洛倫絲，她已經不再用這個號碼了，所以滾吧。」我打電話給阿多，接電話的是小薇：

「很不巧，阿多整天的會議行程接連不斷，奈特。我能幫上什麼忙嗎？」

噢，應該沒有，謝了，小薇，沒有。你會說他的連續會議是在總部開、還是進城去了呢？

她動搖了嗎？對，她動搖了：

「阿多現在不接電話，奈特。」她說完掛了電話。

•

「奈特，我親愛的同事，」阿多用一種極度意外的語調說著，耽溺於在嘴上揮舞我的名字作為武器的新嗜好，「我永遠歡迎你。我們有預約嗎？明天適合嗎？我現在有點忙不過來，老實說。」

然後，他一把將文件撒個滿桌以為佐證，這不過是在告訴我，他整個早上都在期待我來。阿多不跟人當面對質，我們兩個都心知肚明。他的人生就是一場在他無法面對的事情之間進行的障礙越野賽。我帶上門閂，坐在貴賓椅上。阿多則繼續在辦公桌前埋首於文件之中。

「你要留在這裡，是嗎？」好一陣子之後他問。

「如果不妨礙你的話，阿多。」

他從文件籃中挑出另一份檔案，攤開，全神貫注於內文。

「『玫瑰蓓蕾』的事實在令人難過，」我在一段恰到好處的沉默之後提起。

他聽不見。他太全神貫注了。

「芙洛倫絲的事同樣令人難過，」我表示。「可能是情報局損失的最佳對俄事務官之一。我能看一下報告嗎？或許你那裡有？」

那顆頭依然埋在文件中。「報告？你是在胡說什麼？」

「財政部小組委員會的報告。說風險不成比例的那份。我能看一下嗎，拜託？」

那顆頭稍微抬起來一點，但沒有太高。他眼前攤開的檔案還是更加重要。

「奈特，我必須讓你知道，你身為倫敦總局的臨時雇員，才不會清楚任何有關風險適當層級的事。

我們還有其他問題嗎？」

「是的，阿多。我們還有。芙洛倫絲為什麼辭職？為什麼你把我打發到諾斯伍德去做白工？難道你本來打算非禮她嗎？」

在我最後一句話時，那顆頭突然抖了一下。

「我以為就特殊技能來看，你做這件事的可能性還比較我高。」

「不然又是為什麼？」

他上身後仰，讓雙手指尖找到彼此，抵成一道婚禮拱門。拱門已成，他準備好的演講現在即將開始。

「奈特，如你所猜測，我的確以嚴格一對一保密的形式收到小組委員會裁決的事前警告。」

「何時？」

「這與你無關。我能繼續了嗎？」

「請。」

「我們都知道，芙洛倫絲不是你我會稱之為「成熟」的那種人。這是她被擋下的根本原因。有才華——沒人會對這點有意見，起碼我全心這麼認為。不過，很顯然就她自己與我們的利益而言，她在『玫瑰蓓蕾行動』發表上卻投入個人感情——我敢說是太多感情了。我希望在小組委員會正式宣布決策之前，給她來一場非正式的噩耗預報，或許能舒緩她的失望之情。」

「所以你在幫她沾眼角淚水的時候把我送去諾斯伍德。相當體貼。」

但阿多不玩反諷，尤其他就是被反諷的那方時不玩。

「不論如何，從更宏觀的視野來看她突然離開辦事處這個議題，我們應該為自己道賀才對。」他繼續說。「她對小組委員會以國家利益為由，決議『玫瑰蓓蕾』不通過的所做反應，既不恰當又歇斯底里。情報局可能還會覺得她走得好。現在告訴我『音叉』昨天的狀況。老手奈特的高招出場，容我這麼說。你怎麼解讀莫斯科給他的指示？」

阿多習慣以亂跳話題作為一種避免不友善砲火的手法，我也看多了。不過，現在這情況是他對我有恩在先。我大致上不認為自己是什麼老奸巨猾的人，但阿多倒是讓我在這方面有所成長。唯一能告訴我他跟芙洛倫絲之間發生過什麼事的人，只有芙洛倫絲，但她現在聯絡不上——那麼，現在就來達陣得分吧。

「我怎麼解讀給他的指示？最好還是問問俄國部門會怎麼解讀吧，」我以配得上他高高在上的語調回應。

「他們會怎麼解讀？」

高高在上，但也堅定不移。我是個俄羅斯老手，朝著沒經驗官員弟兄的滿腔熱忱潑冷水。

「『音叉』是個潛伏間諜，阿多，看來你忘記那件事了。他在這裡也幾年了。準確說來他已經休眠了一年。現在是莫斯科中心把他喚醒、吹落塵埃，給他來場演習，確認他還堪能效命的時候了。一旦他證明自己還能繼續效命，又會縮回約克休眠。」

他好像想爭論，但想了想還是不要為上。

「所以，假設你的前提正確，儘管我並不必然接受，那麼我們的戰略確切而言又是什麼？」他挑釁地問道。

「觀察等待。」

「在我們觀察等待的同時，應該警告俄國部門我們只進行觀察等待嗎？」

「如果你希望他們接手這個案子，然後從中抹消倫敦總部的名字，那就擇期不如撞日吧。」我回嘴。

他噘起嘴，把視線從我身上移開，好像在我背後尋求更高權威的諮詢。

「非常好，奈特，」——他遷就了——「我們就如你建議的觀察等待。期待你能持續讓我得知未來發展——不管多瑣碎，在事情發生的瞬間就讓我知道。感謝你特地跑一趟。」他補上這句，接著回頭埋首案前文件。

「不過呢，」我說，毫無從椅子上起身的意思。

「不過什麼？」

「給『音叉』的指示有道弦外之音，暗示我們看見的可能遠非一場讓潛伏間諜保持警覺的標準演習而已。」

「這跟你剛剛說的完全相反啊。」

「那是因為『音叉』故事當中有個元素你絕對不可能明白。」

「胡說八道。什麼元素？」

「現在也不是嘗試在教育訓練名單上填進你名字的好時機，否則俄國部門會需要知道原因。我猜你不會跟我一樣必須接受任務解說。」

「為什麼我不會？」

「因為假如我的直覺正確，在我們眼前的——雖然有待確認——是讓『避風港』跟倫敦總站聯名合作展開行動，而不會遭到財政部小組委員會從旁掣肘的黃金時機。我現在能否勞煩尊耳一聽，還是明天你比較方便的時候我再過來一趟？」

他嘆了聲氣，把文件推到一旁。

「也許你大概熟悉我的前情報員『啄木鳥』的案件了？或者你還太嫩了點？」

「我當然熟悉『啄木鳥』案件。我研究過，誰沒有？俄國駐特里亞斯特的駐外間諜，前KGB，老手，在領事館臥底。我記得你是藉由打羽毛球的機會吸收他。他後來重操舊業，回頭加入敵對陣營。我覺得那不是什麼你可以引以為傲的人。為什麼我們突然在聊『啄木鳥』？」

就一個後輩來說，阿多的功課做得很齊全。

「直到『啄木鳥』為我們工作的最後一年，他都是個可靠而有價值的情報員。」我告訴他。

「你說了算。其他人可能有不同看法。我們可以說重點了嗎，拜託？」

「我想跟他一起討論莫斯科中心對『音叉』下的指示。」

「跟誰？」

「跟『啄木鳥』。想知道他對莫斯科的看法。內部觀點。」

「你瘋了。」

「或許。」

「簡直大腦壞掉那麼瘋。『啄木鳥』被官方列為毒害等級。這代表這間情報局裡沒有人能不經俄國部門主任的個人書面同意就擅自和他接觸，剛好這位主任目前又在華盛頓首府閉關。『啄木鳥』不可信，徹底的雙面人，根深柢固的俄國罪犯。」

「這是說不行嗎？」

「你想去就得跨過我的屍體。到目前為止都不行。我應該馬上動筆寫下這件事情，複印一份傳給懲戒委員會。」

「在此同時，我想在你的許可之下放個一週高爾夫球假。」

「你才他媽不打高爾夫球。」

「必須在這種活動上，『啄木鳥』才會同意見我，結果他就會對莫斯科中心給『音叉』下的指示表示一些好玩的看法，總之你只要下定決心派我去拜訪他就好。另外我同時也建議你，在寫那封沒禮貌的信給懲戒委員會前最好多想一下。」

我走到門口時他叫住我。我轉頭過去，但人停在門邊。

「奈特？」

「是？」

「你究竟以為能從他那邊挖出什麼？」

「運氣好的話，不會有我還不知道的事。」

「那為什麼還要去？」

「因為沒有人會因為某某人的強烈直覺就叫機密行動處去賣命，阿多。機密行動處喜歡可以兩面操作的情報，能三面操作更佳。這就叫證據導向——要是你不熟這個術語的話。這意思是說，只是困在肯頓窮鄉僻壤的禁足外務情報員、或是他那不知為何未經考驗的倫敦總部主任自私自利的胡言亂語，都不會讓他們太開心。」

「你瘋了。」阿多縮回卷宗後的同時又說了一次。

•

我回到「避風港」，當著愁眉苦臉的團隊，轉動辦公室鑰匙，開始起草一封信，寄給我的前情報員「啄木鳥」，假名阿卡第。我以布萊頓某羽球俱樂部祕書的名義，寫信邀請他組成混合雙打隊伍蒞臨我們美麗的海邊小鎮。我建議了比賽日期與場次時間，並提供免費住宿。開放式文字密碼的使用早於《聖經》，端賴書寫者與受信者的相互理解。阿卡第與我之間的理解不靠任何解碼本，也不仰賴每道謎面必然包含相反謎底之類的概念。所以我並不是在邀請他，而是在請他發出邀請。假想的俱樂部準備迎賓的日期，是我希望收到阿卡第來信的日期；我提供的住宿則是一則恭敬的詢問，問他是否能接待我，以及能在哪裡見面；比賽場次時間則表示我隨時都有空。

在一個掩飾表文所允許的最接近現實的段落裡，我提醒他，不論世界大局的張力如何變化無常，我們兩家俱樂部之間的長久關係依舊和睦。我署名妮可拉．哈勒代（太太），因為阿卡第在我們五年的合作關係中都以尼克稱呼我，雖然我的真名就醒目地印在領事館代表的官方名單上。哈勒代太太並沒有提供她的地址。阿卡第如果選擇要回信，他知道一大堆地址能寄。

然後我就靠回座椅上，聽任漫長等待，因為阿卡第做重大決定時從不倉促。

•

如果讓我跟阿卡第扯上關係的那件事讓我感到憂慮，那麼與艾德之間的球戰及賽後固定桌聚的政論環球之旅就更讓我倍覺彌足珍貴——就不管艾德輕易地擊敗我，讓我欽佩得不情不願這件事了。

那似乎只是一夕之間的事。突然間他就把球打得更快、更開心、更隨心所欲，讓我已經難以彌補兩人之間的年齡差距。打了一兩節球之後，我才能客觀地品味他的進步，並盡量為自己對這進步發揮的功能恭喜自己。在其他情況下，我可能會到處找年輕一點的球員對付他，但當我對他如此提議時，他感到相當受冒犯，我也就退縮了。

我生命中更大的難題就沒那麼容易解決。每天早上我都在辦事處的掩飾地址檢查阿卡第的回信。杳無音訊。如果阿卡第還不是我的問題，那芙洛倫絲一定是。她跟伊利亞與丹妮絲都相當友好，但無論我再怎麼逼問，他們也不比其他團隊成員更清楚她的下落與動態。假如莫伊拉知道能上哪去找她，她肯定最最不想告訴我。每回我想像芙洛倫絲，偏偏就是芙洛倫絲，怎麼捨得拋下她心愛的情報員遠去，我總是失敗；每回我試圖重建她跟阿多．川奇那場重大會面，我又總是失敗。

在諸多內省過後，我試著從艾德那碰碰運氣。一記遠射，希望渺茫，我也知道。我臨時捏造的臥底故事，讓我得以跟芙洛倫絲在一個假想朋友辦公室的一次假想偶遇、以及跟蘿拉打的一場羽毛球之外，對彼此一無所知。除此之外，對我有利的情勢就是我對他們兩個彼此一眼來電的感覺越來越強；既然我現在意識到芙洛倫絲當時是懷抱什麼心境現身「體育家」，就很難想像她當時會有心情跟誰來電。

我們坐在固定的桌位，乾了第一輪啤酒，艾德已經去取第二輪。他以四比一的成績痛宰我，他的爽感連我都能理解。

「所以中國那個怎樣？」我問他，挑了個好時辰。

「中國哪位？」艾德一如平常理解到別的次元去。

「路口的『金月』餐廳，老天爺啊。我們本來要一起去那邊吃晚餐，後來我為了挽救一樁生意就連忙離開，還記得嗎？」

「喔，對。很棒，她很愛烤鴨。是說蘿拉。她最愛烤鴨。服務生要把她寵壞了。」

「那個女生呢？她叫什麼來著？芙洛倫絲？她人有趣嗎？」

「喔，對，芙洛倫絲。她也很棒。」

他是有事瞞著我不肯說，還是純粹在當平常那個難相處的自己？反正我繼續試下去：

「你該不會剛好有她的電話號碼吧？我朋友打電話給我，就是她的臨時雇主。他說芙洛倫絲表現出色，想給她全職工作，但派遣公司不願意合作。」

艾德忖度半晌。皺個了眉頭。在他的腦海中搜索，又或只是裝得煞有其事。

「沒有，嗯，他們才不會幫忙不是嗎。」他附和。「可能的話，那些派遣公司的豬頭會想一輩子綁著她。對啊。恐怕幫不了你。沒辦法——」接著是一番抨擊我們當家外交大臣的長篇大論，「那個骨子裡沒有半點像樣信念的該死愛沙尼亞自戀菁英主義者在自毀前程」[16]，諸如此類。

16　謠傳鮑里斯・強森有愛沙尼亞裔祖先。

如果這段塵埃未定的等候時間，除了週一晚間的羽球賽之外還有任何安慰，那就是謝爾蓋，又稱「音叉」。他一夕之間成了「避風港」的模範情報員。從大學學期結束那天起，瑞士自由撰稿人馬庫斯・許懷策已經在第一個指定的北倫敦行政區定居。他的目標已經由莫斯科明文規定，是要輪流採樣檢查三個區域，並上呈報告。沒了芙洛倫絲，我就指派丹妮絲——受國家教育、自童年起著迷於俄國的一切——當他的看守人，謝爾蓋竟把她當成失散多年的姊姊一樣喜愛。為了減輕她的負擔，我為她批准「避風港」其他團隊成員進行支援。他們的臥底不成問題，可以自稱是見習記者、待業中的演員，要不也可以什麼都別說。如果莫斯科駐倫敦間諜想出動整支反監視部隊，他們將會空手而回。莫斯科不斷要求地點細節的舉動，連最賣命的潛伏間諜都會吃力；但謝爾蓋一樣勤奮，還有伊利亞與丹尼絲聯手從旁協助。他們要求照片只能使用謝爾蓋的手機拍攝；缺少地形細節對安妮特、又名安娜塔西亞來說，根本就是小意思。每當莫斯科中心又下達熱騰騰的各式要求，謝爾蓋會先用英文寫下回應的草稿待我過目，接著才把回應翻成俄文，我則會在謝爾蓋用他手頭的一次性解碼本進行編碼之前，私下偷偷確認過一遍俄文。如此這般，謝爾蓋被塑造成了一位勇於承擔自己過錯的情報員，而他作為一個順從但性情不定的中心通訊員身分，也有了可信的血肉。偽造文書部門漂亮地製作了一封來自哈佛大學物理系的邀請函，恰到好處地唬住了謝爾蓋的朋友巴瑞。還好布萊恩・喬登的屬下都在華盛頓，有個哈佛物理學教授會接住來自巴瑞或來自其他各界的零星疑難問題。我寄了一則私人便箋給布萊恩，感謝他所付出的努力——得不到任何回音。

又是等待。

等待莫斯科中心停止三心二意，選定一個北倫敦行政區就安頓下來。等待芙洛倫絲大膽說出內心話，告訴我究竟是什麼讓她拋下她的情報員與事業一走了之。等待阿卡第下定決心發出邀請，或不發出邀請。

然後一如世間常理，所有事情開始同時發生。阿卡第回信了。或許你不會說他信回得很熱切，但總之是回了。不是寄到倫敦，而是寄到他偏愛的伯恩掩飾地址：一封寄給N．哈勒代的平信，捷克郵戳，電子字體。裡面是一張捷克水療勝地的風景明信片，還有一本位於該城鎮外十公里的旅館俄文手冊。旅館手冊裡夾著一張有著勾選欄位的訂房表格：指定日期、房型、預估抵達時間、對什麼過敏。欄位裡的印刷叉叉告訴我，我應該在下週一晚間十點入住。念在我們先前的溫情，很難想像還有什麼比這更不情不願的回覆，但起碼這回應是在說：「來吧」。

我用尚未報廢的尼可拉斯．喬治．哈勒代假護照——我應該要在回到英格蘭時就繳回，但沒人叫我還——訂了一班週一早上飛往布拉格的班機，用我個人的信用卡結帳。我寄電子郵件給艾德，悔恨地取消我們的羽球固定行程。他回了封信說：「弱雞」。

週五下午我的家用手機收到來自芙洛倫絲的簡訊。簡訊告訴我說，我們能「談談，如果你想的話。」然後給我一個並非她傳訊過來的電話號碼。我用預付卡撥出那個號碼，接通的是答錄機，我因為不必直接跟她說話而鬆了一口氣。我留了語音訊息，說我幾天後會再打來，掛斷電話時我覺得自己聽起來好像不認識的誰。當天傍晚六點，我寄了一封全體信件給「避風港」並副本給人資部門，說我出於家庭因素，從六月二十五到七月二號之間要請一週的假。如果我還在想有什麼家庭因素可以掛心，只要看看史蒂芙就好，她在好幾個禮拜的無聲無息之後，宣布本週日要下凡跟我們共進午餐，還要帶「一個吃素的朋友」。有些同時發生的時刻是經過審慎安排所成。這次不是，但我要是看到這樣的時機，就會知道自己應盡的職責。

•

我在寢室裡打包前往卡羅維瓦利[17]的行李，檢查我的衣服有沒有洗衣店標籤、或其他不該屬於尼克·哈勒代的東西。普露在跟史蒂芙講完一通很長的電話之後，上樓幫我打包並且對我報告。她開口的第一個問題就不是為了維持和諧關係而來。

「你真的有需要整趟布拉格都帶著羽毛球裝備嗎？」

「捷克間諜一天到晚都在打。」我回應。「吃素男孩還是吃素女孩？」

「男孩。」

「我們認識的那個，還是我們還不認識的？」

史蒂芙眾多男性朋友當中恰恰就有兩名素食者。我曾經嘗試接觸他們。結果兩人都是同性戀。

「這個叫朱諾，如果你還記得這個名字，他們現在正準備一起前往巴拿馬。她說朱諾是朱奈德簡稱，朱奈德的原意是『戰士』[18]。不知道這麼說有沒有讓你覺得他更討喜。」

「或許有。」

「凌晨三點從盧頓機場出發。這樣他們就不會跟我們過夜，你應該會鬆一口氣。」

她說對了。一個新男友在史蒂芙房間裡，門縫飄出大麻煙，並不符合我對家庭美滿的期待。尤其是我在打包去卡羅維瓦利的同時。

「究竟誰會想到要去巴拿馬？」我火氣正上地問。

「這個嘛，我想就是史蒂芙。還非常想去。」

我誤解她的語調，猛然回頭看她。

「你是什麼意思？她去那裡就再也不回來了嗎？」——只見她掛著微笑。

「你知道她跟我說什麼嗎？」

「還不知道。」

「我們能一起做鹹派。史蒂芙跟我的這個我們。朱諾愛吃蘆筍，然後我們絕對不能聊伊斯蘭教，因為他就是穆斯林，所以他也不喝酒。」

「聽起來很理想。」

「史蒂芙跟我大概五年沒一起做菜了吧。她認為應該下廚的是你們男人，而不是女人。還記得嗎？」

我盡己所能融入盛會氣氛，自己去超市買了無鹽奶油及蘇打麵包，這兩樣是史蒂芙飲食體制中的必

---

17 卡羅維瓦利（Karlovy Vary），即前文的捷克水療勝地。

18 Junaid，穆斯林男子名，「戰士」之意源自烏爾都文。

需品，然後為了彌補自己的失禮買了一瓶冰香檳，雖然朱諾不能喝半滴。如果朱諾不喝的話那我猜史蒂芙也不會喝，因為她現在很有可能就在改信伊斯蘭教的半途上。

我購物回家，發現他們倆站在門廳。接著兩件事情同時發生。一位文質彬彬、衣裝筆挺的年輕印度男子走向前來，取過我手中的購物袋。史蒂芙打開雙臂擁抱我，把頭埋在我的肩窩裡停留一會，然後抽身回去說：「爸！你看，朱諾，他是不是很棒？」這位文質彬彬的印度男子再次走向前來，這回是來正式見面。我早就瞧見史蒂芙無名指上那顆看起來不得了的戒指，但我學過教訓，最好是等史蒂芙主動告訴我。這位女子就去廚房做鹹派了。我開了香檳，給兩位女子一人一杯，然後就走回客廳，也給了朱諾一杯——我才不會每次都照字面遵守史蒂芙就她的男人對我們下的指示。他毫無異議地接下了香檳，等著我請他坐下。這對我來說是全新的世界。他說他很怕這一切對我們來說太突如其來，我則向他保證，史蒂芙沒有一件事情能讓我們感到突如其來，他看上去就安心不少。我問他為什麼去巴拿馬？他解釋自己是一個動物學研究生，史密森尼學會請他去巴拿馬運河上的巴羅科羅拉多島進行一趟研究大型蝙蝠的田野調查，而史蒂芙是順便去玩的。

「除非我身上都沒蟲子才能跟去，爸，」史蒂芙順勢插話，穿著圍裙從門後探頭，「我要被煙燻過，我會沒辦法呼吸任何空氣，我甚至還不能穿我該死的新鞋，對不對，朱諾？」

「她可以穿自己的鞋子，但外面要加鞋套。」朱諾對我解釋。「而且沒人會被煙燻。煙燻純粹只有視覺效果，史蒂芙。」

「我們走到岸邊的時候還要小心鱷魚，可是朱諾會保護我，對不對，朱諾？」

「然後把鱷魚當成大餐剁削一頓嗎？當然不行。我們是去那裡保育野生動物的。」

史蒂芙咯咯笑著，在我們面前把門關上。午餐上她秀出訂婚戒指，但主要是為了讓我看，因為她已經在廚房跟普露嘰哩咕嚕說完事情原委。

朱諾說他們會等到史蒂芙畢業；現在等到她畢業將要花上更多時間，因為她轉到醫學院了。史蒂芙沒打算對我們提起轉院的事，但普露跟我都學過教訓，不要對她揭曉這類人生轉折的場合太大驚小怪。

朱諾想正式向我提出請求，希望能牽起史蒂芙的手共度一生，但史蒂芙堅稱她的手就是她自己所有的財產，才不是任何人的。不論如何，朱諾還是隔著桌子向我提出請求。而我告訴他，這是只有他們倆應該花上全數所需的時間才能做的決定。他們想要小孩──「六個，」史蒂芙插嘴──但只是將來計劃，同時朱諾想要把我們介紹給他的父母，他們兩人都在孟買當老師，計畫要在耶誕假期造訪英格蘭。

接著就是朱諾問能否請教一下我的職業，因為史蒂芙總是含糊其詞，但他的父母肯定會想知道。是在公務部門還是社會服務部門呢？史蒂芙看起來不太確定。

史蒂芙一手托著自己的下巴，另一隻手越過桌子牽起朱諾，等待我的答覆。想不到她竟然沒把我們的滑雪纜車對話讓他人知道，而且我當時不覺得場面適合要求她保密，但很顯然她守口如瓶。

「喔，一直都是公務部門。」我笑著抗議。「實際上是涉外公務部門。為女王賣命、到處出差的業務，附贈一點點外交豁免地位，說起來差不多是這樣。」

「所以是貿易顧問？」朱諾問，「我能跟他們說是英國貿易顧問嗎？」

「那會很不錯。」我向他確定。「貿易顧問回到老家，然後就被強迫退休，放去吃草。」

普露對此說：「鬼扯，親愛的。奈特老是自說自話。」

然後史蒂芙說：「他是女王后冠的忠實僕人，朱諾，而且是屎般火熱的那種，不是嗎，爸。」

在他們離開後，普露跟我告訴彼此，或許這整件事有點太像童話故事；但要是他們明天就分手，史蒂芙會好轉起來，變回我們都認得的那個女孩。洗完碗盤之後，我們早早上床，因為我們需要做愛，而我有班一大清早的飛機要搭。

「所以你去布拉格要藏在誰的金屋那裡啊？」她調戲般地在門前階梯上問我。

我告訴她要去布拉格參加一場研討會。我沒告訴她其實是要去卡羅維瓦利跟阿卡第在森林間散步。

•

如果這段貌似沒有盡頭的等待當中，有一項資訊直到最後都一直被我遺漏，那是因為它在出現當下就被我判斷為毫無重要性。週五下午，正當「避風港」都在為週末收拾行李時，國內研究部門，一群惡名昭彰的懶骨頭，親自發表了他們對謝爾蓋清單上的三個北倫敦行政區的研究發現。在對尋常的河道、教堂、電纜、歷史名勝與建築設計圖進行大量無用的觀察之後，他們在一個註腳指出，這三個「需要仔細檢視的區域」是由同一條自行車路線串連起來，這條路線從霍克斯頓出發，前往中倫敦。為了方便起見，他們附上一張大規模地圖，將單車道塗成粉紅色。如我所寫，這項資訊就攤開在我的眼前。

11.

那些曾把間諜黃金時期貢獻給了我們，拿了酬勞分紅退休金，沒有碰上麻煩，沒有暴露身分，也沒有投敵通匪，終能在他們忠誠地背叛過的祖國、或者某些同樣親切的環境中過著退休生活的情報員，都沒有留下太多文字記錄，我也希望永遠不要有。

其中一位這樣的男子就是「啄木鳥」，又名阿卡第，前莫斯科中心駐特里亞斯特間諜頭子，我的前球友暨前英國情報員。若要敘述他為了自由民主而主動投靠的故事，就要追溯這個本性正派的男子——這只是我的一己之見，不可能每個人都這麼想——打從出生就與當代俄國史福禍相依的動盪生涯。

他是提比里斯猶太裔妓女與喬治亞東正教祭司的私生子，私下接受了基督教信仰栽培，然後被他的馬克思主義小學老師相中，認為這學生資質出眾，於是他發展出了第二種思維，立地改宗成為馬列主義信徒。

他十六歲時再次被相中，這次看上他的是ＫＧＢ。他受訓成為臥底間諜，被分派執行滲透奧塞提亞北部基督教反革命分子的任務。身為前基督徒——或許也是現基督徒——他勝任愉快，很多被他舉發的人都遭到槍決了。

作為工作表現傑出的褒獎，他被任命為最基層的ＫＧＢ，並且以服從與「就地裁決」的事蹟博得聲譽。這並不妨礙他上夜校，學習更高深的馬克思主義辯證法或外語，接著他就得到在海外進行情報工作的資格。

他被派遣前往國外執行任務，協助提供「法外手段」——這是暗殺的委婉說法。在他的雙手髒過頭之前，莫斯科將他召回，接受假外交這門軟性技藝的指導。作為一名以外交身分掩護的諜報行動小卒，他在布魯塞爾、柏林、芝加哥當過駐外間諜，進行外野勘查與反監視任務、為素未謀面的情報員執勤、收發過無數個死存信箱，並持續參與「消除」蘇維埃國家實在或假想敵人的行動。然而，隨著思想成熟，再怎麼樣的愛國赤忱也阻止不了他自我重新評估至今為止的人生路途——從他的猶太母親、沒有完全放棄的基督教信仰、乃至於他一頭栽進的馬列主義。而在柏林圍牆倒下的同時，他對俄國特色自由民主體制、大眾化資本主義以及人人發大財的願景，便自瓦礫堆中油然而生。

但阿卡第本人又該在祖國耽誤良久的新生當中扮演什麼角色？他會繼續扮演他一直所是：祖國的忠臣與護衛。他會為祖國擋開破壞者及投機分子，不管他們是外國人還是自家人。他懂得歷史無常，不靠爭取得來的不能長存。而 KGB 就不復存在：很好。一種理想主義式的嶄新間諜情報單位將會保護所有俄國人民，而非只有領導階層。

他的昔日戰友弗拉基米爾．普丁卻為他的願景帶來最後的幻滅：先是鎮壓車臣對獨立的渴求[19]，接著是他自己心愛的喬治亞[20]。普丁過去一向都是個末流間諜，現在他從間諜搖身一變而成獨裁者，以密會陰謀[21]的觀點看待所有生命。就因為普丁跟他那班壯志未酬的史達林主義黨羽，俄國沒有朝前邁進璀璨的未來，反倒退回黑暗虛妄的過去。

「你是倫敦人嗎？」他用英語大聲灌進我耳裡。

我們是兩名外交官——技術上說來是領事——一邊是俄國、一邊是英國，正在特里亞斯特首屈一指的運動俱樂部裡參加跨年舞會，三個月來我們在這個俱樂部裡打了五場羽球賽。那是二〇〇八年冬天，就在莫斯科把槍口架到喬治亞頭上的事件發生過後。樂團充滿朝氣地奏出首首六〇年代金曲，不留一點餘地給竊聽人員與隱藏式麥克風。阿卡第的司機暨保鑣過去曾在陽台監視我們打球、甚至還跟蹤我們進入更衣間，今晚也在舞池另一端與新找到的女伴尋歡作樂。

我一定說了「對，我是倫敦人。」但在轟隆樂聲掩蓋之下我聽不見自己的聲音。自從我在第三場羽球賽上靈機一動勾引了他，就一直在等待這一刻；就我看來，阿卡第顯然也在等待這一刻。

「那就告訴倫敦他願意。」他吩咐。

他？這個字代表的是他即將成為的那個人。

「他只會聽從你的轉達辦事。」他繼續用英語說著。「他四週之內還會在這裡跟你對打，讓你吃足苦頭，同樣時間，單打。他會用電話對你正式邀賽。告訴倫敦他需要成對的空心握把球拍。球拍會在更衣間裡找適當的時機調換。你要幫他安排這些事。」

---

19 一九九九年八月第二次車臣戰爭。

20 二〇〇八年八月俄喬戰爭。

21 原文作俄文 konspiratsia，指祕密會面時所需的嚴格保全措施與避人耳目手段。

那他又要什麼回報？我問。

「為他的人民帶來自由。所有人民。他不是物質主義者，他是理想主義者。」

我還沒聽說過有誰主動投靠得如此窩心。兩年後在特里亞斯特，我們卻把他輸給了莫斯科中心——他是當年莫斯科中心北歐部門的第二號人物。他只要人在莫斯科，就拒絕跟我們聯繫，當他以文化交流作為掩飾派駐到貝爾格勒時，我俄國部門的主子們不希望我被人看見到處跟著他跑，於是給了我駐布達佩斯貿易領事臥底身分，讓我到那裡追他。

我們的分析師直到他的生涯末期才開始察覺到苗頭不對，他的報告起初只是誇大其詞，後來則是光明正大亂編一通。分析師對他的報告做的研究比我多。對我來說，這只是又一個情報員老了、倦了、失去了一點勇氣卻又不願一刀兩斷的案例。阿卡第的兩邊老闆各自為他無私的奉獻舉杯喝采、頒發獎章——莫斯科鋪張，而我們則低調許多——隨後我們才從其他情報來源得知，在他兩邊的職業生涯都接近尾聲時，他早已孜孜矻矻地為第三段生涯打好基礎：把他國家的髒錢分一點給自己，那規模是他的俄國雇主跟英國雇主做夢都想不到的優渥。

•

從布拉格出發的巴士長驅駛入夜色之中。兩側的黑色山稜穩定地朝著夜空抬高。我並不怕高，但不喜歡深，同時我自問到底自己在這裡幹什麼，我究竟是怎麼說服自己踏上一段十年前就不會有意願、如今也不會讓年紀只有自己一半的事務官前往的豪賭之旅。在外場訓練課程漫長一日的尾聲，來上一杯蘇格蘭威士忌之後我們會處理自己的恐懼因子：如何分攤變數風險，並估量你對變數的恐懼有多少；只是我們不提恐懼，我們談勇氣。

巴士裡接著一片光明。我們進入卡羅維瓦利的主要幹道，從前這裡叫卡爾斯巴德，自彼得大帝以來就是俄國高幹鍾情的水療勝地，如今則整個變成他們的行宮。飯店、浴場、賭場、珠寶店，全都閃閃發光，路旁一扇扇亮晃晃的窗戶悠然向車窗後拂掠而過。回到二十年前，當時我來這裡見一個與情婦共渡假期的車臣情報員，這座城鎮還正在擺脫蘇共那種單調的灰。當時這裡最宏偉的飯店叫「莫斯科」，唯一的奢侈行程只能在一所僻靜的前安養院中發現，那裡幾年前還是黨所相中的金屋，讓嬌娃們得以避開無產階級的凝視享受人生。

十點九分，巴士在終點站停下。我下車開始步行。永遠別看起來好像你不知道要往哪兒走。永遠別故意瞎晃。我是個初來乍到的觀光客，是個低調到不行的行人。我正在像隨便一個好觀光客那樣仔細識讀周遭環境。我的旅行袋吊在肩上，羽球拍握把從袋口穿出。我就是那種看起來傻裡傻氣的英國中產階級行人，只差沒把指南書裝在塑膠套裡掛在脖子上。我欣賞著一張卡羅維瓦利電影節的海報——也許我該買張票？旁邊的海報在宣稱知名浴場的療效，然而沒有一張海報公開宣示這座城鎮也作為上流俄國組織罪犯的集會地首選而揚名在外。

我前面的情侶沒辦法以可察覺的步調前進，後面的女人提著一口笨重的毛氈旅行袋。我已經逛遍了城鎮某側的商店街，是時候走過那條貴氣的行人橋去另一邊遛達，假裝自己是個無法下定決心該為太太買只卡地亞金錶，還是迪奧禮服，鑽石項鍊，還是總值五萬美金的全套帝俄家具複製品的海外英國男子。

我走到「普普」大飯店暨大賭場（前「莫斯科」飯店）以泛光燈打亮的前庭，一同被燈光打亮的萬國旗隨著晚風搖曳。我正在欣賞石磚路上鐫刻古今嘉賓貴客名字的銅牌：歌德來過！史汀也來過！我想是時候攔部計程車了，而五碼內就有一輛停著。

一家子德國人從車子裡爬出來，成對的方格紋行李箱，兩個孩子的全新腳踏車。司機對我點頭示意，我跳上車坐在他旁邊，把旅行袋丟在後座。他說俄語嗎？皺眉：「*Niet*。」英語？德語？一道微笑加上一陣點頭。我才不會說捷克語。在蜿蜒無光的道路上，我們爬上森林滿布的山丘，接著一段陡峭的下坡。一座湖出現在右側，一輛車頭燈全亮的車逆向往我們高速駛來。我的司機堅持自己的方向，那輛車就讓了道。

「俄國人有錢，」司機憤恨地低聲嘶嘶說著。「捷克人不有錢。對！」——與那聲「對」同時而至的是一道緊急煞車，然後轉向我以為是路旁停車格的地方，直到數道防盜燈的交叉射擊讓我們在光線中凝結不動。

司機降下車窗，吼了些什麼。一個二十幾歲的金髮男孩，臉頰上有道海星形的疤痕，探頭進來盯著我的行李袋與上頭英國航空的標籤，然後盯著我。

「先生，你的大名？」他用英語質問道。

「哈勒代。尼克．哈勒代。」

「你的公司？」

「哈勒代公司。」

「你為什麼會來卡羅維瓦利？」

「跟我朋友打羽毛球。」

他用捷克語給司機下了一道指令。我們往前開了二十碼，經過一個繫著頭巾推著輪椅、非常老的女人，接著停在一間大牧場般的建築前，門廊以愛奧尼式大理石柱撐起，台階上鋪著金色地毯，圍著絳紅絲質扶手繩，兩個西裝男站在階梯下方。我付錢給司機，從後座拿走我的行李，然後在這兩個男子冰冷的注視下，走上皇家一般的金色台階進入大廳，呼吸著馥郁芬芳：人類汗水、柴油、黑菸草、向每位俄國男人宣布她丈夫今晚待在家的女性香水。

我站在吊燈下方，一位穿著黑色套裝面無表情的女孩在我的視線下方檢查我的護照，隔著玻璃屏風一間標示「訂位已滿」的煙霧瀰漫酒吧裡頭，一個帶著哈薩克帽的老男人對著一群敬畏有加的東方門徒——全是男人——發表長篇大論。櫃檯女孩往我後頭看去，臉上有疤的金髮男生就站在我身後。他一定是跟著我走上金色地毯。女生把我的護照遞交給他，他翻開護照，比對照片和本人長相，然後說「請跟我來，哈勒代先生。」接著帶我進入一間寬廣的辦公室，牆上的濕壁畫描繪著一群裸女，落地窗面向湖畔。我盤點室內：三台電腦前有三張空椅，兩面穿衣鏡，一疊用粉紅塑膠繩捆起來的紙箱，兩名穿戴牛仔褲、球鞋與金項鍊的年輕壯男。

「這是例行公事，哈勒代先生，」金髮男孩說著同時，壯男向我逼近，「我們領教過某些不良經驗，相當抱歉。」

我們是指阿卡第？還是指亞塞拜然黑手黨？根據我所參考的總部資料，這些黑手黨靠人口販運的利潤蓋了這間會所。而根據同一份檔案，三十幾年前俄國黑手黨內部成員達成協議，卡羅維瓦利美好到不該在此地互相殘殺，最好把這裡當成一片安全港灣，留給自己的錢、家人以及情婦。

兩位壯男想看我的旅行袋。第一人伸出雙手等著接過包包，第二人在一旁站定就緒。直覺告訴我他們不是捷克人而是俄國人，可能還是前特種部隊。如果他們微笑，那可要當心了。我交出旅行袋。疤面男孩在穿衣鏡裡看起來比我以為的還要年輕，我猜他的勇猛只是硬裝出來的；正在檢查我旅行袋的兩個壯男則沒必要特別裝。他們觸摸包包內襯、打開我的電動牙刷、嗅聞我的上衣、擠壓我的訓練鞋鞋墊。他們還扯了扯我的球拍握把，將握把布解開一半，敲了又敲、搖了又搖、晃了又晃。究竟是有誰吩咐過他們，還是本能告訴他們：如果有東西的話，不管那是什麼，就是會在這裡？

他們現在把所有東西塞回我的旅行袋裡，疤面男孩試圖幫他們把事情做得更俐落一點。他們想搜我身，我把手舉起來，沒有一次舉到頂，只是給出信號：我已經準備好了，來吧。我這番舉動的某些地方讓第一個壯男重新審視了我，然後再次向前，態度更加慎重，他的朋友在他身後一步就緒。手臂、腋下、皮帶、胸口，把我轉過去摸我的背，然後跪下來搜我的胯下和兩腿內側，再跟疤面男孩說了些我這種單純的英國羽球愛好者裝作聽不懂的俄語。疤面男孩為我翻譯：

「他們想請你脫鞋。」

我脫下鞋交給他們。他們一人拿著一隻，彎折、觸摸，然後又還回來。我穿上鞋。

「他們想請問你，為什麼沒帶手機？」

「我放在家裡了。」

「為什麼？」

「我喜歡獨自旅遊。」我亂答一通。疤面男孩替我翻譯，沒人笑得出來。

「他們還要我拿走你的手錶、筆還有錢包，你離開時會再還給你。」疤面男孩說。

我就把筆及錢包給他，也解下手腕上的錶。兩名壯男對錶嘲弄了一番：日本便宜貨，只值五鎊，接著充滿疑心地盯著我看，像在覺得對我搜得還不夠徹底。

疤面男孩此刻卻以出乎我意料的主導語氣，用俄語對他們正色說道：

「好了。夠了。結束。」

他們聳了個肩，猜疑地苦笑，然後踏出落地窗消失無蹤，留下我跟男孩獨處。

「你是來跟我父親打羽毛球的嗎，哈勒代先生？」男孩問。

「你父親是誰？」

「阿卡第。我叫狄米崔。」

「好，很高興認識你，狄米崔。」

我們握了握手。狄米崔的手心冒著汗，我的應該也是。阿卡第在我正式吸收他的那一天對我信誓旦旦說過，絕對不會把他的孩子牽扯進這個污穢腐敗的世界，而我卻在跟同樣一位活生生的孩子說話。狄米崔是領養來的嗎？還是阿卡第一直恥於間諜身分會賭上孩子的未來，因而把他藏起來？穿黑色套裝的櫃檯女孩給了我一把房間鑰匙，繫著一隻黃銅犀牛，但狄米崔用賣弄般的英語對她說：「我的客人稍後就回來。」帶我走下金毯台階來到一輛四輪傳動賓士前，請我坐進乘客席。

「我父親要求你接下來不要引人注目。」他說。

第二輛車跟著我們，我只看得到車頭燈。我保證不引人注目。

•

根據四輪傳動賓士的車上時鐘，我們爬了三十六分鐘上坡。路程又見陡峭蜿蜒。一陣子之後，狄米崔開始跟我快問快答。

「先生，你跟我父親認識多年了。」

「好幾年了，沒錯。」

「他當年是『Organy』那邊的嗎？」——俄國「組織」，祕密情報局。

我笑了。「我只知道他是個喜歡打羽毛球的外交官。」

「那你當時呢？」

「也是外交官。商業方面的。」

「在特里亞斯特嗎？」

「也在其他地方。只要能碰面然後找到球場就行。」

「你卻很多年沒跟他打羽毛球了？」

「是的。」

「現在你們一起做生意，兩位都是生意人。」

「這是十分機密的資訊，狄米崔。」阿卡第對兒子述說的臥底故事，逐漸在我心中清晰成型時，我這麼警告他。我問他人生接下來有什麼打算。

「我即將去加州念史丹佛大學。」

「念什麼？」

「我要當海洋生物學者。我在莫斯科國立大學研究這個主題。在貝桑松也是。」

「在那之前呢？」

「我父親曾經希望我去讀伊頓公學，但他不滿意那裡的擔保安排，所以我去了一間瑞士的完全中學，那邊擔保方便很多。你是個不尋常的人，哈勒代先生。」

「怎麼這麼說？」

「父親相當尊敬你。這並不尋常。他說你的俄語說得很完美，但你沒對我表現出來。」

「但這是因為你想練英語啊，狄米崔！」我打哈哈地堅稱，想起史蒂芙戴著雪鏡在我旁邊一起坐纜車的畫面。

•

我們在路上哨站停車。兩個男人揮手把我們攔下進行檢查，然後點頭放行。我沒看到半把槍。卡羅維瓦利的俄國人都是守法公民，槍要留在視野之外。車駛至一對哈布斯堡王朝時代[22]的青年風格[23]石造門柱前。防盜燈亮起，監視鏡頭往下瞄準我們，另外兩名男人從哨房走出來，毫無必要地拿手電筒往我們照，接著又揮手放我們通過。

「你被保護得很嚴密呢。」我對狄米崔評論。

「很不幸，這也是必須的。」他回應。「我父親熱愛和平，但這份熱愛不是總有回報。」

從左到右一片高聳的鐵絲網圍籬織入樹叢中，一頭因車燈目眩的雄鹿擋住我們去路。狄米崔吆喝一聲，牠跳回黑暗之中。接著我們眼前巍然聳現一幢角樓別墅，一部分像狩獵小屋、一部分又像巴伐利亞火車站，窗簾拉開的一樓窗戶裡名流來去。但狄米崔沒有朝別墅繼續駕駛，而是轉進一條林中小徑，經過一排勞工小屋，進入一間鋪著鵝卵石的牧場，一邊是馬廄，一邊是擋雨板發黑的無窗穀倉。他停好車，越過我伸手推開我那一側的車門。

「打球愉快，哈勒代先生。」

他駕車離開。我兀自站在農場中央。弦月從樹頂上現身，月光照拂，讓我發現兩名男子站在穀倉緊閉的門廳前。一陣強烈的手電筒光束照得我暫時失明，同時間一陣輕聲細語、帶有喬治亞音調起伏的俄語從黑暗中叫住我：

「你是要進來打球，還是我得去外面那裡把你打趴？」

我站向前，兩個男人禮貌地微笑，分開一條路讓我過。我來到門後，一個人站在白色走廊上，在我前面的是第二道門，開著，通往一座人工草皮羽球場。一個短小精悍的人影站在我面前——六十歲的前情報員阿卡第，代號「啄木鳥」，一身運動服。他一雙小腳小心地跨開，雙手半舉準備搏鬥，水手或鬥士般的前傾身姿。灰白平頭，只是頭髮少了一些。一樣多疑的眼神，一樣緊咬的牙關，痛苦深藏內裡。一樣緊繃的微笑，不比多年前那夜，在特里亞斯特領事雞尾酒會上朝他走去邀他打羽球時所看到的好懂多少。

他撇了撇頭，示意我跟上，轉身背對我踏著行軍步伐。我跟上他，穿過球場，走上木板階梯到了一片觀景台。到觀景台後，他又打開一扇門鎖，示意我進去，並再次上鎖。我們爬了第二段木板階梯，進入一間狹長的閣樓房，房間底端的山牆上有一扇玻璃門。他打開玻璃門，我們走上一片露台，藤蔓自上方垂吊。他再次鎖上門，對智慧型手機匆匆地說了一個俄語字：「解散」。

兩張木椅，一張小桌，一瓶伏特加，一對玻璃酒杯，一盤黑麵包，一彎弦月為光。這座塔樓聳立於樹頂之上，泛光燈打亮的草坪上一個個西裝男走來走去。石雕寧芙撐起的水池上噴泉舞動。阿卡第以精準的動作倒了兩記伏特加，輕快地遞給我一杯，手指著麵包。我們坐下。

「你是國際警察派來的嗎？」他用快速的喬治亞式俄語質問。

「不是。」

22　波希米亞王室自十六世紀至一戰結束，皆由哈布斯堡家族主宰。

23　青年風格（Jugendstil），十九至二十世紀之交，德語系國家受新藝術影響所催生的裝飾藝術風格。

「你是來勒索我的嗎?如果我不回去跟倫敦合作就把我交給普丁?」

「不是。」

「為何不?情勢對你有利,我雇用的人有一半都對普丁朝廷舉發過我。」

「恐怕倫敦不會再相信你的任何資訊了。」

他這時才舉起酒杯,碰了個無聲的杯,我也回敬,回想我在我們一路風雨當中從沒看過他這麼憤怒。

「反正,不是你最愛的俄國就是了。」我悄悄提起。「我想你一直夢想在俄國的樺樹環繞之下擁有一間樸素的小屋。又何不回喬治亞?出了什麼錯?」

「沒有事情出錯。我在聖彼得堡和提比里斯都有房子。不過,身為國際主義者,我最愛我的卡羅維瓦利。這裡有東正教堂——虔誠的那種。俄國惡棍每週都在那裡禮拜一次。我死了也會加入他們。我有一個花瓶嬌妻,相當年輕。每個朋友都想上她,但她大部分都不願意讓他們上。夫復何求?」他快速地低聲問道。

「魯德米拉怎麼了?」

「死了。」

「我很遺憾。她怎麼過世的?」

「一種軍事等級生化武器,叫做癌症。四年前。我為她哀悼了兩年。這又怎樣?」

我們沒人見過魯德米拉。據阿卡第所言,她跟普露一樣也是個律師,在莫斯科執業。

「你的小狄米崔——他是魯德米拉的兒子嗎？」我詢問。

「你喜歡他嗎？」

「他是個好孩子。看起來大有未來。」

「才沒有。」

他的小拳快速空揮過唇前，做出一個總是表示他承受壓力的手勢，目光銳利地掃視著別墅裡的樹林與泛光燈打亮的草坪。

「倫敦知道你在這裡嗎？」

「我想之後才會告訴倫敦。先跟你說話。」

「你自由受雇嗎？」

「不是。」

「國族主義者？」

「不是。」

「所以你是什麼？」

「我想我是個捍衛者。」

「捍衛什麼？臉書？網路泡沫？全球暖化？大到可以一口吞下你們又小又破國家的企業？是誰在付你錢？」

「希望是我的辦事處——等我回去以後。」

「你要什麼？」

「一些答案。老問題的。如果我能從你這邊逼出什麼的話。假如你有意願。想確認一些事。」

「你從來沒對我說過謊嗎？」——聽來像一道控訴。

「一兩次吧。當時我必須如此。」

「那你現在在說謊嗎？」

「不是。你也別想對我說謊，阿卡第。你上次對我說謊，差點他媽的了結了我美好的前程。」

「慘。」他評論。然後我們共享了這片夜景片刻。

「那麼告訴我這個。」他又喝了一口伏特加。「最近你們英國佬又要對我們這些叛徒賣什麼狗屁？自由民主主義作為人類救星？我當初怎麼會相信這種狗屎？」

「或許就是你想相信。」

「你們出走歐盟，還把你們的英國鼻子抬到半空中。『我們很特別。我們是英國人。我們不需要歐洲。我們自己打贏了所有仗。不靠美國人、不靠俄國人、不靠任何人。我們是超人。』我聽說熱愛自由的大總統唐納・川普要幫你們的經濟擦屁股。你知道川普是什麼東西嗎？」

「告訴我吧。」

「他是普丁的茅坑清潔工。他幫小弗拉基處理小弗拉基沒能力自己親手做的所有事情：糟蹋歐洲團結、糟蹋人權、糟蹋北約。向我們保證克里米亞跟烏克蘭會屬於神聖俄羅斯帝國，中東會屬於猶太人跟沙烏地人，讓世界秩序整個見鬼去。然後你們英國佬，你們又幹了什麼？你們跪舔他的卵蛋，還請他跟你們家女王喝下午茶。你們拿了我們的黑錢，然後幫我們把錢洗白。我們的罪犯要夠大尾你們才歡迎。你們把半個倫敦賣給我們。在我們毒殺叛徒的時候，你們緊張得只會在一旁絞緊雙手，然後在那邊說，拜託，拜託，親愛的俄國朋友，跟我們做個交易吧。這些就是我冒了一輩子的險在追求的嗎？我才不相信。我相信的只有你們英國佬對我兜售了一卡車的偽善狗屁。所以別告訴我，你來這裡是為了警醒我的自由主義良知還有我的基督教價值，還有我對你們偉大又大大英帝國的愛。這簡直大錯特錯。你懂我的意思嗎？」

「你說完了沒？」

「還沒。」

「我不認為你曾為我的國家效勞過，阿卡第。我認為你一直是在為你自己的國家效勞，效果還不如預期。」

「我他媽才不鳥你怎麼認為。我在問你的是，你他媽的想要什麼？」

「就是我一直都想要的。你參加過老同志的團聚嗎？小聚會？授勳典禮？緬懷過往榮光？大好人的葬禮？像你這樣功績彪炳的退役人員，這些活動幾乎是不能不去的。」

「如果我都去了呢？」

「那麼我就恭喜你，演活了從裡到外都是老派契卡主義者的臥底身分。」

「我對掩飾沒有問題。我就是一個全體公認的俄國英雄。我完全沒有不安全感。」

「這就是你住在這座捷克要塞裡還養了一批常駐保鑣的理由。」

「我有競爭者。那才不是不安全感。那只是一般業內作法。」

「根據我們的紀錄，你過去十八個月來參加了四次退役人員團聚。」

「所以？」

「你曾經跟老同事們討論過個案嗎？甚至是新的個案？」

「如果這種話題出現了，我或許會。但我從來不會主動帶起任何話題、也不會唆使別人提起，你很清楚。不過，要是你以為能派我長征去莫斯科釣魚，你可就他媽的喪心病狂了。可以說重點了嗎，拜託？」

「樂意至極。我來這是想請問你跟瓦倫緹娜是不是還有保持聯絡，那位莫斯科中心的天之驕女。」

他凝視著遠方，傲慢地把下顎往前伸，背挺得跟軍人一樣直。

「我從來沒聽過這個女人。」

「好吧，還真是讓我意想不到，阿卡第。因為你曾經告訴我她是你唯一愛過的女人。」

他的側影姿態與特徵沒有絲毫改變。紋風不動。只有他肢體的警覺性讓我知道他在聽我說話。

「你當時準備跟魯德米拉離婚，然後跟瓦倫緹娜登記。但從你剛剛對我說的話聽來，她並不是你現在娶的這個女人。瓦倫緹娜只比你年輕幾歲，對我來說不太能算是花瓶嬌妻。」

依然毫無一絲漣漪。

「我們當初可以逼她投誠，你還記得的話。我們手段都有了，而且還是你自己提供的。她當時被派往特里亞斯特，為中心執行重要任務。一個資深奧地利外交官想賣掉他的國家機密，但拒絕跟任何俄國官員進行交易，不能是領事或外交社群當中的任何人。所以莫斯科就派了瓦倫緹娜給你。中心當時沒有太多女性官員，但瓦倫緹娜是個傑出特例：技能高超、美麗，你的終身夢想。你是這樣告訴我的。她一搞定那男人，你們兩個就密謀一週內先不通報中心，兩個人一起去亞德里亞海渡個浪漫假期。我好像記得，我們還幫你找了間足以掩人耳目的住宿。我們也能放她黑函，但我們不知道怎麼寫才不會讓你顏面掃地。」

「我告訴過你不要碰她，不然我就殺了你。」

「你當然說過，我們實在印象深刻。她是一個喬治亞同鄉，老契卡家族出身，我記得。她符合你所有的標準，你對她神魂顛倒。你跟我說過她是完美主義者。在工作中完美，在愛中也完美。」

我們坐在這裡盯著夜色多久了？

「太完美了，或許。」他最後終於刻薄地嘟噥道。

「出了什麼錯嗎？她結婚了？她有其他男人？但那都不能阻止你，對吧？」

又是一陣漫長的無語，在阿卡第身上，這是集結煽惑念頭的明確信號。

「或許她為她老公小弗拉基．普丁貢獻得有點太多了，」他砲火猛烈地說著。「不是貢獻她的肉體，而是她的靈魂。他跟我說，普丁就是俄國。普丁就是彼得大帝。普丁無瑕而睿智，比墮落的西方人聰明太多。他把俄羅斯人的驕傲還給了我們。不管誰從國家偷了什麼，都是邪惡的小賊，因為他等於是偷了普丁的人格。」

「你也是那些邪惡小賊之一嗎？」

「她跟我說，契卡主義者不偷，喬治亞人不偷。如果她知道我為你工作，應該會用鋼琴線勒死我。所以到頭來，這應該也不會是那麼門當戶對的一段婚姻。」——接著一陣苦笑。

「如果說你們結過婚，那又是怎麼結束的？」

「說一點嫌太多，說多了又嫌少。我給了她這裡的一切，」他對森林、別墅、泛光燈打亮的草皮、鐵絲圍籬、身著西裝各自巡邏的守衛撇了撇頭。「她跟我說：阿卡第，你是撒旦，不要拿你的贓物王國獻給我。我對她說：瓦倫緹娜，求你大發慈悲告訴我。今天這整個顛三倒四的宇宙裡頭，到底哪一個有錢人不是賊？我告訴她，成功並不是一種恥辱，而是一種神赦、是上帝慈愛的證明。但她不信上帝。我也不信。」

「你還會去見她嗎？」

他聳肩。「我對瓦倫緹娜成癮……莫非她是海洛因？」

「她對你也是嗎？」

我們一直以來就是這樣，繞著他忠誠心分裂的罅隙邊緣拐彎抹角，他是我難以預測又具有高度價值的情報員，我則是他在這個世界上唯一一個可以安心傾訴的對象。

「但你還是偶爾去看她？」

他人僵掉了，或者那只是我的想像？

「有時候在聖彼得堡，她願意的話。」他簡單帶過回應。

「她最近的工作是什麼？」

「老工作。她沒作過領事、外交官、文化交流或媒體工作。她就是瓦倫緹娜，身家清白的偉大老手。」

「什麼方面的老將？」

「一如既往。在莫斯科中心外的地方操作非法間諜。只在西歐活動。我的老部門。」

「她的工作有包含操作潛伏間諜嗎？」

「像是先塞進屎坑裡十年，二十年後再挖出來的潛伏間諜？當然，瓦倫緹娜有在操作潛伏間諜。跟著她潛伏，你一輩子都浮不起來。」

「她會冒險派潛伏間諜去接應情報網外的重大情報來源嗎？」

「如果賭注夠大的話，當然。如果中心覺得某地駐外間諜是一窩飯桶，那就會授權她動員非法間諜。」

「連潛伏間諜都用？」

「如果不照她的指示潛伏，何樂而不為？」

「就算過了這麼多年的今天，她都保持身家清白，」我試著問。

「當然。最清白的。」

「清白到可以用自然的臥底身分進入外場？」

「只要她想，哪裡都能去。毫無困難。她是個天才。問她啊。」

「所以，比方說，她也可能會去某個西方國家接應或吸收某個重要情報來源？」

「如果是條夠大尾的魚，當然。」

「哪種魚？」

「大尾的。我都說了。一定要大尾。」

「跟你一樣大尾嗎？」

「可能更大尾。誰管他？」

從今天來看，接下來上演的就像一場預知，但完全不是這麼回事。那只是我再次當回曾經所是的那個我，當回了解自己情報員更勝於了解自己的那個我，在他自己察覺之前就感應出匯聚在他身旁的風向。那是在某個荒涼共產都市盛夜暗巷的出租汽車上，聽他傾吐滿溢到只有一個人太難背負的生命故事所栽出的果實。但其中最傷心的故事，是我現在對自己所說的這個：他孤獨的感情生活中反覆上演的悲劇。就在這個氣魄本應漂泊不定的男人身處決定性時刻的當下，在慾望變質為羞恥、憤怒在他心中積聚的當下，他又成了一度所是的那個迷失孩子：無能、遭拒、飽受羞辱。瓦倫緹娜是他屢屢識人不清看上的伴侶典型——她毫不在意地假裝回報阿卡第的熱情、在他面前賣弄風騷；一當她支配了阿卡第，又把他丟回他出身的大街上。

而她現在就與我們同在，我感覺得到：就在他匆匆打發瓦倫緹娜話題那過度淡漠的語調中，就在對他來說並不自然的過度誇大肢體語言中。

「那條大魚是男是女？」我質問。

「我他媽哪會知道？」

「因為瓦倫緹娜告訴過你，所以你知道。是這麼回事嗎？」我試問。「不是全部的事情，只是一些呢喃流進你耳裡的小小提示，她總是這樣對你的。逗弄你、打動你、撩撥你。這是一條游進她那兒的大魚。她該不會碰巧說過這是一條英國魚吧？你沒告訴我的就是這件事嗎？」

月色下，汗水流落他空洞悽愴的臉孔。他又像以往一樣直抒內在地說話，像以往那樣背叛、恨著背叛的自己、恨著自己背叛的對象，一邊品味著自己對她的愛，同時又鄙視這樣的自己，最終為了自己不如她而懲罰她。沒錯，一條大魚。沒錯，英國人。沒錯，男的。一個程咬金。意識型態有如共產時代。中產階級。瓦倫緹娜會個人開發他。他會成為瓦倫緹娜的囊中物、她的門生，或許到頭來還會是她的情人。

「你有完沒完？」他突然大喊，把他小小的身體快速轉過來盤問我。「你這帝國主義英格蘭人渣，大老遠跑來這裡就為了跟我說這個？要我為你背叛我的瓦倫緹娜第二次？」

他忽然站起身來。

「你跟她睡過了吧，你這舔屄的狗！」他喊開嗓子。「你難道以為我不知道你幹過特里亞斯特的每個女人？給我說你跟她睡過了！」

「我恐怕從來沒享受過那種樂趣，阿卡第。」我回應。

他邁步到我面前，張開雙肘，短腿跨到最開。我隨他走過露台空曠的地板，下了兩道階梯。在我們走到羽球場時他抓住我的手臂。

「你還記得你第一次跟我說過什麼嗎？」

「當然記得。」

「現在說。」

「不好意思，阿卡第領事。我聽說你羽毛球打得很好。讓我們兩邊戰時的好盟友來場友誼賽如何？」

「抱我。」

我抱了他，他回以飢渴的緊勒，然後把我推開。

「開價一百萬美金，可用金條支付，匯進我的瑞士不具名帳戶。」他聲明。「英國貨銀是屎，你聽見我說了嗎？如果你不付錢我就告訴普丁！」

「抱歉，阿卡第。恐怕我們已經完全破產了。」不知怎麼地，我們都微笑起來。

「別再回來了，尼克。現在沒人在做美夢了，聽見了嗎？我愛你。下次你來我會殺了你。這是承諾。」

他再次把我推開。門在我身後關上。我回到月光灑落的農場。一陣微風吹來讓我察覺他的淚水還留在我的臉頰上。坐在四輪傳動賓士裡的狄米崔閃著車頭燈。

「你打贏我爸了嗎？」他一邊緊張地問，一邊駛離農場。

「平分秋色。」我告訴他。

他把我的手錶、錢包、護照和鋼珠筆退還給我。

那兩個搜我身的特種部隊男子雙腿伸直坐在大廳，我經過時他們眼睛不抬一下，但當我走到台階最上層往回一瞥，他們抬頭直直盯著我。在我四柱大床的床頭板上，一尊慈祥的聖母瑪莉亞在指揮天使交合。阿卡第會後悔讓我回溯他那段飽受煎熬的生命長達三十分鐘嗎？他會不會判斷終究我最好還是得去死呢？他過過的多重生活比我可能過過的還多，但他無意結束任何一段。輕柔的腳步聲在廊上來去，我還有一間額外的房間可以給保鑣住，但我沒有保鏢能擺進去。我除了房間鑰匙、一些零星英國零錢、以及一副沒辦法敵過他們任何一人的中年肉體之外，別無其他武器。

跟你一樣大尾？可能更大尾。誰管他？……跟著她潛伏，你一輩子都浮不起來。……沒人在做美夢了，聽見了嗎？

12.

莫斯科開口了。阿卡第開口了。我也開口了，而且有人聽到了。阿多·川奇撕了本來要提交懲戒委員會的信，倫敦總站核銷了我的旅費，但質疑我在卡羅維瓦利何必搭計程車前往湖濱飯店，說得好像去那裡有巴士能搭一樣。暫由蓋伊·布拉默領導的俄國部門宣布「音叉」一案即刻展開行動。他的主人布萊恩·喬登從華盛頓發來同意簽呈，並且就某名事務官未經辦事處安排就拜訪某位有害的前情報員一事不發表任何評論。阿卡第的名聲在我們內心深處所蘊含的叛徒概念，讓白廳鴿籠裡傳來一陣鼓翅騷動。情報員「音叉」已在北倫敦接近內倫敦一處單層兩房公寓安頓下來，並收到不下三封來自他那假想的丹麥情人安妮特的加密書信，每封密信的隱文內容都讓「避風港」為之震懾，並立刻向上驚動了阿多·川奇、俄國部門以及機密行動處。

「這是上帝存在的證明，彼得，」謝爾蓋用敬畏有加的語氣對我囁嚅，「也許祂的旨意就要是要我在這場偉大的行動中扮演一個小小角色，要不然我一定還對祂一無所知。這一切對我來說太虛幻了。我現在只想證明自己的良善心靈。」

珀西·普萊斯的監視小組雖然勉為其難地撤回先前的懷疑態度，還是對他保留了一支精簡的反監視小組，在週二與週四下午兩點到六點間執勤——這是珀西當前能給出的最多資源。此外，謝爾蓋問了他的管理人丹妮絲，假如他得到英國公民身分，丹妮絲會接受求婚與他步入婚姻嗎？丹妮絲懷疑是巴瑞有了新歡，而謝爾蓋不願自我面對這件事，反而下定決心當個直男。但這樁聯姻看來前景渺茫，因為丹妮絲是個女同性戀，而且還有老婆。

莫斯科中心寄來的碳粉隱文，核准謝爾蓋選擇的落腳處，並進一步要求餘下兩處指定的北倫敦行政區的細部資訊，這種一絲不苟過頭的品味，可以確認是安妮特下達的指令。指令要求謝爾蓋對都會公園進行特定描述，包含公園人行道與車行道、開放與關閉時間、守衛、騎警或其他「警戒元素」的存在與否。公園中的長椅、涼亭、音樂台，停車位也都有重要情報價值。電信情報也證實莫斯科中心的北歐部門有不尋常的的數據大量進出。

從卡羅維瓦利歸來後，我與阿多．川奇之間的關係進入一段可想而知的蜜月期，即便俄國部門已經謹慎地讓他免除「星塵」所有相關事務的主導權；「星塵」是總部電腦吐出來的隨機代號，用以掩蓋莫斯科中心與情報來源「音叉」間資料傳輸的攔截之舉。但已然深信下一步就會碰壁的阿多，想到我的報告上打著我們的共同記號依然得意洋洋。他意識到自己對我的依賴，又因此被挫了銳氣，讓我感覺相當舒爽。

•

我答應回電給芙洛倫絲，但一時的舒爽讓我把這件事晾在一旁。等待莫斯科中心下達裁定指令前不得已的空檔，正是讓我彌補失禮的一大良機。普露去鄉下探望生病的姐妹，預計整個週末都不會在，我打電話向她確認，她說計劃並未更動。我沒用「避風港」電話或辦事處手機打給芙洛倫絲。我回到家吃了塊冷掉的牛肉腰花派，幾口蘇格蘭威士忌下肚，接著攢好一把零錢，漫步走向巴特錫僅存的幾座電話亭之一，撥了芙洛倫絲給我的最新號碼。我期待又會得到機器回覆，但接起電話的是喘不過氣的芙洛倫絲。

「等等，」她摀住話筒，然後在聽似是一間空屋的某個地方對某人吼叫。我聽不見她說了什麼，但能聽到朦朧迴響，先是芙洛倫絲，再來是一個男人。然後芙洛倫絲回到話筒前，語調清晰，公事公辦：

「如何，奈特？」

「那個，哈囉。」我說。

「哈囉。」

她的聲音與其迴響都不摻半點我預期的懊悔。

「我照我說的打來了，我們似乎還有沒交代完的事。」我很訝異我竟然得完成本該全由她說出口的解說。

「公事還是私事？」她問。我感覺火大到後頸毛髮都豎起來。

「是你在簡訊裡寫，如果我想要的話可以跟你談談，」我提醒她，「就你離開的樣子來看，我想有很多能談。」

「我離開的樣子又怎麼？」

「至少也該說是突然吧。而且對很多受你照顧的人來說相當不體貼，如果你想知道的話。」我猛然說出，一陣良久靜默之後就對自己的強硬感到後悔。

「他們還好嗎？」她以一種壓抑的語氣問。

「被你照顧的人嗎？」

「不然還有誰？」

「他們想死你了。」我更加柔和地回應。

「布蘭妲也是嗎？」在另一陣良久緘默後說出。

布蘭妲，阿絲特拉的本名，受奧森冷落的情婦，「玫瑰蓓蕾行動」的主要情報來源。正當我想嚴厲告訴她，布蘭妲在得知她離職後就拒絕繼續服勤，但芙洛倫絲聲音中的哽咽太難以忽視，我只好回答得輕描淡寫。

「整體來說過得不錯。她有問起你，但也完全明白生活還是得過。你還好嗎？」

「奈特？」

「怎樣？」

「我覺得你最好請我吃頓晚餐。」

「何時？」

「儘快。」

「明天？」

「可以。」

「想必是吃魚？」我想起「玫瑰蓓蕾」發表結束後在酒館吃過的漁夫派這麼說。

「我才不鳥吃什麼。」她回答後掛斷電話。

我知道的唯一一間魚料理餐廳，名列總務處的給付清單上，這也就是說我們會很容易撞見與線人共進晚餐的辦事處同仁，而這是我們兩人最不需要遭遇的場面。所以我狠下心訂了一間西區豪華餐廳。由於我不希望夫妻共用的巴克萊卡戶頭上出現這筆帳，所以就從提款機領出一疊現鈔。人生有時就是會遭莫須有之殃。我向餐廳指定角落座位，但似乎不必多此一舉，倫敦還在無盡熱浪中枯槁萎靡。我如一貫作風提早抵達餐廳，並為自己點了杯蘇格蘭威士忌。餐廳幾乎是荒廢狀態，服務生簡直有如打瞌睡的黃蜂。十分鐘後，芙洛倫絲穿著夏季版本的辦事處工作服出現：凜然的高領長袖軍裝襯衫，素顏。還在「避風港」時，我們剛碰面會點個頭接著空吻。現在我們關係退回到「哈囉」程度，她把我當成一個我從未當過的舊情人。

我在龐大菜單本覆蓋下為她點了一杯店選香檳，她唐突提醒說自己只喝勃艮第紅酒，還頗不乾脆地表示多佛比目魚不錯，小隻的就好，如果我真的想吃，可以點隻螃蟹佐酪梨開胃。先前在她無名指上的厚重男款黃金印戒已經讓位給一只滿布紅色碎石的斑駁銀戒，對她的手指而言顯得過於寬鬆，在前一只戒指留下的蒼白痕跡上也顯得沒那麼自然、服貼。

我們完成點餐工作，把龐大菜單還給服務生。此前她都有效地避免眼神接觸，現在卻直直盯著我看，凝視中無一絲懊悔。

「川奇對你說了什麼？」她質問。

「關於你嗎？」

「對。關於我。」

我已經預設會被問及各種難以啟齒的問題，但她另有打算。

「基本上是說你過度情緒化，他們看走眼了，」我回應。「我說，我認知的你才不是那樣。你當時已經早一步衝出辦事處，所以那些話都不切實際。你應該在羽球雙打的時候就告訴我，你也可以打電話給我。但你就是沒有。」

「你覺得我過度情緒化而他們看走眼了嗎？」

「我才剛告訴你。就如我對川奇說的，我認知的芙洛倫絲不是這樣。」

「我問的是你怎麼想，而不是你說了什麼。」

「我應該怎麼想？『玫瑰蓓蕾』的結果對我們每個人來說都很失望。但特殊行動在最後關頭喊停並不是什麼新鮮事，我自然而然也覺得你有點一頭熱。你應該還跟阿多有些私人糾紛，或許那不干我的事。」我意有所指地追加道。

「我和他的對話，阿多還告訴你什麼內容嗎？」

「沒說到什麼重點。」

「或許他完全沒提起他那位嬌妻瑞秋女爵，托利黨上議員兼投資顧問？」

「沒有。他為什麼要提？」

「你不會剛好是她的同伴吧？」

「從來沒見過她。」

她長飲一口勃艮第紅酒，又喝了口水，接著雙眼打量我，好像在質疑我是否適合接收下列情報，然後換了一口氣。

「瑞秋女爵跟他哥同為一間高檔財富管理公司的執行長暨共同創辦人，在市區有好幾間體面的辦公室。只要提出申請就能成為私密客戶，但假如喊不出五千萬美元這數字，就不必麻煩打電話過去了。我猜你都知道了。」

「我不知道。」

「這間公司專長操作境外資產：澤西島、直布羅陀、尼維斯島。你知道尼維斯島嗎？」

「沒聽說過。」

「尼維斯島把匿名性操作到極致，幹什麼都能從全世界眼皮底下躲過。尼維斯沒半個人知道島上數不完的公司老闆都是些誰。肏。」

她的惱怒直抵手中失控顫抖的刀叉。她摔下刀叉，又喝了一口勃艮第。

「要我說下去嗎？」

「請說。」

「瑞秋女爵跟他哥對四百五十三間彼此無關、無名無姓、常規交易、主要註冊於尼維斯島的公司實施免責監管。你在聽吧？你的臉看起來就沒在聽。」

「我會試著調整我的表情。」

「他們的客戶除了要求絕對裁量權，還要求高投資報酬——百分之十五、二十，不然還會是什麼？女爵跟他哥的專精領域在烏克蘭主權國。有些大戶是烏克蘭寡頭。前面說過的無名公司裡頭，有一百七十六間在倫敦擁有精華地段的地產，多數位於騎士橋和肯辛頓。而這些精華地產的其中一間，就是公園巷上由奧森持有的信託基金持有的公司旗下持有的公司所持有的樓中樓。這些都是無庸置疑的事實，也都查得到數字。」

我沒有表現出劇烈反應，反正辦事處也不歡迎我這麼做。我並沒有因為震驚而高喊，倒是注意到酒杯空了，接著打斷三個服務生之間的漫長爭論來添滿酒杯，而這反應無疑惹惱了她。

「你是想不想聽剩下的部分？」她問。

「當然想。」

「瑞秋女爵沒在照顧她那些可憐貧困的寡頭時，就作為上議院增選委員，坐進幾個財政部小組委員會的位子。『玫瑰蓓蕾』上呈的時候，她人就在那房間裡。那小組會議連一分鐘都開不起來。」

現在換我長飲一口紅酒。

「你花了好一陣子追查這些假設性的連結，我想得沒錯嗎？」

「可以這麼想。」

「我們暫時把你自認了解多少、這些事情是否確實的問題擱在一旁；你跟阿多見面會談時，這些事你對他說了多少？」

「夠多了。」

「什麼叫夠多？」

「他可愛的嬌妻掌管著奧森的公司又假裝沒在掌管這件事，只是當作開胃菜。」

「如果她真的掌管的話。」

「我有些朋友在挖那些事。」

「我開始湊起來了。你認識這些朋友多久了？」

「這他媽能跟什麼事情有關？」

「就說是瑞秋的財政部小組委員身分呢？這是你從朋友那兒聽說的嗎？」

「可以說是。」

「你也對阿多提過這件事嗎？」

「我何必？他知道啊。」

「你怎麼知道他知道？」

「他們兩個結了婚啊，幹！拜託！」

這是在嘲諷我嗎？很有可能，即便我們之間這段不存在的偷情在她想像中可能還比我的更根深柢固。

「瑞秋是位了不起的淑女，」她挖苦地繼續說道。「她受名流愛戴，還得過慈善勳章，在薩伏伊[24]

24 Savoy，號稱倫敦最知名飯店，亦為英國第一家豪華飯店。

辦慈善晚宴，在克拉里奇[25]享用粗茶淡飯。一切。」

「但那些名流應該是不會提起她的最高機密財政部小組委員身分。或許暗網會。」

「我怎麼會知道？」——她怒火燒過頭了。

「那就是我在問你的事。你怎麼知道的？」

「別審問我，奈特。我可不是你的資產！」

「我很驚訝你竟然曾經覺得自己是。」

這是我們第一次的愛人口角，然而我們從沒做過愛。

「你對阿多說到他老婆的任何事情，他怎麼回答？」我在一段足以讓激情冷卻的拖延後這麼問道——顯然是讓她的激情冷卻，我第一次看到她動搖到準備把我當成敵人。她挨身越過餐桌，壓低音量：

「第一：這片土地的最高當局都相當熟悉所有這類連結。他們都審查過也批准過。」

「他說了是哪些最高當局嗎？」

「第二：此案沒有利益衝突，每一方都有充分誠實的公開揭露。第三：中止『玫瑰蓓蕾』是在仔細考慮此案所有面向後，基於國家利益考量所做的決議。然後第四：看來我掌握了一些我沒資格掌握的機密資訊，所以我就他媽的閉上狗嘴。這也是你打算要對我說的話吧。」

她說對了，只是理由不同。

「所以，你除了阿多跟我，還跟誰說過？」我問。

「沒別人。我何苦？」——她恢復先前的敵意。

「好，繼續保持。我可不想在老牆[26]為你的善良人格做擔保。我能再問你一次嗎：你跟這些朋友來往多久了？」

沒有回答。

「打從你加入辦事處之前嗎？」

「或許。」

「漢普斯特那位是誰？」

「渣。」

「哪種渣？」

「四十歲的退休對沖基金經理。」

「我就當他已婚。」

「就跟你一樣。」

「他就是告訴你女爵掌管奧森境外帳戶的那個人嗎？」

「他說女爵是每個富到噴屎的烏克蘭人來倫敦市必找的投資家。他說女爵能把金融當局搞得服服貼

25 Claridge's，與英國皇室來往密切的五星級飯店。

26 指英國中央刑事法院。其所在街道俗稱「老牆 -Old Bailey」，因為此處原為倫敦城牆的一部分，城牆拆除後改建為街道，因此得名。

貼。他說他自己就勞駕了女爵好幾次，次次見效。」

「勞駕她幹麼？」

「讓事情圓滿。規避某些根本沒在管制的管制。你以為還會是什麼？」

「接著你就對朋友傳遞這種謠言——這種道聽塗說，然後他們從這裡開始調查。你要告訴我的就是這樣嗎？」

「可能吧。」

「我該拿你剛剛告訴我的這段故事怎麼辦？假設它是真的嗎？」

「幹他媽就別信啊。所有人都不信不是嗎？」

她起身，我隨她站了起來。一位服務生捎來離譜的帳單，所有人就看著我在錢盤上點出二十鎊鈔票。她跟著我走到街上，一把抓住我，來了一場前所未有的擁抱，但沒有親吻。

「記得你離開時人資要你簽名的那些文件會吃人，」我在分開時警告她，「很遺憾事情結束得那麼難看。」

「或許還沒結束。」她回嘴。然後彷彿剛才說錯話一樣匆匆改口：「我是說，我不會忘記，就這樣——你們這些超人、我的情報員、『避風港』。你們都很棒。」她繼續說，情緒太歡樂了些。

她踏上馬路招了輛路過的計程車，我還沒聽到目的地她就甩上車門。

我在烤爐般的人行道上獨行。這會兒是晚上十點，但白天的熱氣撲面而來。我們的幽會戛然而止，我就著酒氣與熱氣，不禁疑惑這場幽會究竟有沒有發生過。下一步怎麼走？跟阿多攤牌嗎？她已經攤過牌了。請出辦事處禁衛軍對她的朋友降下神怒嗎？我想像那是一群史蒂芙年齡的理想主義憤青，清醒的每個小時都耗在嘗試撼動體系。還是慢慢來，走回家，睡一覺，看看明早醒來你會想到些什麼？辦事處智慧型手機鈴響時，我差點要把這些事情做過一輪。一封緊急簡訊傳來。我遠離路燈光線，輸入必要密碼。

情報來源「音叉」接獲決策性來信。所有「星塵」人員明天〇七〇〇時在我辦公室集合。

以俄國部門代理主任蓋伊・布拉默的記號署名。

13.

我嘗試釐清填滿隨後十一天行動、家務與歷史大事的一己努力，全都注定流於徒然。愚蠢無謂的插曲打亂了其他極度重要的大事。倫敦街道或許在破紀錄的熱浪中萎靡不振，但舉著旗幟的憤怒遊行群眾仍蜂擁而至，普露與她的左傾律師朋友就身處其中。即興樂團為抗議者打氣，充氣人偶在群眾上方搖盪[27]，警車救護車鳴笛齊響。西敏市無法靠近，特拉法加廣場無法穿越。這片亂象所為何事？英國鋪起紅毯迎接一位美國總統，請他過來蔑視我們與歐洲得來不易的連結，作賤向他發出邀請的英國首相。

•

布拉默辦公室的〇七〇〇時會議是「星塵」馬不停蹄作戰會議的第一場。與會的有最最重要的監視組主任珀西·普萊斯、俄國部門的菁英以及機密行動處。但沒有阿多，顯然也沒人問起他人在哪，所以

27 二〇一八年七月十三日，倫敦國會廣場上升起了由馬特·邦納（Matt Bonner）設計的川普嬰兒造型氣球。

我也不問了。來自姐妹處的瑪麗翁強悍可敬，由兩名不畏燠熱、身穿深色西裝的男性律師站著陪同。布拉默本人讀出謝爾蓋收到、來自中心的最新指令，該指令要求為一場祕密會面提供外野支援。會面兩造其中一位是重要的莫斯科使者，未提及性別；另一位是具備高度情報價值的英國協力者，未提及其他細節。我本人在「星塵」擔任的角色經過正式同意，卻又限制重重；我是真的察覺到布萊恩・喬登動的手腳，或者只是妄想比平常嚴重？作為情報分站「避風港」主任，我將「負責『音叉』與其管理人之起居與調度」；所有與莫斯科中心往來的祕密通信都會由我經手，蓋伊・布拉默作為俄國部門代理主任，會在「避風港」一切訊息傳送前加以簽核。

只要有個閃失，我的職務就正式告終；只是我並非會讓自己職務告終的那種人，人在遠方的布萊恩應該比誰都清楚這一點。對，我會跟謝爾蓋與他的保母丹妮絲蹲在肯頓鎮地鐵站隔壁的「避風港」破爛的安全屋裡磨耗好幾回合。對，我會寫作謝爾蓋要寄的隱文，陪他下棋到深夜，等待名不見經傳的東歐商業電台播放下則廣告，藉由預定密碼表確認我們最近一封寄往哥本哈根的情書正在受理當中。

但我就是個外野男兒，不是坐辦公桌的，不是做社會照護的。我或許被貶謫到「避風港」，但也是「星塵行動」理所當然的發起人。是誰對謝爾蓋逼出了關鍵報告還嗅出血腥味？又是誰把他帶往倫敦，然後踏上尋找阿卡第的禁忌朝聖之旅，最終得出確鑿證據：這才不是什麼稀鬆平常的俄國大風吹遊戲，而是一場由莫斯科中心非法間諜女王個人包辦，以某位具備高情報價值的潛在或活躍英國情報來源為中心展開的高端情報行動。

珀西・普萊斯與我當年曾經一起偷過好幾匹馬——就是字面上那個意思[28]，而不僅僅是在波茲南偷了俄國地對空導彈原型。所以高層並不太意外的是，打從「星塵」第一場作戰會議起，珀西跟我就蜷縮在裝載最新高檔監視設備的洗衣車貨廂裡，跟著謝爾蓋巡迴他奉令勘查的第一個、第二個、到現在第三個北倫敦行政區。珀西為這第三個行政區賜別名曰「乙地」，品味無從質疑。

一起巡迴途中，我們憶往共同經歷或認識的老案件、老情報員、老同事，講得好像兩個老頭。有賴珀西，我還被小心翼翼地介紹給他的監視大軍認識，這是總部強烈不建議獲得的一項特權：畢竟哪天可能就換你被他們監視。這場活動地點是「乙地」郊區一間已不行聖事並有待拆除的紅磚禮拜堂，我們的臥底故事是要過去舉辦一場紀念亡靈的集會，而珀西召喚出了上百條亡靈。

「給我們家男孩女孩任何一點加油打氣，都會備受歡迎與感激，奈特。」他用親切鄉音對我說。「他們很努力，但這種工作也會很乏味，尤其天氣還這麼熱。恕我直說，你看起來有些操煩。請你記得啦，我們家男孩女孩只是要當監視者，但都喜歡看好臉色，……你看看你，現在多自然啊。」

出於對珀西的愛，我與眾人握手拍肩致意，當他邀我致一段鼓舞士氣的信心喊話，我沒辜負他的忠實。

「那麼，我們都希望從本週五傍晚，」我聽到自己的聲音悅耳地在松木屋椽間迴盪，「——準確來說是七月二十日——開始監視一場經過精心策劃的祕密會面，會面兩方從沒見過彼此。其中一位代號『丙』，是一個久戰沙場的情報人員，錦囊裡有各種專業技術；另一位代號『丁』，年齡、職業、性別

28 英語習語「能一起偷馬的人」（somebody with whom you can steal horses），意為值得信賴、並能一同冒險的摯友。

皆未明，」我警告他們，但保護情報來源。「『丙』的動機對我們來說依然神祕，我確定對你們來說也同樣神祕。但我能告訴你們的是：假如我們正在、甚至就在我說話的這個當下所接收到的大量硬情報有任何重要性，大不列顛群眾即使永遠不會清楚內情，也將虧欠你們大量感激。」

如雷掌聲完全超乎預料，觸動我心。

•

如果說我的臉部表情可能對珀西羊群造成的影響讓他不太自在，普露在這方面則完全沒有焦慮。我們在享用清晨早餐。

「看到你們都那麼努力打拚感覺很好，」她放下《衛報》對我說，「不管你究竟在忙什麼。我為你感到高興，你剛回英格蘭時對於回家這件事跟前途有過那麼多恐怖想法。我只希望不管你在忙什麼，都不至於太違法。有嗎？」

如果我解讀正確，這問題標示著我們小心翼翼靠回彼此的一大進展。從莫斯科歲月起，我們就已達成共識，就算我準備鑽辦事處規則漏洞，對她說出事情全貌，她出於對深層政府[29]原則上的反對，也不會太樂於聽到我的吐真；作為回報，我則注意（或許有點注意過頭）不要刺探她的法律祕密，就連她與合夥人正在對大藥廠發動的這類大戰亦然。

「這個嘛，普露，妙的是偶一為之並不糟。」我回應。「其實我想就連你都會同意。所有跡象都指出我們即將揪出一個高級俄國間諜。」這已經不只是鑽辦事處規則漏洞，而是直接丟在地上踐踏。

「你們把他們揪出來後就會把他們帶上法庭對吧，不管他們是誰。你們當然會。公開審判，我信賴你們。」

「那要看當權者怎麼決定了。」我回答得很小心，因為辦事處揪出敵方間諜後，幾乎不會想到將人移交法律制裁。

「你是把他或她引出來的關鍵角色嗎？」

「既然你問了，普露，那麼老實說，我是。」我招認。

「去布拉格跟捷克線人討論案情之類的嗎？」

「是有些捷克成分在，只能這麼說。」

「好吧，我想你做得絕對很出色，奈特，我以你為榮。」她說，將長年痛苦的隱忍擱置一旁。

噢，同時她的合夥人估計他們已經成功把大藥廠玩弄於股掌之間。同時史蒂芙昨晚在電話另一頭表現得相當貼心。

•

29 一種認為政府被特定官僚、軍事、金融、情報團體組成的「政府中政府」所操控的陰謀論觀點。

接著是一個萬般事情以我不敢奢望的方式同時推動的明朗早晨，「星塵行動」正在積聚勢難可擋的動能。莫斯科中心給謝爾蓋的最新指示，要求他本人上午十一點在萊斯特廣場外一間小酒館現身，選「西北區域」的座位，點一杯巧克力拿鐵與一份漢堡，配菜必須是蕃茄沙拉。在十一點十五分到十一點半之間，把這些識別信號擺在面前，就會有一個宣稱是老相識的人來接近他，給他一個擁抱，接著說是有個預約要遲到了而離開。在這次擁抱當中，謝爾蓋會得到一隻「未受污染」的手機——如莫斯科所描述——進而成為富饒情報資產，手機內部除了一張新SIM卡以外，尚有一卷記載進一步指令的微縮膠卷。

謝爾蓋冒著讓珀西．普萊斯的會面監視部署頭痛不已的鑽動人群與蒸騰熱氣，按指令所示在小酒館裡坐入定位，點餐，看到熱情洋溢又容顏不老的同屆同班同學菲力克斯．伊凡諾夫（大概是他在潛伏間諜學校的臥底姓名）伸出雙臂接近他，表現得高興不過。

手機的祕密交接分毫無差，但多了預料之外的社交層面。伊凡諾夫看到他的老朋友謝爾蓋保養良好同樣又驚又喜，他不但沒有因為趕場赴約而當場告辭，反而在謝爾蓋身邊坐下，兩名潛伏間諜交換了一段會讓他們教官失望透頂的親暱談話。儘管人聲鼎沸，珀西的團隊想聽到他們對話、或用攝影機紀錄這場會面都毫無困難。在伊凡諾夫離開當下——他同時被俄國部門的電腦隨機賜名為「達秋」——珀西就派遣一隻小隊把達秋收容到格德斯綠地的學生青年旅館。有別於這個代號的文學典故[30]，達秋本人是一隻體格壯碩、聲音低沉、精神昂揚的俄國小熊，相當受學生喜愛，尤其是女學生。

在總部查核員處理完湧入的大量資料後，伊凡諾夫也不再是伊凡諾夫，更不再是俄國人。自從畢業於潛伏間諜學校，他就改頭換面為一位名叫斯特列斯基的波蘭人，是倫敦經濟學院的科技領域研究生，領有學生簽證。根據他的申請資料，他能說俄語、英語以及完美的德語。他在波昂與蘇黎世念過大學。他的名也不是菲力克斯，而是米海爾，人類捍衛者。[31]因此他是一隻讓俄國部門大感興趣的珍奇異獸，他屬於間諜新浪潮，作風與老KGB那種硬碰硬迥然相異，還能把我們的西方語言說到母語水準，並不斷精進模仿我們的小細節。

在肯頓鎮的「避風港」老舊安全屋裡，謝爾蓋與丹妮絲並肩坐在坑疤鬆弛的沙發上，我坐在單人沙發上開啟達秋的手機機殼（技術部門已經暫時凍結手機功能）拉出一條微縮膠卷放在照片放大機下。藉由謝爾蓋的一次性密碼本指引，我們解讀出莫斯科的最新指令。指令以俄文寫成，我一如往常吩咐謝爾蓋為我翻譯為英文。都到最後一刻了，我不能冒險讓他發現我打從見到他的第一天起就一直在騙他。

而一如往常，這些指令毫無疏漏，或如阿卡第會說的，完美過頭。謝爾蓋要在半地下室公寓窗框左上角貼上一張「不要核武」的傳單，接著中心會來信確認傳單是否能被往來路人看見、以及能從多遠的地方看見。由於近來比較受到偏愛的口號是「不要頁岩油」[32]，已知的抗議團體據點現在都無法取得

30 德國小說《魂斷威尼斯》（*Der Tod in Venedig*）中的美少年主角名。
31 應指同名的前蘇聯總統戈巴契夫，曾獲諾貝爾和平獎。
32 英國保守黨在二〇一九年國會大選前，以破壞環境為由，頒布禁止開採英格蘭北部海域頁岩油的禁令，一般猜測與保守黨在該區選情告急有關。

「不要核武」的傳單，於是偽造文書部門為我們趕製了一張。此外謝爾蓋需要買一隻維多利亞式的陶瓷英國鬥牛犬擺飾，高度介於十二至十八英吋之間，eBay 上到處找得到。

•

在這些歡樂、紛擾、陽光普照的日子裡，普露跟我難道沒有因為好奇而去刺探巴拿馬的情況？當然有。我們打了一連串荒謬的夜間 Skype，一下只有史蒂芙一人而朱諾出門觀察蝙蝠，一下兩人同時出現。因為就算你被「星塵」圍繞，現實生活（普露堅持如此稱呼）還是得過。

凌晨兩點，咆哮的猿猴開始捶打胸膛，喚醒整個營區，史蒂芙對我們這麼說。巨型蝙蝠在了解飛行路線後就會關閉聲納雷達，所以在棕櫚樹間架網捕捉牠們易如反掌；但想把牠們從網上解下來打標籤的時候，你得真的、真的要當心，媽，因為牠們會咬人，又有狂犬病，你要跟下水道工人一樣戴上他媽厚的手套，牠們的寶寶也沒好到哪兒去。史蒂芙又變成小孩子了，我們感恩地告訴彼此。而朱諾就我們目前敢於相信的部分看來，是個體面、真誠的年輕男子，深愛我們女兒的樣子做得很足，所以天下太平。

不過生命中沒有任何事情不伴隨後果。某天傍晚——以我不靠譜的估計來說是「星塵之夜」前八天——家中電話響起。普露接起電話。朱諾的父母心血來潮，已經飛抵倫敦。他們會下榻朱諾母親的友人在布盧姆斯伯里經營的旅館，此外還有溫布頓公開賽門票以及羅德板球場的英印板球國際賽一日票。

他們相當榮幸有機會見到未來媳婦的雙親，「對貿易顧問與您本人來說方便的任何時間皆可。」普露笑爛了，掙扎著向我傳達這則消息。她是該笑，因為我正在「乙地」，坐在珀西．普萊斯監視車後車廂，珀西當時在對我解說他建議的靜態拍攝點。

不過兩天後——「星夜」前六天——我奇蹟似地設法穿著輕便西服，與身邊的普露一同現身於家中客廳瓦斯壁爐前，戴好英國貿易顧問的面具，與我們女兒未來的公婆討論諸如後脫歐時代與次大陸的貿易關係，以及印度旋球手庫迪普．亞達夫那拐彎抹角的投球動作。至於若有需要就能板出一張每個律師都會的撲克臉的普露，此刻臉卻掩藏在雙手之後，幾乎要像平常一樣爆出咯咯笑聲。

•

至於這段壓力巨大的日子裡，我與艾德基本必需的晚間羽毛球對打，只能說從來沒有那麼必需過，或說我們兩人都更在狀況內了。最近三場對打，我為了要能與艾德最近獲得的駕馭球場能力匹敵，提升了健身房與公園裡的鍛鍊程度，以為困獸之鬥，直到這種掙扎開始顯得毫無意義的那天來臨。

我們都不可能忘掉那天的日期：七月十六日。我們如往常鏖戰，而我又輸了；但別在意，我習慣了。我們毛巾掛在脖子上，隨興地前往圓桌，期待偌大空室裡有著往常的零星談笑與碰杯聲。然而迎接我們的卻是一股不自然又不安寧的緘默。五六個中國會員在吧檯盯著一般用來播放全世界各種運動賽事的電視螢幕，但我們今晚完全沒看到美式足球或冰島冰上曲棍球，看到的卻是唐納．川普與弗拉基米爾・普丁。

這兩位領導人在赫爾辛基召開一場聯合記者會，並肩站在兩國旗幟之前。川普的講話猶如下達命令，並否認自己麾下情報局那揭露不安真相的發現——俄國干預了二〇一六年的美國總統大選。普丁笑著驕傲獄卒的微笑。

艾德與我摸索前往固定桌位的路徑，然後坐下。一位電視名嘴特別提醒，川普昨天才宣稱歐洲是他的敵人並大肆作賤北約，免得我們忘了。

套句普露可能會說的，我在心中站哪邊？有一部分的我與我的前情報員阿卡第站在同一邊。我重播了他把川普比做是普丁的茅坑清潔工的描述。我記得川普「幫小弗拉基處理小弗拉基沒能力自己親手做的所有事情」。另一部分的我則跟人在華盛頓與美國同仁閉關的布萊恩・喬登站在同一邊，跟著他們一起無法置信地盯著同一齣總統級的背信戲碼。

那艾德在他心中又站哪邊？他呆若木雞，隱遁進內心世界，只是進了一個比我之前看過的都更加深邃遙遠的境界。起初他懷疑地打開了嘴，接著雙唇緩慢地相觸，舔了一下，然後心不在焉地舉起手背擦了嘴唇。但就連有著自己輕重緩急的酒保老弗雷德，替我們把畫面切換成一群女子單車手狂亂地繞著環形賽道競速之後，艾德的眼睛也始終沒離開過螢幕。

「這是歷史重演，」他最終以大發現般的顫抖聲音宣稱。「這是一九三九年重來一遍。莫洛托夫跟里賓特洛甫在瓜分全世界。」[33]

這說法我太難忍受，我也這麼告訴他。我說，川普或許是歷來最糟糕的美國總統，但他並不是希特勒——雖然他可能想成為希特勒，還是有很多善良的美國人不會忍氣吞聲。

他一開始似乎沒聽到我說話。

「對啊。」他以剛從麻醉中甦醒的飄渺嗓音應和。「德國以前也有很多善良的人。看看他們幹了多少他媽的好事。」

33 一九三九年八月二十三日，前蘇聯外交官莫洛托夫與納粹德國外交官里賓特洛甫簽訂《德蘇互不侵犯條約》，劃分波蘭與波羅的海周邊國家勢力範圍。

14.

「星夜」降臨。總部頂樓的作戰會議室裡所有人冷靜沉著。仿橡木紋雙扇門上的ＬＥＤ鐘顯示此刻時間為一九二〇時。如果你已經清楚「星塵」作戰，大秀將在二十五分鐘後上場。如果你還不清楚，門邊有幾名目光銳利的守衛樂於告訴你還有哪裡搞錯。

氣氛相當悠哉，隨著時限逼近又更加悠哉。已經沒人感到恐慌，所有人都有充裕時間處理所有事。助理群帶著自助餐桌上該擺的掀開筆電、保溫瓶、瓶裝水和三明治忙進忙出。一個幽默大師詢問有沒有爆米花。一個掛著螢光色證件套的發福男子擺弄牆上兩張顯示同一幅蓊鬱溫德米爾湖秋景的平面螢幕。

我們透過耳機聽到的碎念來自珀西・普萊斯的監視團隊。目前他的一百條亡靈已經四散化為下班回家的購物民眾、攤販老闆、女服務生、單車騎士、優步司機，以及除了色瞇瞇盯著路過女孩一邊對著手機竊竊私語之外沒其他事好做的無辜路人。只有他們知道自己正竊竊私語的手機經過加密；他們並非是在跟親友、情人或藥頭交談，而是與珀西・普萊斯的控制中心連線。今晚這座雙層隔音窗圍起的鷹巢，就築在我左方牆面半空中。現在那裡由珀西坐鎮，他穿著招牌的白色板球衫，衣袖挽起，戴上耳機，無聲的口型對著四散組員下達命令。

我們是一支十六人義勇軍，就是為了聽取芙洛倫絲慘敗神劇「玫瑰蓓蕾計畫」而集結起來的同一支菁英隊伍，額外加上一些受歡迎的成員。來自姐妹處的瑪麗翁再次帶著她那兩名深色西裝、又稱律師的龍套出席，他們說瑪麗翁是認真的。她對我方高層拒絕將「星塵行動」讓給他們情報局一事感到心痛，因此她推測白廳中有個位高權重的叛徒把這樁案子直接帶回自家門內私了。沒這回事，瑪麗翁，我們的高層官僚都說了。情報來源是我們的，因此情報是我們的，也因此這個案子就是我們的，晚安。在莫斯科的盧比揚卡廣場[34]，即前捷爾任斯基廣場的深處，我想像北方部門非法間諜課的組員們，在此刻同一段備戰長夜也爆發著類似的緊張口角。

我升官了。在我正對面的原告席中央，有個阿多．川奇來取代芙洛倫絲。我們對「玫瑰蓓蕾」討論還沒有下文。因此他挨身越過桌子低聲對我這麼說時，我滿頭霧水：

「我相信我們在你前陣子去諾斯伍德的禮車之旅這件事上，應該沒有過不去吧，奈特？」

「怎麼會有呢？」

「我還期待你被點名的時候會幫我說話。」

「我該說什麼？別說是私家車接送正熱門？」

「某些特定相關議題，」他陰沉地回應，接著縮回他的殼裡。我用最家常的口吻問候他家女爵夫人目前在哪些國家非官方機關插花，難道只是十分鐘前的事嗎？

「她四處奔波，」他鼓足精神端正儀態回應，宛若有皇家在場，「我的達令瑞秋四處奔波的習慣已經很難改掉了。如果不是正在前往某些你我從沒聽過的西敏市半官方機構，那應該就是往劍橋出發，準備跟大人物們討論怎麼拯救保健局。我能肯定你家普露也沒有兩樣。」

這個嘛，阿多，感謝老天，普露跟瑞秋其實就是兩個樣子，所以我每天進家門時才會在門廳被寫著「騙子川普」的毫無創意巨大標語牌絆到腳。

溫德米爾湖景淡出為全白，閃爍一陣又重新浮現。作戰會議室的燈光漸暗，覆蓋在陰影下的遲到者紛紛走進室內，在長桌前坐下。溫德米爾湖告別得依依不捨，現在螢幕上是珀西．普萊斯的監拍追蹤鏡頭，捕捉到北倫敦公園的市民滿足地在享受燠熱夏季晚間七點半的陽光。你不會料到，一場令人焦急的情報行動尚未告捷，心頭卻突然湧上一陣對本國同胞的憐愛，但螢幕上的影像正是我們喜愛的那種倫敦：各種族裔的兒童玩著即興發揮的籃網球，穿著夏季洋裝的女孩子曬著享用不盡的陽光，老人家手挽著手漫步，母親們推著嬰兒車，野餐的人坐在寬闊樹蔭下，室外西洋棋，滾球，一位和氣的警察伯伯自在地在人群中蹓躂——我們有多久沒看到單獨出現的條子了？還有人彈著吉他。此刻主宰天際線的棄置禮拜堂笨重塔樓，讓我花了一陣子才想起來，這些歡樂群眾當中有許多人在三十六小時前還是為我聚集起來的亡靈。

「星塵」小組已經把「乙地」細節默記在心，多虧珀西，我也記得了。公園有六片斑剝的無網柏油地網球場，以及一處設有攀爬架、蹺蹺板與隧道的兒童遊戲場，還有一座聞起來很臭的遊船湖。西側以一條公車專用道、一條自行車專用道，以及未設停車位的繁忙交通要道畫界；東側是高聳的公共住宅；北側一片仕紳化的喬治亞式房屋，其中的某處半地下室就是莫斯科批准謝爾蓋租下的公寓。公寓內有兩

34 盧比揚卡廣場（Lubyanka Square），KGB總部所在。

間臥室，丹妮絲在其中一間裡睡覺，房門上鎖，而謝爾蓋人在另一間。門外是一道鐵製階梯。從拉窗上半部能看到兒童遊戲場以及一條狹窄水泥步道，步道上共有六張間隔二十呎的長椅，兩側各三張，每張十二呎長。謝爾蓋將這些長椅的照片回傳給莫斯科，並編號為一到六。

公園內有一間備受喜愛的自助咖啡廳，從街道側的鐵製人行閘門或從公園內部都能走到。今天咖啡廳暫時由新團隊接手經營，平常的班底則會收到完整一日的薪資——如珀西懊惱地所說，這就是你的成本開銷所在。咖啡廳有十六張室內桌、二十四張室外桌，室外桌設有固定式晴雨傘，飲食則在室內自助櫃檯取用。熱天時室外有冰淇淋吧開張，招牌上有一隻舔著雙層香草甜筒的愉快乳牛。餐廳後方連接附有尿布檯與殘障設施的公廁。遛狗民眾可以取用塑膠袋並丟進綠色垃圾桶。上述細節都由謝爾蓋盡責地紀錄為洋洋灑灑的隱文，寄送給他那欲求不滿的丹麥心上人，完美主義者安妮特。

奉莫斯科命令，我們也提供了咖啡廳內外的照片以及前往路線。謝爾蓋先前應控制人要求在此用過兩次餐，一次室內、一次戶外，兩次都在晚間七點到八點之間，並且必須對莫斯科回報用餐人口密度。他現在收到的命令要他在獲得進一步提示前都別去那裡露面，留在半地下室公寓裡為一項尚待告知的事件待命。

「我會面面俱到，彼得。我會當好半個安全屋掌管以及半個反監視人員。」

他說「半個」是因為搞到後來他的老同學達秋也要分擔作戰工作。他們接下來將再度不期而遇，但這次要無視彼此。

我不抱太大期望，試著從人群中掃瞄出一張熟悉臉孔。在我駐守迪里亞斯特乃至於後來亞德里亞海時，阿卡第的瓦倫緹娜就已經成為莫斯科中心的密使暨極具潛力的雙面諜，其動靜態影像皆有完整紀錄。但一位相貌平庸的女子，在二十年間能對自己的外貌動任何她想動的手腳。影像組製作出一系列可能的臉部肖像，每一張都可能是瓦倫緹娜、假名安妮特、假名你隨便取一個。我不帶預設，掃視在公車站牌前排隊的一小群不同年齡女性，但沒有誰準備走向通往咖啡廳與公園開放空間的人行閘門。珀西的攝影機設置在一位穿著淡紫色法袍與羅馬領的蓄鬍老牧師身上。

「有誰跟你有過關係嗎，奈特？」他透過我的耳機呼叫。

「沒有，珀西，沒人跟我有過關係，謝謝你。」

笑聲輕響。我們重新就定位。另一支搖晃的鏡頭追著柏油路旁的長椅，我猜是裝在我們和氣警察伯伯身上的，他對著周遭的民眾微笑致意。我們把鏡頭停在一位中年婦女身上，她身穿著毛呢裙與樸素棕色布洛克鞋，讀著免費的《標準晚報》，戴著一頂寬簷草帽，購物袋置於身旁長椅座位。或許她是女士保齡球俱樂部的會員，也或許她是等著被認出來的瓦倫緹娜，又或許她只是另一個不在乎高溫的熟齡英國獨身女子。

「會是她嗎，奈特？」珀西詢問。

「是有可能，珀西。」

鏡頭來到咖啡廳露天座。攝影機往下拍到兩粒豐碩乳房與一張晃動的茶盤，茶盤上有一只小茶壺、一組杯碟、一支塑膠湯匙、一小袋牛奶，還有一片玻璃紙包著的熱那亞水果蛋糕裝在紙盤上。鏡頭移動，經過的許多腿、腳、傘、手、臉孔糊成一團，最後在路邊暫停。一聲老實、友善、受過珀西訓練的女性嗓音往頸部麥克風灌進一句：

「不好意思，親愛的，那張椅子有人坐嗎？」

達秋抬起那張放肆的雀斑臉看著我們，直接朝著攝影機說話。他完美的英語實在完美，若說還帶點哪裡的口音，那會是德語或瑞士德語——念在他讀過蘇黎世大學。

「這位子恐怕有人坐了。有位女士剛才去端茶，我答應幫她占位子。」

鏡頭轉向他身旁的空位，椅背掛著一件牛仔外套，就是達秋去萊斯特廣場小酒館與謝爾蓋碰頭時穿的那件。

畫面交給一顆更清晰的鏡頭：我猜是一支架在拋錨雙層巴士上層窗戶的狙擊槍型攝影機橫掃，珀西一早就替這輛巴士立了一塊三角警示牌作為靜態拍攝點。畫面沒有搖晃，我們放大畫面，拍到達秋獨坐桌前，邊用吸管喝著可樂邊滑手機。

一道女人背影進入畫面。那背影既不老氣也不臃腫，而是一道優雅的女性背影，腰線緊收，看來有健身房的痕跡。她穿著白色長袖女式襯衫與一件輕薄的巴伐利亞式背心，纖細頸項上戴著一頂男式草編短沿帽。她的聲音強硬、帶點外國腔、有點搞笑，透過兩個不同步的收音源傳來——一個我猜是桌上的調味瓶，另一個距離比較遠而有指向性：

「不好意思，善良的先生。這張椅子是真的有人坐去了，還是只有你的外套掛著？」此話對達秋而言宛若軍令，讓他一躍而起，精神抖擻地驚呼：「請坐吧，女士，完全沒人！」

達秋以浮誇的殷勤身段把牛仔外套從椅子上拂去，垂掛在自己的椅背上又再度坐下。

另一支攝影機拍出不同角度。窄腰背影哐噹一聲放下托盤，把一只推測裝著茶或咖啡的紙杯、兩包砂糖、一支塑膠叉子與一片海綿蛋糕搬到桌上，接著把托盤放到鄰近的推車上，再於達秋身旁坐下，從頭到尾都沒有面向鏡頭。他們之間沒有其他話語交流，女人拿起叉子切了海綿蛋糕又啜飲一口茶，草編帽沿在她低頭朝下的臉孔上覆蓋一片黑影。她對一段我們沒聽到的問題抬頭做出回應，同時間達秋瞥了一眼手錶，喃喃道出一句聽不到的感嘆，再次一躍而起，抓起牛仔外套，好像想起有急事必須赴約，便與女人匆匆分別。此舉讓我們得以飽覽他所拋下的女人全貌：她身形苗條緊實，黑髮，五官分明，對年逾五十五歲的女性而言保養良好；她穿著一條墨綠色的棉質長裙，對一個巡迴各地、進行便衣偽裝的女性情報員來說，存在感則是滿到礙手礙腳。她一向自帶這種存在感：不然阿卡第還能因為什麼淪陷？她曾是阿卡第的瓦倫緹娜，現在則是我們的瓦倫緹娜。在我們待的建築物外頭不遠處，臉部辨識小組一定也得出相同結論，因為先前贈予她的代號「丙」字，在我們的雙螢幕上套著紅色螢光底色閃爍。

「你要坐下嗎，先生？」她大開玩笑般地對著攝影機問。

「那個，對啊。我在想能不能坐這裡。」艾德解釋著，把他的托盤在桌上砸出哐啷巨響，然後坐在幾秒前還屬於達秋的那張椅子上。

•

就算我的指認現在看來立即而肯定，直接寫出「艾德」二字，卻不能正確描述我當下反應。那不是艾德，不可能是，他是「丁」，我跟你保證他只是有著艾德體型的一個擬似艾德，就像普露和我在「三峰」大啖麵包丁乳酪鍋與白酒時從門口現身的那個覆雪男子，是艾德的某種版本：高大、笨拙、同樣肩膀左傾、同樣拒絕站直。就算這樣好了，那嗓音呢？也沒錯，毫無疑問有如艾德的嗓音：含糊、北方腔、不登大雅之堂——除非你了解整個英國的年輕人希望讓你明白自己才不準備聽你鬼扯時都是這樣講話。所以聲音也像艾德，好，然後外觀也像艾德。但才不是你真正的艾德，不可能是，就算同時顯現在兩張螢幕上都不會是。

我短暫處於這種堅決否認的狀態，有粗估約十到十二秒之間無法（或拒絕）聽進艾德一屁股在「丙」身旁坐下之後與她的任何進一步交流。我確信（既然我再也沒看過這段影像）自己並未遺漏任何重要資訊，兩人的交流正如他們有意為之的不足一提。當我回神時，螢幕底部的數字鐘實際上回溯了二十九秒，使得這段回憶更顯迷惑難解——珀西．普萊斯覺得是時候邀請大家收看剛剛發現的情報來源快退影像。艾德在咖啡廳室內排隊，一隻手提著棕色公事包，另一隻手端著錫托盤。他蹣跚晃過三明治、蛋糕與麵點的餐車，挑了一份切達酸黃瓜潛艇堡，然後在飲料櫃檯前點了一杯英式早餐茶。麥克風把他的語音轉錄成一段金屬樂嘶吼：

「大杯的好了。乾杯。」

他站在收銀檯一陣手忙腳亂，一邊照顧他的茶和潛艇堡，一邊把公事包卡在一雙大腳之間，拍打身上口袋找錢包。他就是艾德，代號「丁」。接著他大步跳過門檻走向戶外，一手端著托盤、一手提著公事包，像是戴錯眼鏡那樣四處眨眼。我當下回想起一百年前在契卡分子手冊裡讀過的某些東西：吃過的食物能讓祕密策劃的會面顯得更加逼真。

15.

我還記得自己約莫此時打量了一下親愛的同仁們，從而確認他們除了一起盯著兩張平面螢幕之外別無其他動靜。我還記得自己是唯一一個看往錯誤方向、又倉皇把頭轉正的人。我完全想不起來阿多在哪。我想起室內有一兩個坐立難安的人，就像觀賞一齣無聊話劇發作躁動症狀，有人換邊蹺腿，到處傳來清喉嚨聲——主要是我們的高層官員，而蓋伊．布拉默也身在其中。還有那個老是憤憤不平的姐妹局瑪麗翁：我看到她踮著腳溜出房間。這有點不正常，你怎麼能踮著腳還跨那麼大步？反正她就是辦到了，還穿著長裙什麼的，兩位黑西裝龍套律師緊隨在後，三道人影偷偷摸摸經過走廊，一道燈光短暫亮起，最後把燈留給守衛關。我還記得自己本來想吞嚥，但胃部一陣波瀾起伏，像是腹肌還沒收緊就挨了一記腰下拳。接下來我用一堆漫無目的、無法回答的問題轟炸自己——現在回想起來，那些反應是每一位專業情報事務官驀然醒悟，發現手下情報員一直以來都在唬弄自己，又遍尋不著任何藉口時，所會體驗的心路歷程一部分。

監視行動不會因為你中斷而中斷。大秀還在台上。我親愛的同仁們繼續我就繼續。我看完螢幕上實況轉播的即時電影剩下部分，一語不發，紋風不動，以免打壞團隊成員觀影興致——即便三十分鐘後我站著淋浴，普露發現我左腕上有指甲掐出的血印。她不接受打羽毛球受傷的故事，甚至還一度很罕見地反應過度指責我，暗示那些爪痕不是我自己的。

我不是只把艾德當作節目剩下的開展在觀賞，我以室內無人能夠比擬的熟悉共感著他的每個小動作。只有我了解他從球場到圓桌的每種肢體語言。我知道他的動作會因為某些需要宣洩的憤怒而彆扭，他的話語在他嘗試一次吐露而出時會在開口前哽塞——或許因此在珀西倒帶影像紀錄看艾德跌跌撞撞走出餐廳時，我能確定他點頭致意的對象並非瓦綸緹娜而是達秋。

艾德是在發現達秋之後才接近瓦倫緹娜，而達秋當時正準備離開場景，正好能為此觀察佐證。我仍舊置身危機之中。繼續做出合理的作戰判斷。艾德與達秋先前就是一夥，達秋把艾德介紹給瓦倫緹娜之後才能功成身退，所以他才突然離開這個場景，妥善地把艾德留給瓦倫緹娜，讓他們像兩名鄰座陌生人那樣隨意交談，喝茶，各自吃著切達法棍三明治與海綿蛋糕。所以總結來說，這是一場古典的祕密會面，策劃精密至臻完美（或如阿卡第會說的「過於完美」），而擺弄牛仔外套的手法更是高超。

就算加上原音重現，我的猜想也毫無不同。在此我又一次比室內所有觀眾技高一籌。艾德及瓦倫緹娜從頭到尾都說英語。瓦倫緹娜的英語說得很好，但還是無法擺脫十年前讓阿卡第神魂顛倒的那種蜜甜膩耳的喬治亞口音，此外還有其他成分——音質、腔調，就像一首遺忘已久的小調，在我心頭盤繞不去。但我越是努力在回憶中定位這種腔調，這些元素就越是難以捉模。

但艾德的嗓音？毫無神祕之處。就是第一次羽球對打時對我用的無禮腔調：模糊、牢騷、渙散，處處透露粗鄙。這道嗓音將在我心中留到時日已盡。

「丙」與艾德屈身向前，交頭接耳。專業人士「丙」的音量有時就連桌上的麥克風也僅是剛好能捕捉到而已；與之相對，艾德似乎沒辦法把聲音壓在某個音量以下。

•

「丙」：你還好嗎，艾德？你過來的路上沒有心煩或出事吧？

艾德：我很好。從某個可以鎖我該死單車的地方過來。在附近找個新地方停沒意義。別人會在你上鎖前拆掉車輪。

「丙」：你沒有看到認識的人吧？有誰讓你感覺不自在嗎？

艾德：不覺得有。沒有真的看到誰。反正有點晚了。你呢？

「丙」：威利在路上揮手叫著你的時候你有嚇了一跳嗎？（威利的ㄨ發成德語硬子音）他說你差點摔下單車。

艾德：他說得對，我嚇到。他就站在人行道上對我揮手。我以為他在招計程車。我完全沒想到他是你們那夥的。瑪莉亞叫我滾以後，我才不會想到是這樣。

「丙」：我會說瑪莉亞在那種情境下是慎重行事就是了。我們有理由能稍稍以她為傲，你不覺得嗎？

艾德：對啊，對，很棒。怎麼說都是聰明的一步。上一分鐘連碰都不想碰我，下一分鐘威利就用德語叫住我，說他是瑪莉亞的朋友，說你們都準備好了，我們要繼續開工，走吧。說實在我有點不安。

「丙」：或許有點令人不安，但完全有此必要。威利需要引起你的注意。如果他用英語叫你，你可能就會把他當成本地醉漢，直接騎車經過。無論如何，我希望你還是準備好協助我們。好嗎？

艾德：那個，總要有人去做不是嗎？你不能只是坐在旁邊說什麼事情完全是錯的，但又說那不干你的事，因為那都是祕密，難道你能嗎？除非你不是一個正派到底的人，難道你能嗎？

「丙」：你本人相當正派，艾德。我們欣賞你的勇氣，也欣賞你的守口如瓶。

（長長暫停。「丙」期待艾德開口。艾德慢慢準備。）

艾德：對呀，說實在瑪莉亞叫我滾的時候我鬆了一口氣。心中一塊大石放下，實在是。雖然沒有持續很久，因為你知道你還是得去行動，不然就會像其他人一樣。

「丙」：〔煥然一新的嗓音〕我有個提議，艾德。〔查看手機〕我希望會是個不錯的提議。目前為止，我們只是兩個偶遇的陌生人在喝茶寒暄。一分鐘後我會站起來，祝你有個美好的晚上，並感謝你跟我進行這場小小的對話。兩分鐘後就請你吃完潛艇堡，慢慢站起身來，別忘了公事包，然後走向你的單車。威利會去找你，然後護送你去一個方便私下隨便說話的舒服地方。可以嗎？我的提議有任何讓你心煩的地方嗎？

艾德：大概沒有。只要我的單車沒事就行。

「丙」：威利會幫你看好車，不會讓搞破壞的人攻擊它。那麼再會了，先生。（握手，幾乎是艾德風格）跟貴國陌生人聊天一向讓人愉快，尤其是跟你一樣年輕俊俏的陌生人。請別站起來。再會了。

她揮手致意，沿著通往主要道路的步道離開。艾德做了做揮手回禮的樣子，咬了一大口潛艇堡，剩下不吃。他吸飲了一口茶，對著手錶皺眉。這一分五十秒裡，我們看他低頭逗弄杯嘴，就像他在「體育家」逗弄結霧啤酒杯那樣。假如我對他有任何了解，他現在是在試圖決定是否要遵從她的提議，還是把一切拋諸腦後草草回家。一分五十一秒，他抄起公事包站起來，沉思，最終端起托盤緩緩走向垃圾桶，像個好公民一樣丟入垃圾，疊上托盤，把臉皺成一團以進行更多沉思，最後決定跟隨瓦倫緹娜走上水泥步道。

•

膠卷二（為了方便起見，我這麼稱呼）場景位於謝爾蓋的半地下室公寓裡，但謝爾蓋本人並未出演。他透過全新的「未污染」手機接收到並暗中副本給「避風港」與總部的指令，要求他再次檢查公園有無「敵意監視的跡象」，然後開溜。因此監視小組可以保險推測，謝爾蓋被分派到的任務是離場，而且不允許直接接觸艾德。另一方面，已經跟艾德意識到彼此存在的達秋則會負責提供他作戰所需。但達秋就跟謝爾蓋一樣，不會出現在這場莫斯科中心赫赫有名的密使、以及我的週一球友兼話友艾德華．夏農即將在謝爾蓋的半地下室公寓展開的對話之中。

•

「丙」：那麼，艾德。再次幸會。我們現在獨處了，安全又私密，那麼可以開始談話。首先我要代表我們全體感謝你在我們有求時伸出援手。

艾德：那沒什麼，真的幫到就好。

「丙」：我有一些既定的必須問題要問你，允許我問嗎？貴部門有沒有任何與你想法相似的同事在協助你？有沒有我們應該同時感謝的同道中人呢？

艾德：只有我。我不會麻煩別人幫我做事。我看起來也不像有共犯，對吧？

「丙」：我們能稍微多聊點你的辦事手法嗎？你對瑪莉亞說過很多事，當然我們都有好好錄下來。或許多告訴我一些你用影印機做的特別工作。你告訴瑪莉亞你有時候單獨操作它。

艾德：對啊，那就是重點吧？如果東西夠敏感，我就要自己處理。我進門，普通職員就要留在門外。他們還沒浸過消毒槽。

「丙」：消毒槽？

艾德：進階身家審查。除了我以外只有一個職員通過，所以我們兩個輪班。一個女生跟我。不是沒人相信電子設備了嗎？不用來處理真的很脆弱的東西。都是人手搬運的紙張，就像回到過去一樣。如果一定要做一臺影印機，那一定是變回老式蒸汽影印機。

「丙」：蒸汽？

艾德：過時、簡陋。這是玩笑。

「丙」：你是在操作蒸汽影印機時一眼就看到一疊叫做〈耶利哥〉的文件，對嗎？

艾德：不只一眼，大概需要看一分鐘。機器卡住，我就站在旁邊盯著看。

「丙」：所以我們或許能說那是你體悟的顯聖時刻？

艾德：顯什麼聖？

「丙」：天意。啟蒙。你決定必須踏出英勇的一步去聯絡瑪莉亞的時刻。

艾德：這個，我不是不知道這件事會跟瑪莉亞有關嗎？瑪莉亞是他們派給我的。

「丙」：你會說你是立刻就決定來找我們，還是醞釀了幾個小時或幾天？

艾德：我一看到那東西就想，老天，中了。

「丙」：你看到的關鍵段落打著「最高機密耶利哥」的印子，對嗎？

艾德：我全告訴過她了。

「丙」：但我不是瑪莉亞。你說看到的那個段落沒有注明受件人。

艾德：上面怎麼會有？我只看到中間一點。沒有受件人、沒有署名，只有頁首：「最高機密耶利哥」及編號。

「丙」：然而你告訴瑪莉亞這份文件是發給財政部的。

艾德：我看有個財政部呆子站在大概幾呎外等我把東西處理完，很明顯那東西就是給財政部的。你在考驗我嗎？

「丙」：我只是在確認。按照瑪莉亞的報告，你有傑出的記憶力，而且不對資訊加油添醋。而那編號是——

艾德：ＫＩＭ，斜槓，一。

「丙」：ＫＩＭ是哪個單位的代號？

艾德：英國駐華盛頓聯合情報局。

「丙」：那數字一呢？

艾德：英國團隊的主任。

「丙」：你知道那個人的名字嗎？

艾德：不知道。

「丙」：你實在很出色，艾德。瑪莉亞所言不虛。感謝你付出的耐心。我們是小心謹慎的人。你是個自重的智慧型手機用戶嗎？

艾德：我不是把號碼給瑪莉亞了嗎？

「丙」：或許再給我一次更保險些。

（艾德不耐煩地唸出一支號碼。「丙」做出把號碼寫進手札的動作。）

「丙」：你允許在工作場合帶智慧型手機嗎？

艾德：不可能。進門就會檢查。全部的金屬物件。鑰匙、筆、零錢。幾天前他們還要我脫下該死的鞋。

「丙」：因為他們懷疑你？

艾德：因為那週輪到職員。前一週是直屬主管。

「丙」：或許我們能提供你一件不起眼的照相設備，但不是金屬製的，看起來也不像智慧型手機。你願意嗎？

艾德：不願意。

「丙」：不願意？

艾德：那是間諜的東西，我對那種事沒興趣。我高興才來協助這件事，就是這樣而已。

「丙」：你還給了瑪莉亞其他來自你們各駐歐使館、不以代號保護的文件。

艾德：對啊，只是要讓她知道我不是什麼蠢才。

「丙」：然而那些文件的機密等級是「密」。

艾德：對啊，不是一定要這樣標嗎？不然隨便誰都能來做我的工作。

「丙」：那麼你今天有為我們帶來同樣類型的文件嗎？那會是你現在裝在那只見不得光公事包裡的東西嗎？

艾德：威利說找到什麼帶什麼，所以我就帶了。

（漫長的無聲。接著艾德顯然不情願地解開公事包帶扣，抽出一本素面資料夾在大腿上打開封口，遞給她）

艾德：（「丙」正在閱讀）這些沒用的話，我也不會再花力氣去拿。你可以這樣告訴他們。

「丙」：顯然對我們每個人來說最緊要的都是代號〈耶利哥〉的素材。如果事情有其他可能，我會詢問我的同仁。

艾德：好，不要告訴他們你從哪裡搞到的就好，就這樣。

「丙」：這種級別的文件──一般機密，不加代號，你能不費太多麻煩就把副本帶來給我們嗎？

艾德：對啊。嗯。最多就花午休時間。

（她從包包裡抽出一支手機，拍攝了十二頁文件。）

「丙」：威利有對你說我是誰嗎？

艾德：他說你地位很高。某種高幹。

「丙」：威利說得對。我就是高幹。不過對你來說我是安妮特，我是一個丹麥籍的中等英語教師，住在哥本哈根。我們在你還在圖賓根留學時認識。我們兩個上了同一梯次的德國文化暑期基礎課程。我是你的已婚年長情婦。你是我的地下小情人。我不時會造訪英格蘭跟你上床。這間公寓是我跟我的記者朋友馬庫斯借來的。你聽著嗎？

艾德：我當然有，老天。

「丙」：你不必親自認識馬庫斯，他是這裡的房客。以上。不管怎麼，我們不能見面的時候，這裡就是我們希望你騎著單車經過時投遞文件與信函的地址，馬庫斯這個好朋友會確保我們的通信完全隱密。我們管這一套叫「傳說」。你滿意這套傳說嗎？還是希望再討論一段不一樣的出來？

艾德：聽起來沒問題。對啊。就這個。

「丙」：我們想回報你，艾德。我們想對你表達我們的感激之情。金錢或任何你期望的方式。也許我們能在其他國家幫你搞一筆預備金，你哪天就能提領。行嗎？

艾德：我還好，謝了。他們給我的薪水很像樣，我還有一些外快。〔尷尬微笑〕新簾子要花些錢。新浴室用的。還是感謝你們的好意，不過不必了，謝謝。好嗎？這樣完事就好。不要再問了，真的。

「丙」：你有個很棒的女朋友嗎？

艾德：這有關聯嗎？

「丙」：她會替你分憂解勞嗎？

艾德：大部分。有時候。

「丙」：她知道你跟我們有接觸嗎？

艾德：我不覺得。

「丙」：或許她能幫上你的忙，當你的中間人。她現在認為你人在哪裡？

艾德：回家路上，我想。她也有自己的生活要過，跟我一樣。

「丙」：她跟你投身類似的工作嗎？

艾德：不。沒有。絕對沒有。從來沒想過。

「丙」：她幹什麼樣的活？

艾德：說真的，別再提她了，你介意嗎？

「丙」：當然不。你有引起別人注意嗎？

艾德：我是要怎麼引起別人注意？

「丙」：你沒有偷雇主的錢？沒有搞一個我們這樣的禁忌之戀？〔等待艾德接到笑點。最後他接到了，擠出僵硬的露齒笑〕你沒有跟資深同仁起過爭執？他們不覺得你叛逆或缺少紀律？你沒有因為某些你從做了或沒做的行為成為內部調查的對象？他們沒有注意到你反對他們的政策？都沒有嗎？還是有？

（艾德再次抽離現實遁入腦海之中，開始陰沉地皺眉。如果「丙」更了解他，就會耐心等他重新浮出水面。）

「丙」：〔玩笑般〕你是背著我藏了些尷尬的事嗎？我們是有包容力的人，艾德，我們有悠久的人道主義傳統。

艾德：〔一段更久的沉思過後〕我只是老百姓，對吧？但如果你想聽我個人意見，我們這種人滿罕見的。其他所有人都搖擺不定，等著誰去做某些情。我就在做那某些事。就是這樣。

「丙」在告訴艾德陶製英國鬥牛犬是安全信號——或者只是我以為如此，因為我聽得很模糊。如果窗戶沒有狗狗，那就代表行動終止，「丙」對艾德說；或可能她說那代表請進。這張「不要核武」的海報代表我們有重大訊息要給你；或者是說，下次你經過時我們有個關鍵訊息要給你；或者相反：不要再經過這條路。扎實的間諜技巧講求情報員先離場。艾德與瓦倫緹娜對面而坐，艾德看起來暈頭轉向，疲憊不已，像條喪家犬——我還有辦法在一場七局生死鬥擊敗他時，他在入座喝啤酒前會露出這種表情。瓦倫緹娜雙手握住他的手，把他拉近身邊，在他兩頰上各賞一個意義深長的吻，但克制住了第三個俄式吻[35]，艾德不滿地屈從。外部攝影機在他步上鐵製階梯時拍到他手中提著公事包，空拍攝影機看到他解開單車鎖，把公事包放進車籃，往霍克斯頓的方向騎去。

作戰會議室的雙扇門打開，瑪麗翁與她的龍套返場。門關，燈請亮。珀西·普萊斯在隔音玻璃牆後的鷹巢調度軍隊，手法不難猜測：一支隊伍留下來盯「丙」，另一支盯艾德並收容他，兩邊都只留遠端

35 Russian kiss，指社會主義兄弟吻，會在兩頰上交替親三下；若是社會主義領導覺得兩人關係親近，第三下會親在嘴上。

監視。一道太空女聲告知我們「丙」已經「成功加以標記」，我們可以只猜用什麼標記就好。那麼，顯然艾德與他的單車也加以標記了。珀西大為滿意。

螢幕閃爍然後變成一片空白，溫德米爾湖秋景沒了。瑪麗翁在長桌末端站得跟御林軍一樣直，她戴上眼鏡，黑西裝龍套立於兩側。她吸了口氣，右手舉起一份文件以從容慎重的聲音對我們朗讀：

「我們很遺憾要通知各位，你們方才看到的監視錄影中，那位被辨識為艾德的男子是我方情報局的正職員工。他名為艾德華・史坦利・夏農，A級認證文書官，具有接觸絕對機密等級以降情報的許可。他有計算機科學二等學位，目前是一等數位專家，基本年薪三萬兩千磅，此外能因平日逾時工作、週末工作以及語言技能得到加給。他是三級德語專家，在白廳支援下派駐至各高度機密的歐洲情報局部門。二〇一五年到二〇一七年間，他曾前往柏林於自家部門的窗口服務。他過去不被認為適合從事行動職務，未來也沒有可能。他目前的職務包括揀除或銷毀寄送給歐洲友方的最高機密材料。事實上這份職務還包括在督導之下刪除專門送往美國的情報文件，這類文件也能理解為不利於歐洲人民利益的材料。如夏農在諸位方才看過的影片中正確地陳述，他是僅有的兩名一等數位專家之一，受託複印極度敏感的文件。夏農成功通過進階身家審查，並因此獲得加薪。」

她的雙唇突然卡住。她嘛了嘛嘴，仔細濕潤雙唇，然後繼續朗讀：

「夏農在柏林曾經有一段酗酒時期，並單方面不願結束與某位德國女子的戀情。他接受諮商，並被診斷為完全恢復身心健康。他沒有留下其他紀律不良、反抗體制或可疑行為的紀錄。他在工作場所獨來獨往。直屬主管描述他『沒有朋友』。他未婚，登記為異性戀，目前沒有已知伴侶。尚無已知親近黨派。」

又一次潤嘴。

「現在正在進行即時損害評估，主要是就夏農過去與現在的聯絡人進行訊問。在等待訊問結果出爐前，夏農不會，重複一次，不會留意到自己正接受觀察。有鑒於本案的背景與不斷展開的案情，我得到授權加以聲明：敝情報局願意編制聯合任務部隊。謝謝各位。」

「能讓我插句話嗎？」

我很訝異自己站了起來，阿多抬頭瞪著我，好像我瘋了似的。我還用了一種自以為聽起來充滿把握又態度輕鬆的語氣：

「我剛好私下認識這個男人。艾德。我們週一晚間大多一起打羽球。實際上就在巴特錫，離我住的地方不遠。在我們的俱樂部裡，『體育家』。我們通常打完球後會喝幾杯啤酒。顯然我樂於以任何我能力所及的方式提供協助。」

接下來我應該坐下得太過猛烈，在過程中失去方向感，因為我記得的下一件事是蓋伊・布拉默提議大家理所當然稍微休息一下。

16.

我永遠不會知道他們讓我在那小房間裡等了多久，但就算沒有計時器作參考，也不可能短於一小時。由於他們拿走我的辦事處手機，我只能盯著一片刷成黃色的空牆。時至今日，我還是無法推估我在那作戰會議室裡坐了、站了或徘徊了多久，直到守衛碰了我的手臂說「先生，要是您方便跟我來一趟的話……」卻不說完整句話。

但我確切記得有第二名守衛在門邊等候，要花兩名守衛才能把我帶到電梯口，我還跟他們聊不得不忍受的有害高溫，從今以後每個夏天都會是這個樣子嗎？而我知道「沒有朋友」這個說法有如控訴般不斷在我腦海中閃現：我並非是因為身為艾德的朋友而感到自責，而是因為我似乎正是他唯一的朋友，因此肩負更多責任——但又何苦呢？又當然在那些不顯示樓層的電梯裡，你的胃永遠不知道自己在往上還是往下，特別是它還以自己喜歡的方向不停翻攪的時候，就如同我當下的胃。此刻我已經被押送出作戰會議室的監禁室，並被帶進一間收押室。

將近一小時過後，一直站在玻璃門對面的守衛（他的名字叫安迪，對他的竊聽器愛不釋手）探頭進門說「換你了，奈特。」然後以同樣的神采飛揚帶我進入另一間大上許多的房間，但依然沒有窗戶，連假的都沒有。房間裡圍了一圈漂亮軟墊椅，款式毫無差異，因為我們是一間講究平等的情報局。安迪叫我隨便選張想坐的椅子坐下，其他人馬上就到。

於是我選了張椅子坐下，雙手交捧雙臂，立刻猜起其他人會是誰。我相信自己記得，從我被押送出作戰會議室的旅程開端的某處，有一團高層大人物聚在某個角落竊竊私語，而阿多．川奇一如往常，試圖及時把他的鼻子湊進去，卻換來蓋伊．布拉默頗為堅決的一句「不，沒你的事，阿多。」

我親愛的同仁們入座，想當然阿多並非其中一員，這讓我再次短暫猜想，他為何要在意我應該因為他幫我訂了禮車而挺身發言這檔事。首先進入房間的是姬塔．馬斯登，她給我和藹的笑容並說：「再次見面了，奈特。」這應該是要讓我感到自在，但她那個「再次」是什麼意思？我們都輪迴轉世了嗎？接著是姐妹局的瑪麗翁，目露凶光，只帶一位龍套，比較高大陰沉的那個。他說我們之前還沒見過，並說自己叫安東尼，接著伸出他的手，差點握碎我的手。

「我個人也喜歡打羽球，」他似乎是要讓場面好看一點。所以我回應，「太好了，安東尼，你在哪打球？」——但他似乎沒聽到。

然後是勤上教堂的珀西．普萊斯，粗獷面孔不動聲色；我感到震驚，並非因為他無視於我，而是他一定把「星塵」指揮權暫時轉交給眾多助手才能出席在這場會議。緊接珀西後腳跟的是端著一杯茶的蓋伊．布拉默（那塑膠杯讓我想起自助咖啡廳的艾德在托盤上擺的），他在身材矮小的辦事處機密內部保安組的藏鏡人喬．拉凡德陪同下，顯得泰然自若。喬帶著一本檔案夾，我記得自己只是想營造一點人際連結，於是開玩笑地問他檔案夾的內容讓門口守衛檢查過了沒，換來他怒目一瞪。

他們列隊入座，我試圖找出所有人在冷笑之外還有哪些共通之處，因為這樣的團體不可能偶然形成。如我們現在已知，艾德是姐妹局的成員，也就是說情報局之間不管怎麼硬碰硬，他都是我們的斬獲，並且是他們的過錯，就先這樣吧。於是也能推測之後會上演有很多攸關哪間情報局該分得哪杯羹的討價還價戲碼。當這一切都塵埃落定，一定還會再上演一場最後關頭的兵荒馬亂，以確保我們坐進來的這房間影音系統有在運作，因為我們不需要另一場像上次一樣的爛事——管他上次到底是發生過什麼。

接著，就在所有人終於舒適地坐下的同時，我那兩位守衛帶著在影片播映時無人問津的同樣咖啡壺、水桶與三明治進來，然後玩竊聽器的安迪朝我眨了一眼。他們離開後，辦事處的上級精神鑑定師葛蘿莉亞．佛斯頓鬼魅般的身影飄進來，好似她剛剛才從床上被人拖出來，而實情也很可能正是如此。她三步之後站著我們家的人資莫伊拉，帶著一疊厚厚綠色檔案夾，我懷疑那是我的檔案，因為她非常刻意地把空白的那面向外提著。

「你應該沒有剛好從芙洛倫絲那邊聽說什麼吧，有嗎，奈特？」她在我身旁停步憂心地問。

「無影無聲，哎呀，莫伊拉。」我放肆回應。

我為什麼撒了謊？我到今天還沒辦法告訴你。我不是在演練，我並非有意說謊，我才沒什麼謊好說。但我向她看的第二眼告訴我，她早在我問題脫口之前就曉得答案，只是在測試我的可信度而已，讓我覺得自己傻上加傻。

「奈特，」葛蘿莉亞．佛斯頓以精神醫療式的急切同理心說著，「我們還好嗎？」

「糟得要命，謝了，葛蘿莉亞。你呢？」我興致盎然地回應，換來一抹冰冷微笑，用來提醒我，坐在我這位置上的人不管是什麼東西，都別問心理醫師感覺如何。

「那親愛的普露呢？」她以過剩的溺愛詢問。

「好得不得了。火力全開，大藥廠手到擒來。」

但我真正感覺到的，是對葛蘿莉亞五年前某些傷人的智慧見解讓我燒出的怒火尚未平復。當時我不智地向她尋求關於史蒂芙那些破事的免費建議，得到的建言像是「奈特，會不會剛好有可能，史蒂芬妮勾引班上的每個男生，是宣示著自己父親不在場？」——最嚴重冒犯到我的地方，就在於她大概是對的。

我們終於就緒，也早該是時候了。葛蘿莉亞還有兩名下級精神鑑定師陪同，李奧與芙蘭契絲卡，兩個人看起來都大概十六歲。加總起來起來大概有十來個我親愛的同仁們圍成半圈，由於座位重新排列了，我被孤立出去，每個人都能毫無阻礙地觀賞到我，我就像繪畫中被問到最後一次看到爸爸是什麼時候的男孩[36]，只是他們要問的不是我可憐的父親在哪兒，而是艾德。

•

蓋伊．布拉默決定開球——一如他會用的措辭。這某種程度很合理，因為他受栽培成為大律師，並在他家鄉莊嚴的聖奧爾本斯經營自己的板球隊，這些年來他不時都想勸說我入隊。

「那麼，奈特，」他用雀躍的富裕中產腔起頭，「我想你告訴我們的事情實在倒楣透頂。你跟一個小伙子打了一場清白的羽球，結果他不但是我們姐妹局成員，還是一個要命的俄國間諜。我們何不從頭開始講明白呢？你們兩個怎麼遇見的，遇見的時候幹了什麼好事，再怎麼微小的細節都別漏掉。」

我們就從頭說起——或說我一人從頭說起。週六晚間「體育家」。我跟河對岸切爾西的印度對手享受賽後啤酒。愛麗絲帶著艾德進場。艾德對我邀賽。我們的第一次比賽。他不友善地提及同事——這段被瑪麗翁與她的龍套仔細檢驗。我們第一次的羽球賽後的圓桌啤酒。艾德把脫歐與唐納・川普視為單一邪惡整體的個別組成大加撻伐。

「你對那些玩意表示贊同嗎，奈特？」布拉默提問的口氣夠親切了。

「適度而言，我贊同。他反脫歐，我也是。我現在還是，就像在場的多數人一樣，我猜。」我頑強地頂撞。

「川普的部分呢？」布拉默問。「你也贊同他對川普的意見？」

「老天啊，蓋伊。川普該不會就是這地方的本月焦點人物吧？他還真是該死的破壞氣氛。」

我環顧四周尋求支援，沒人出聲，但我也沒惱羞成怒。就別在意剛才在莫伊拉面前踏錯的那步了。我是個老手，我就是被這種場面訓練出來的，還傳授給我的情報員。

「就夏農之見，川普勾搭上普丁就是一場魔鬼的交易，」我厚著臉皮說下去，「每個人都勾結起來跟歐洲做對，夏農不喜歡這樣，他滿腦子都是這種德式胡思亂想。」

36　指英國畫家伊姆斯（William Frederick Yeames, 1835-1918）一八七八年的油畫《那你最後一次看到你父親是什麼時候？》（And when did you last see your father?）

「所以他邀你打球，」蓋伊追問，對我的胡說八道置之不理，「在光天化日之下。他不辭勞苦把你找出來，然後還得手。」

「我剛好就是俱樂部單打冠軍。他聽過我的事蹟，又覺得自己運氣夠好。」我保持自若態度說著。

「把你找出來，騎著單車跨越大半個倫敦來研究你的比賽？」

「他很可能這麼做了。」

「然後他對你邀賽。他不是邀其他人。他不是邀你剛剛對打過的切爾西對手，而艾德也有可能邀他。但就非你不可。」

「如果你口中那位我的切爾西對手打敗我，我認識的夏農會改向他邀賽。」我不完全如實地聲稱，但蓋伊的語氣當中已經開始浮現某些我不喜歡的跡象。

瑪麗翁將一張紙交給他。他戴上老花眼鏡，從容地研究起來。

「根據『體育家』的接待員，從夏農向你邀賽的那天起，他就是跟你打過的唯一一個小伙子。你們變成了『一對』。這敘述有道理嗎？」

「不介意的話請說『搭擋』。」

「好吧。『搭檔』。」

「我們適逢敵手。他打得很好，輸贏都有風度。有禮貌的好球員很難找。」

「我相信。你還跟他混熟了。你們是酒友。」

「言過其實了，蓋伊。我們只是先打一場正規的球，結束後喝杯啤酒。」

「每週一次，有時候甚至是兩次，就算你是個運動狂，你們也打得太勤了。然後你說你們聊過天。」

「我說過。」

「你們會聊多久？喝啤酒的時候聊？」

「一小時半，或許一小時，看感覺。」

「總計十六、十八小時？二十小時？還是二十太多了？」

「可能有到二十小時。差別在哪？」

「他是那種自我教育的年輕人嗎？」

「完全不是。文法學校出來的。」

「你告訴過他自己的謀生職業嗎？」

「別說那種傻話。」

「那你告訴過他什麼？」

「隨便打發他。我是個到處找機會的海外歸國生意人。」

「你認為他買單了？」

「他沒興趣，也對自己的工作同樣模糊帶過。媒體事業，不多說細節。我們都沒有。」

「你一般而言會花二十個小時跟年齡只有你一半的球友聊政治嗎？」

「如果他們球打得好又有些東西想表達，為何不呢？」

「我問的是，你會不會？沒問為什麼。我在試圖確定——簡單問——你過去有沒有跟任何年齡相仿的對手長時間聊政治？」

「我跟他們打球，結束後也跟他們喝酒。」

「但都沒有你跟艾德華．夏農打球、喝酒、聊天來得那麼穩定。」

「大概沒有。」

「然後你沒有兒子——起碼我們所知沒有，有鑒於你長期在國外流浪。」

「沒有。」

「檯面下的也沒有？」

「沒有。」

「喬，」布拉默轉向內部保安組之星喬．拉凡達說道：「你有些問題要問。」

•

喬．拉凡達還得再等一下。一位莎翁戲劇風格的使者以瑪麗翁第二位龍套的角色跳出來。在蓋伊的准許下，他想問我幾個剛剛才從他們情報局的調查團隊發來的問題。問題寫在他巨大雙手的指尖捻著的一條細細紙帶上。

「奈特。你在個人或與艾德華．史坦利．夏農的多次對話中，任何時刻，可曾意識到，」他以逼人的口齒清晰質問，「他的母親伊萊莎是一名留有正式紀錄、多次參與和平與相關等議題的遊行示威、抗議與其他社會行動的人士？」

「沒有。我沒意識到那麼多。」我回嘴，雖然我盡力保持良善，還是感覺體內怒火燃燒。

「而我們得知，你的妻子也是一位捍衛吾人基本人權的有力健將。沒有不敬之意。我說得正確嗎？」

「是的。非常有力。」

「我確定我們都會同意這點。那麼容我進一步問，就你知識所及，伊萊莎・瑪莉・夏農與你妻子有任何互動交流嗎？」

「就我所知，沒發生過這種互動交流。」

「謝謝你。」

「樂意之至。」

使者退場。

•

接著一陣快問快答，某種在我記憶中保持朦朧的大混戰，我親愛的同仁們輪番上陣——如布拉默仁慈地說，替奈特的故事「拴緊螺絲。」一陣緘默降臨，喬・拉凡達終於得以發言。他的嗓音不會留下任何印象，聽不出社會或地區出身，只是失根、淒涼、帶鼻音的拖沓長音。

「我想停留在夏農在體育家『勾搭』你的第一時間。」他說。

「不介意的話，我們可以說『邀賽』嗎？」

「你為了顧及他的顏面，如你所言，於是接受了他的『邀賽』。你身為本情報局受過訓練的成員，可曾觀察到、或現在回想起來，吧檯區有無任何臨時陌生客——新成員、不論性別、俱樂部會員的賓客——對你們這一連串行為展現出超乎尋常的密切興趣嗎？」

「沒有。」

「我得知俱樂部對大眾開放。會員能帶自己的賓客前往。只要有會員陪同，賓客就能在吧檯購買飲料。你是否能千真萬確地告訴我，也就是夏農的『貼近』——」

「『邀賽』。」

「——夏農的『邀賽』，並非任何利益方以某些方式進行的臥底或監視行動。我們顯然可以找個藉口去接觸俱樂部，調出所有既存的影像紀錄。」

「我當時沒注意到、現在也想不起來有任何人對我們帶著超乎尋常的密切興趣。」

「就算他們沒有，有可能只是你沒注意到，或對方可能是專業人士嗎？」

「吧檯有一群人想要找些樂子，全是熟面孔。也不必麻煩去找影片了。我們沒有裝任何錄影設備。」

喬的雙眼帶著戲劇效果的驚訝瞪大。

「噢，沒有錄影設備。我的天。這就現代來說有點奇怪不是嗎？大地方，人來人往，金錢轉手，但沒有錄影設備。」

「那是委員會的決議。」

「我們得知你本人就在委員會中。你支持不安裝錄影設備的決議嗎？」

「是的，我支持。」

「那會不會是因為，你跟你妻子一樣並不認同一個監視國家？」

「你介意別談我妻子嗎？」

他聽見了嗎？顯然沒有，他忙著咧。

「那麼，為什麼你沒有登錄他的資訊？」他質問，頭懶得從他膝上那本打開的檔案夾中抬起來。

「登錄誰？」

「艾德華．夏農。你的每週以及偶爾雙週羽球約會對象。情報局規定你得向人資處通報所有穩定接觸的對象，不論性別或活動性質。你的體育家俱樂部紀錄告訴我們，你在一段極為連續的期間當中，曾在不下十四個不同場合與夏農會面。我在想，你為什麼完全沒有登錄他的資訊。」

我擠出一個自在的微笑。只是擠出來的。「這個嘛，喬，我能認為這些年來已經跟幾百個對手打過球，有些人——怎麼？——還跟我打了二、三十次？我不敢想像你們會想要把這些人全部登錄在我的私人生活上。」

「你決定不登錄夏農嗎？」

「那不是我決不決定的問題。這個念頭根本沒進過我的腦袋。」

「如果你允許的話，我換個稍稍不同的說法，或許就能從你口中問出合理的答案。那是否——是，或不是——你個人有意識的決定，把艾德華．夏農當成一個穩定來往對象與『玩伴』而不予以登錄？」

「不介意的話請你說『對手』。不，沒登錄他不是個有意識的決定。」

「結果如你所見，你跟一位沒有登錄身分的已知俄國間諜來往長達數月。『根本沒進入我的腦袋』無法充分解釋這點。」

「我根本不知道他是個該死的俄國間諜，喬。對吧？你們也沒有任何人料到，雇用他的情報局也沒料想到。還是我搞錯了呢，瑪麗翁？或許貴情報局一向都知道他是俄國間諜，但從沒想過要告訴我們。」我暗指。

我的回擊石沉大海。在我身邊圍成半圈的親愛同仁們，不是盯著大腿就是盯著半空中。

「你曾經帶夏農回家嗎，奈特？」喬隨便問道。

「我究竟為何要帶他回家？」

「為什麼不會？你難道不想把他介紹給你妻子嗎？像她這樣善良又激進的女士，我想夏農應該會是她感興趣的對象。」

「我的妻子是一位有些名聲地位的忙碌律師，她才沒時間、也沒興趣認識跟我打羽毛球的任何人。」我猛烈駁斥。「根據你們的標準，她才不算激進。再說，這個故事沒有她出場的餘地。所以容我再說一次：請大發慈悲別再談到她。」

「夏農曾經帶你回家嗎？」

我真的受夠了。

「你我知道就好，喬。我們兩個在公園裡互吹喇叭吹得很爽。你想聽的就這個嗎？」我轉頭向布拉默。「蓋伊，看在老天份上。」

「是的，老伙計？」

「如果夏農是個俄國間諜——好吧，表面上看起來他顯然就是——那告訴我，我們坐在這房間裡、靠在椅背上、談論我的私事，這一切到底是在幹什麼？假設他玩了我——而他也玩了，對嗎？玩得我死去活來。就像他也玩了他自家情報局和每個人一樣。為什麼我們不問自己一些問題，像是當初究竟是誰相中他的才能、吸收他、在英國德國還是哪裡？然後那個一直跑出來的瑪莉亞是誰？那個假裝把他掃地出門的瑪莉亞究竟是誰？」

蓋伊．布拉默除了敷衍地點頭外沒有其他表示，回到他的質詢隊伍當中。

「他是個態度不佳的傢伙是嗎？你的夥伴。」他說。

「我的夥伴？」

「夏農。」

「他時不時就態度不佳，像我們多數人一樣。他很快就會改善。」

「但他為什麼對『丙』女的態度格外不佳？」他牢騷道。「他不惜惹不完的麻煩也要接觸俄國人。莫斯科中心的第一個念頭——只是我的猜想——認為他是個搖擺者。沒人能怪他這麼做。接著他們又再度考慮了他，判定他是一座金礦。達秋在街上招手攔下他，給他好消息，然後『丙』立刻進場為瑪莉亞的所作所為道歉，最後又跟他交涉破裂。那麼他臉幹麼還那麼臭？他應該都爽上天了才對。還假裝他不知道顯聖是什麼意思。最近每個人都看過顯聖，你不可能跨過哪條該死的馬路還不聽到誰誰又顯聖了。」

「或許他不喜歡自己正在做的事情。」我提議。「從他對我說過的一切來判斷，或許他還對西方有抱有倫理期待。」

「那干一切什麼屁事？」

「只是掠過腦海的想法，他清教徒的那一面或許認為西方需要懲罰，就這樣。」

「讓我搞清楚。你是要說西方沒有達到他的倫理期待，所以讓他不爽？」

「我是說或許。」

「所以他就跳到不吃苦頭就不懂倫理的普丁那邊。我有正確理解你的意思嗎？要我說的話，還真是一種古怪的清教徒思維，但也不是說我擅長這方面。」

「這都只是掠過腦海的想法。我不相信他做的就是表面這回事。」

「那你他媽相信什麼？」

「我只能跟你說，那個樣子不是我認識的那個人……曾經認識的。」

「他從來都不是我認識的誰啊，老天！」布拉默盛怒勃發。「如果叛徒沒有讓我們嚇到屁滾尿流，不就是沒他媽的盡到本分嗎？每個人都知道這個道理，你也應該知道啊。你過去還風光時也管理過幾個叛徒，他們可不會到處去跟阿貓阿狗宣傳顛覆思想。要是真的這麼做，下場不都很淒慘嗎？」

在這個節骨眼上——說是挫折、慌亂、自保本能自動覺醒都行——我不由自主想為艾德的行為發聲：如果我腦袋更加冷靜就可能會加以三思的一項舉動。

我選擇瑪麗翁。

「我只是在想，瑪麗翁，」我採用普露某個學究律師同僚的懷疑語氣，「夏農是否真有在任何法律意義上犯罪。提到最高機密代號文件的內容，從頭到尾也只有他宣稱自己瞄到的那一眼。他透露的是現實，還是他的一己幻想？他交出的其他資料看起來全是為了證明自己的可信度，但那些東西可能連機密也不是，甚至就各種意義來說毫不重要。我想說的是，由你們把他抓起來，嚴厲警告他不得再犯，再轉交給心理醫師，省去一堆麻煩，難道不是更好嗎？」

瑪麗翁轉向那個差點把我手握斷的龍套。他帶著某種驚懼盯著我看。

「你是認真的嗎？」他詢問。

我以這輩子前所未有的認真態度嚴正回覆。

「那麼請容我對你引述一九八九年《公務機密法》第三節如下：現任與曾任文官或政府僱員者，若未經合法授權洩漏國際關係相關之任何資訊、文件與其他物件造成損害者，為違法罪犯。夏農宣示不洩漏國家機密的正式誓言也寫成白紙黑字，此外他也有意識自己洩密後會發生什麼事情。總和而言，我認為我們要考慮的是在祕密法庭召開一場短短的審判，宣判他個十到十二年徒刑，認罪的話就是六年加緩刑，如果有必要還外加免費精神醫療介護。坦白說我認為想到這一招還不必動腦吧。」

我暗自發誓要能夠獨坐在空曠的等待室中一個小時以上，並保持心境超然自若。我不斷告訴自己要接受前提、接受現況，你醒來後狀況不會自己解除。艾德．夏農，「體育家」滿臉羞紅的新會員，害羞到需要靠愛麗絲牽線，是姐妹局登記在案的成員暨主動投靠俄國的間諜。出於某些尚待解釋的理由，他向你搭訕。優秀，經典，值得尊敬，幹得實在漂亮。他養你的關係、套你的瞎話、牽著你鼻子走。而他顯然早就知道，知道我是個退役事務官，還可能對東家心存芥蒂，所以也算養到能殺了。

那就來奉承我啊，老天爺啊！把我培養成你未來的情報來源啊！培養完成之後你要不下定決心引誘我，要不就把我交給你的俄國控制人求發展啊！那為什麼你沒這麼做？收買間諜的基本配對信號呢？信號在哪？你怎麼應付你那搖搖欲墜的婚姻，奈特？你有負債嗎，奈特？你覺得懷才不遇嗎，奈特？升遷名單跳過你嗎？他們有騙走你一分一毫遣散費和退休金嗎？你也知道教官都在灌輸什麼。每個人都有些軟處，吸收者的工作就是揪出那個軟處！但你該死的連揪都沒揪！從來沒有言語刺探，從來沒有擦邊暗示，從來沒有放手一博。

不管怎麼說，我們一同坐下時，你只是自顧自地大發政治牢騷，我就算想插嘴，連一個字都插不進去，你是怎麼有空放手一博？

我為艾德的說情之詞顯然沒有好好被我親愛的同仁們聽進去。別在意。我平復過來了。我冷靜。瑪麗翁表示她對被告有些問題，蓋伊・布拉默敷衍地點了個頭。

「奈特。」

「瑪麗翁。」

「你稍早表示你跟夏農對於彼此的受雇情況連最基本的概念都沒有，我理解得正確嗎？」

「恐怕完全不正確，瑪麗翁。」我快活地回答。「我們的概念相當清楚。艾德為某間他嫌棄不已的媒體帝國工作，我一邊幫老朋友的忙一邊搜尋生意機會。」

「夏農有明確告訴你他工作的單位是一間媒體帝國嗎？」

「花了很多篇幅。他對我透露自己在過濾新聞文章，再把這些端去給客戶。而他的老闆們——這個嘛——對他的需求有些漠不關心。」我補上一道微笑，時刻留意情報局彼此間關係順暢無礙的重要性。

「那麼可以說——當作你的故事成立——你們兩人的關係建立在對於彼此身分的互相錯誤臆測上？」她說下去。

「如果你想這麼說的話，瑪麗翁。基本上這不算議題。」

「因為你們彼此都盲目地接受了對方的臥底故事，你的意思是這樣？」

「盲目這個詞說得太重了。我們兩人都有充分理由不去過度追問。」

「我們從內部調查員那裡聽說你跟艾德華・夏農在『體育家』的男子更衣區域租了各自的置物櫃。這資訊正確嗎？」她既沒暫緩也沒道歉地問了下去。

「這個嘛，你總不會期待我們兩個人共享一個櫃子吧？」——沒有回答，也絕對沒有我期待的笑聲。「艾德有個櫃子。我有個櫃子。正確。」我繼續說著，在這極不恰當的時刻，心中描繪出可憐的愛麗絲被抖下床逼著打開記錄簿的畫面。

「有鑰匙嗎？」瑪麗翁問。「我是問你置物櫃是使用鑰匙而非密碼鎖嗎？」

「鑰匙，瑪麗翁。都是鑰匙，」我應和——從集中精神的短暫失魂中回神過來，「小支，扁的——大概跟郵票一樣大。」

「是你打球時放在口袋裡的鑰匙？」

「它們附有帶子，」我回答，艾德在更衣間為了首戰整裝的畫面流回我腦海中，「不是拿掉帶子把鑰匙放在口袋，就是留著帶子把鑰匙掛在脖子上。這是一種穿搭選擇。艾德跟我都會把帶子拿掉。」

「然後把鑰匙放在你的長褲口袋嗎？」

「我的話是放在側邊口袋，後口袋是保留給去吧檯要用的信用卡，還有二十鎊紙鈔以防我想付現，然後一些繳停車費的零錢。這有回答到你的問題嗎？」

顯然沒有。「根據你的行動紀錄，你過去曾使用羽毛球技巧作為吸收起碼一位俄國情報員的手段，並且以交換相同的球拍作為跟他進行祕密通訊的手法。你是接受建議才這麼做的。我說得正確嗎？」

「很正確，瑪麗翁。」

「所以這個假說並非不合理：」她繼續，「如果你有此意圖，理想上你會被分派到提供夏農貴情報局機密情報的的工作，並使用相同的掩護手法。」

我緩緩看了一圈半圓座位。珀西・普萊斯普通的和藹面容依然深鎖；布拉默、拉凡達、瑪麗翁的龍套亦然。葛蘿莉亞的頭歪向側邊，好像放棄聆聽。她的兩個下級精神鑑定師坐得聚精會神，身體前傾，雙手緊貼大腿，像是在進行某種生物交互作用。姬塔像個餐桌前的好女孩挺直腰桿。莫伊拉盯著窗外看，只是這裡沒有半扇窗。

「有誰要附個快樂的議嗎？」我質問，汗水跟憤怒從我的肋骨奔流而下。「根據瑪麗翁所說，我是艾德手下的情報員。我悄悄塞給他情報，讓他不斷輸送給莫斯科。我們是他媽全都腦袋壞掉了，還是只有我？」

沒人感興趣。出乎意料。我們收錢來跳脫框架思考，所以這就是我們在做的事情。也許瑪麗翁的理論不管怎麼說都不算新潮。天曉得。情報局過去有好一部分爛蘋果，也許奈特是另一顆。

但奈特才不是另一顆爛蘋果。奈特需要以淺白的英語告訴他們。

「好吧，各位。如果可以的話，告訴我。為什麼一個打從骨子裡支持歐盟的公僕，會把英國機密提供給俄國，偏偏是一個就他判斷而言，由惡貫滿盈、反歐盟、名為弗拉基米爾・普丁的暴君統治的國家？你們要是沒辦法為自己回答這個問題，那幹麼把我吊起來當他媽的沙包打？就因為夏農跟我羽毛球打得很好，喝過一兩杯啤酒聊過一些政治屁話？」

接著做點補充，儘管我判斷失準：

「噢，順便問，這裡有誰可以告訴我〈耶利哥〉是在幹麼？我知道它受代號保護，不能談論，我又沒權限；但瑪莉亞也沒有、『丙』也沒有，我猜莫斯科中心也沒有。所以我們也許能為這起特殊案件開個例外，既然我們都聽到是〈耶利哥〉打開了艾德的開關，然後也是〈耶利哥〉驅使他相繼投入瑪莉亞跟『丙』的懷抱。但我們到現在還是坐在這裡，假裝沒人說過那個該死的名字。」

我開始覺得他們都知道。在場每個人都有接受過〈耶利哥〉的相關作戰講解，只有我沒有……忘了這想法吧。他們就跟我一樣無知，還因為我提起了不可稱其名之物而處於震驚。

第一個恢復發言能力的是布拉默。

「我們需要再聽你說一遍，奈特。」他出聲。

「要聽什麼？」我問。

「夏農的世界觀。準確來說是他的動機。他對你噴過的所有屁話，關於川普、歐洲、整個宇宙，你顯然照單全收了。」

•

我在一段距離外聽自己說話，我似乎能聽到一切。我開始小心地說「夏農」而非「艾德」，儘管還是不時口誤。我表演艾德論脫歐、我表演艾德論川普，再也不確定我如何切換話題。我磨盡謹慎，把一切辛辣厥詞都怪在艾德頭上。反正這是他們要的艾德世界觀，又不是我的。

「就夏農看來，川普只是故意跟全地球的無能民粹政客及貪官污吏唱反調而已，」我用最不客氣的語氣宣稱。「在夏農觀點中，川普這個人連個屁都不是。只是個煽動政治演說家。但他作為這世界暗處有待被抖出病灶的症狀，則作為魔鬼的化身。你或許會說這是過分簡化的觀點，不可能每個人都這麼想，但大家內心深處都有一樣的感覺，尤其你還作為一個不可自拔的擁歐盟派。就像夏農一樣。」我堅定地追加最後一句，深怕我沒把我們之間的差異表達得足夠清楚。

我發出老套的誇張一笑，笑聲古雅地在無聲的室內迴盪。我選了姬塔，最安全的人選。

「你永遠不會相信，姬塔，但夏農某個晚上真的跟我說過，所有美國來的刺客看起來都是極右派的，實在恥辱。左派老早該為自己找槍手啦！」

無聲還能更小聲嗎？在這裡可以。

「你贊成那些話嗎？」姬塔替全室發問。

「幽默地、隨便地、一杯啤酒下肚、無意跟他做對、推論上來說，我跟任何人一樣同意這個世界沒有川普會好得太多。我甚至不確定他說過『暗殺』，可能是『幹掉』或『做掉』。」我還沒注意到手邊有瓶水，現在我發現了。辦事處原則上只喝自來水，如果看見瓶裝水就會是高層賞下來的。我為自己倒了一杯，喝了一大口，然後把蓋伊．布拉默當成議事程序的合理最後一人加以呼籲：

「蓋伊，媽的。」

他沒聽見。他埋首於 iPad 當中。最後他抬起頭：

「好了，各位。上頭有令。奈特，你現在就回巴特錫待在家，跟平常一樣等今晚六點的電話。姬塔，你接管『避風港』的權限立即生效：情報員、行動、團隊、全部的爛攤子。『避風港』從現在起離開倫敦總局的深淵，暫時併入俄國部門。署名布萊恩．喬登。他還在華盛頓埋頭苦幹，可憐的老傢伙。

還有誰想到其他事情嗎——沒人嗎？那就回去工作。」

他們結隊走出，最後留下來的是珀西．普萊斯。四個小時以來他沒吭過一聲。

「你還真是有些怪朋友啊。」他看都不看地評道。

•

我們家往北有間廉價咖啡廳，早上五點就開始供應早餐。至今我還無法告訴你當時沖刷我腦海的都是些什麼念頭，當時的我也同樣無法說明。我坐著喝咖啡，一杯接一杯，漫不經心地聽著工人用匈牙利語閒聊，內容對我來說就跟我自己的感受一樣無法理解。我結帳時已經是凌晨六點，接著我從後門溜進家裡，走上樓梯，在睡著的普露身旁偷偷躺上床。

17.

我不時自問，要是普露與我老早之前沒跟賴瑞與艾美約那場辦在大米森登的午餐，那個週六會如何演變。普露跟艾美以前是同學，此後一直是朋友。賴瑞是個知名家庭律師，年齡稍長於我，熱愛高爾夫球跟他的狗。這對伴侶遺憾膝下無子，當時他們在慶祝結婚二十五週年。本來預計只有我們四人出席午餐，之後到奇爾滕散個步。普露為他們買了一組包裝精美的維多利亞式絎縫床包組，還為他們的拳師狗買了某種磨牙玩具。由於看似永恆的熱浪與週六車潮預估會花掉我們兩小時，所以最晚要在十一點出門。

十點，我還在床上睡覺，於是普露貼心地為我端了一杯茶。她已經著裝完畢，卻完全沒驚醒我，我完全不曉得她醒來多久了。但我懂她，她應該在桌前花了好幾小時與大藥廠纏鬥，還為我中斷工作，讓人更加感恩。我的浮誇有憑有據。我們隨後的對話以料想得到的「你昨晚到底幾點進家門，奈特？」開始，我回以「天曉得，普露，反正晚得要命，隨便啦。」但我的聲音或表情中有某些東西被她摸透了；或是如我現在知道的，自我返英後，兩人平行生活的不相聞問，已經開始對她造成不良影響。她只是事後對我坦誠，她害怕對大藥廠發起的戰爭，也害怕辦事處老謀深算委任我向任何目標發起的戰爭，兩場戰爭不僅毫無互補之效，還把我們逼上對立陣營。這種焦慮加上我的外觀，觸發一段平淡卻深遠的交流。

「我們會去吧，奈特？」她帶著一種至今仍讓我不安的直覺問。

「去哪？」我回答得閃避，雖然我完全清楚要去哪。

「跟賴瑞還有艾美一起。他們的二十五週年。不然還有哪？」

「那恐怕不會是我們兩個一起去了，普露。你可能要一個人去了。要不問問菲比？她一定會馬上跟你出發。」

菲比，我們的鄰居，大概不是最出色的同行人選，但或許總比一個空位子還好。

「奈特，你病了嗎？」普露問。

「就我所知沒有。我在待命。」我盡可能頑強地回答。

「待什麼命？」

「辦事處的。」

「你待命的同時不能一起來嗎？」

「不能。我必須待在這裡。物理上的。在這間屋子裡。」

「為什麼？這間屋子怎麼了？」

「沒事啊。」

「你不能沒事空等。你遇到什麼危險嗎？」

「不是那回事。賴瑞和艾美都知道我神出鬼沒。我會打電話給他。」我豪爽地提議。「賴瑞不會多問。」——跟著一句無聲的潛台詞：又不像你。

「那今晚去看戲怎樣？我們有兩張西蒙・羅素・畢爾[37]的票，你還記得的話。正廳位。」

「我還是不能去啊。」

「因為你要待命。」

「我要接六點的電話。每個人都在猜那通電話打來後會發生什麼事。」

「所以我們就要為一通六點的電話等一整天。」

「我猜是。反正我得等。」我說。

「在那之前呢？」

「我不能離開屋子。布萊恩的命令。我被關禁閉了。」

「布萊恩說的？」

「本人從華盛頓直接下令。」

「那我想我最好打電話給艾美。」她在一陣考慮之後說。「或許他們也會想要戲票。我去廚房打給她。」

正當我以為普露終於對我耗盡耐心，她在這關頭上做出她一向會做的舉動：退一步，再辨認情況，準備著手修正。回來時她換上舊牛仔褲以及我們在滑雪假期買的那件傻氣小白花牌外套。她還微笑。

37 西蒙・羅素・畢爾（Simon Russell Beale, 1961-），英國演員，曾以其對戲劇的貢獻獲封為爵士。

「你有睡嗎？」她的問題讓我有點動搖。接著她坐在床上。

「沒睡太多。」

她摸了我的眉頭檢查有沒有發燒。

「我不是真的病了，普露。」我重申。

「你是沒有。但我在猜是不是辦事處找你碴。」她試圖讓這問題更像是在坦白她的內心憂慮，而非我的。

「差不多就是這麼回事吧。我想辦事處大概在找我碴。」我承認。

「有對你不公平嗎？」

「沒有。應該沒有。」

「是你搞砸了，還他們搞砸了？」

「兩邊都有一點。我只是跟不對的人牽扯上關係。」

「我們認識的人嗎？」

「不是。」

「他們應該不會來抓你吧？」

「不會。不是那種事情。」我向她保證，同時發現自己說起話來沒有我以為的鎮定。

「你的辦事處手機怎麼了？你平常都放床邊的。」

「應該在西裝外套裡，」我仍然處於某種欺人模式說著。

「沒有。我看過了。辦事處沒收它了嗎？」

「對。」

「什麼時候的事？」

「昨晚。今天凌晨。會議開了一整晚。」

「你氣他們嗎？」

「我不知道。我還在嘗試體會。」

「那就留在床上體會吧。你在等的六點電話大概會打來家裡。」

「一定會打來家裡，沒錯。」

「我去寄信給史蒂芙確定她沒有想在同樣時間想打通 Skype。你會需要全神貫注的。」她走到門邊時又改變心意，轉身回到床上的位置。「我能說幾句嗎，奈特？沒侵犯的意思，只是一小段任務宣示？」

「你當然能。」

她牽起我的手，這次不是要量脈搏。

「如果辦事處在搞你，」她說得相當堅定，「你又無論如何都決定要撐著，你都還有我無條件的支持，至死方休。去他的男孩俱樂部。我表達得夠清楚嗎？」

「很清楚。謝謝你。」

「相對的，如果辦事處在搞你，你又決定拍拍屁股走人，叫他們吃自己，退休金什麼的就見鬼去吧，那麼我們將就一點也還養得活自己。」

「銘記在心。」

「你也可以對布萊恩這麼說，要是有任何幫助的話。」她同樣堅定地補上這句。「不然我會去說。」

「保險起見還是別了，」我說——接著我們都不禁笑了起來，鬆了一口氣。

相愛的表達很少能感動旁人，但我們那天彼此訴說的事（尤其是普露對我說的）像一道呼召在我記憶中迴盪，宛如她一推就打通了兩人之間某道無形的門。艾德難以理解的行為舉止在我心中引發的渙散理論和草率直覺，像煙火般竄出又散逸；我喜歡想成是走過普露打通的那扇門，我才能將這些理論及直覺梳理出某些模糊意涵。

•

「我的一部分德國靈魂。」艾德喜歡在聽起來對他的血統而言過度認真、或流於說教時，露出抱歉的露齒微笑對我這麼說。

老是在說他的一部分德國靈魂。

達秋為了要攔下騎單車的艾德必須對他說德語。

為什麼？不然艾德真的會把他誤認為街邊醉漢嗎？

又為什麼我理應時時惦記「俄國、俄國」，我心中掛念的卻是「德國、德國」？拜託告訴我這個音癡，為什麼我每次在記憶中重播艾德與「丙」的對話，總有一種聽到音樂走調的感覺？

就算這些亂槍打鳥的問題沒有明確答案，就算這些問題只是加深我的疑惑，但歸功於普露的關懷，我在當晚六點還是感到更加鬥志高昂，比凌晨五點的那個我還更有能耐、更多得不得了的準備，去對付辦事處決定砸在我頭上的管他什麼鍋。

•

教堂時鐘六點整，我的手錶六點整，大廳裡普露娘家的老爺鐘六點整。倫敦大旱裡又一場被曬乾的傍晚。我穿著短褲涼鞋坐在樓上書房，普露在院子裡為她萎靡的可憐玫瑰澆水。鈴響，但並非家用電話，而是前門。

我才起身，但普露先過來了。我們在樓梯中間相遇。

「我想你最好換上更有敬意的衣服，」她說，「外面有個開車的大人物說他來抓你了。」

我到落地窗前往下窺探。一輛黑色福特雙門 Mondeo，以及靠在車上享受一根安樂菸的亞瑟。他是布萊恩·喬登長久以來的司機。

教堂聳立於漢普斯特丘陵頂端，亞瑟在那兒放我下車。布萊恩從來不贊成自己屋外有人車來往。

「你應該知道怎麼走。」亞瑟說著直述句而非問句。這是他在「你好，奈特。」之後第一次開口。

「對，亞瑟，很清楚，感謝。」

打從我還是莫斯科情報站新手、普露還是情報局配偶那時起，布萊恩與他美麗的中國妻子陳雅、三個極富音樂天分的女兒與一個沒規矩的兒子，就已經住在這幢俯瞰漢普斯特高地的十八世紀山頂大宅。要是我們從莫斯科被召回英國進行腦力激盪，或者回國渡探親假，高聳柵門與門鈴按鈕後頭的這壘古樸磚砌建築，就是我們齊聚一堂，享受美好家庭晚宴的所在。他的女兒會表演舒伯特藝術歌曲，我們當中最勇敢的那個會跟著唱；若耶誕來臨，唱的就會是牧歌，因為我們所說的這布萊恩一家都是舊教徒，潛伏在門廳陰影中的十字架，上面基督也會這麼告訴你[38]。我參不透，為什麼偏偏是一個威爾斯人變成虔誠的羅馬天主教徒[39]，但這件事就跟這個男人本身一樣令人費解。

布萊恩與陳雅比我們年長十歲。他們才華洋溢的女兒們舞台生涯也都發展已久。布萊恩在門階上以一如既往的溫暖招呼我，同時向我解釋陳雅去舊金山探望她年事已高的母親。

「那老妞上週就活滿一世紀了，但她還在等女王發一通該死的電報、或是她近年來會發的任何東西給她。」他笑鬧地抱怨著，帶我走過跟火車車廂一樣綿長的門廊。「我們跟善良老百姓一樣提出申請，但陛下不大確定她生於中國，又住在舊金山，到底符不符合資格。此外，可愛的內政部還搞丟了她的檔案。要我說的話，這都只是冰山一角。這整個國家都在失控抽搐。每次你回國會注意到的第一件事總是：一切都不管用、一切都急救章。如果你還記得的話，就是我們當年在莫斯科會有的那種感覺。」

當年指的是冷戰，布萊恩的批評者說他至今還在打的那場冷戰。我們走向寬敞客廳。

「我們現在淪為我們摯愛的盟邦與鄰國的笑柄。要是你還沒注意到的話。」他歡快地繼續說著。「連水果攤都開不起來的一幫後帝國懷舊分子[40]。你有這種感覺嗎？」

我說，深有同感。

「顯然你朋友夏農也有同感。也許這就是他的動機：*羞恥心*。有想到嗎？*國恥*涓滴而下由個人承擔。這套能說服我。」

我說，也是個想法，雖然我從來沒把艾德視為國族主義者。

挑高天花板、龜裂皮革單人沙發、黯淡的聖像、古中國貿易時期工藝品；凌亂堆放的老書，頁間插著紙條；壁爐上一張裂開的木製滑雪板；我們的威士忌、蘇打水和腰果下墊著一張巨大銀製托盤。

「該死的製冰機也出毛病了，」布萊恩驕傲地對我保證。「也是。你到美國各地，每個傢伙都會幫你加冰塊。我們英國人連那玩意都做不出來了。也是意料之內。不過你應該還是不加冰塊吧？」

---

38 英國新教徒的十字架上不會出現基督像，但天主教徒的會。

39 威爾斯普遍信仰新教。

40 脫歐後，英國與歐陸間農產品進出口會受嚴格管制。

他記得正確無誤。一向如此。他斟了兩杯三桶陳蘇格蘭威士忌，沒讓我喊停。他塞了一杯給我，用一道耀眼微笑示意我坐下。他自己也坐下，對我放送不懷好意的友善。他在莫斯科時比實際年齡成熟，現在青春終於大大趕上他的腳步。水藍色的眼睛閃爍著半人半聖的光芒，但現在更加燦爛有神。他在莫斯科就是這麼生機勃勃地演出文化交流參事的臥底身分，對著茫然的俄國聽眾講授諸般博學話題，讓他們差點相信他就是個清白的外交官。他的臥底，老天，還差他的信仰一點。布萊恩佈起道來就跟別人講八卦一樣。

我問候了他家人，他說女孩們都飛黃騰達，安妮在柯陶德[41]，伊萊莎在倫敦愛樂——對，當然是大提琴，我能記得真厲害——有一群已出世或將出世的孫兒。一切都讓人快活無比，緊眨雙眼。

「托比呢？」我小心翼翼地詢問。

「噢，一敗塗地，」他帶著不屑的興味盎然回答，這口吻適用於所有壞消息，「完全沒希望。我們幫他買了一艘二十二呎長的船及所有配件，安排他擺脫法爾茅斯[42]，我們最後一次聽說他的消息，是他在紐西蘭給自己惹了一屁股麻煩。」

短暫緘默以示憐憫。

「華盛頓如何？」我問。

「噢，老天，他媽的一團糟，奈特。」——他的嘴角更加上揚——「內戰像麻疹一樣到處爆發，你永遠不知道誰站在哪一邊，又會站多久，也不會知道誰明天會被炒魷魚。沒有人是作壁上觀的湯瑪斯・沃爾西[43]。才幾年前我們還是歐洲的美國人——好吧，這有好有壞，不總是那麼自在——但我們就是一夥的，雙雙身處歐元區外，感謝老天，而且才沒做著統一口徑的外交政策、國防政策或其他之類的春夢。」緊眨雙眼，幸災樂禍地大笑。「那就是我們過去給你的與美特殊關係。爽吸美國權力的奶子吸到射。現在我們是什麼關係？隊伍都排在德國佬和法國佬後面了，能分我們權力的少了他媽的多。整個災難。」

他和氣地呵呵笑，幾乎沒騰出空檔就前往下個好笑話題。

「順便一提，我對你朋友夏農講的唐納還滿有興趣的：他享盡民主的好處，又要毀掉民主。我不太確定那是不是事實。川普的重點就在於他是個道道地地的幫派老大，從小到大就是被栽培來幹翻公民社會的，而不是成為其中一分子。是你的夏農小子把這件事說錯了，還是我說得不公道？」

對川普不公道還是對艾德不公道？

「可憐的小弗拉基．普丁就沒受過半點民主如廁訓練。」他不可自拔地繼續。「這點我同意他。他生為間諜，依然為間諜，還有隨時要發作的史達林妄想。他每天早上起床都會驚訝西方竟然還沒先發制人把他殺得片甲不留。」他先嚼了一把腰果，又若有所思地喝了一口威士忌把腰果沖下肚。「他還真是個幻想家，可不是嗎？」

---

41 倫敦大學柯陶德藝術學院（The Courtauld）。

42 法爾茅斯（Falmouth），英國西南部康瓦爾郡的一處海港，造船業和旅遊業發達。

43 湯瑪斯．沃爾西（Thomas Wolsey, 1473-1530），亨利八世的重臣，曾以外交手段離間在歐陸上的世仇法國與哈布斯堡家神聖羅馬帝國。

「誰?」

「夏農。」

「我猜是吧。」

「哪一種?」

「不知道。」

「真的不知道?」

「真的。」

「蓋伊．布拉默想出一個『狹怨相幹』理論。」他繼續說，像個調皮男孩一樣因為這個詞而雀躍。「之前聽過嗎?『狹怨相幹』?」

「恐怕沒聽過。最近只聽過連環爆幹，沒聽過狹怨相幹。我在國外太久了。」

「我也沒聽過，我還以為我早就聽說過所有事情，但蓋伊很專心在講這套。一個進行狹怨相幹任務的人，是說這個人跟對方——在此例中是母國俄羅斯——上床的唯一理由是：我恨你，但我更恨我太太。這就叫狹怨相幹。這能套用在你家男孩身上嗎?你個人怎麼解讀?」

「布萊恩，我個人的解讀是：我昨晚遭了一頓痛打，先是夏農，接著是我摯愛的親友同事，所以我還有點疑惑自己怎麼會出現在這裡。」

「也對，他們是真的有點太過分了。」他以一貫的廣納百川態度同意，「但這麼一來不就沒半個人知道自己現在在哪裡？整個國家都他媽沒了秩序。或許這就是解讀他的線索。英國在地上摔成碎片，一位隱僧想要尋求某種絕對一體，無懼於這種絕對一體會牽涉到絕對背叛。但他並未嘗試炸掉國會大廈，而是偷偷奔向俄國人。有可能嗎？」

我說一切都有可能。一陣更久的緊眨雙眼，迷人的微笑對我警告他即將挺進危機四伏的地帶深究。

「那告訴我，奈特。只告訴我。你作為夏農的導師、告解對象、代理老爸，或等等之類的角色，你在發現自己的年少門徒一聲不響地接近自負的『丙』時，私下作何反應？」——斟滿我的威士忌。「你一個人坐在那裡，對所見所聞大感驚奇時，你私事與公事的腦袋裡各想到了什麼？別花太多力氣思考，想到就說。」

以往與布萊恩閉門獨坐的時候，我一定會對他卸除所有心防。我甚至可能告訴他，我呆坐聽著瓦倫緹娜的聲音，幻想自己偵測到她腔調中有種並非喬治亞語或俄語的干擾顯現：是種模仿，沒錯，並非原本具備的特徵。這勉強能充作答案的想法，在白天等待中的某個時刻流入我腦海，不似令人目眩的轟然天啟，而像戲院的遲到觀客踮著腳尖在半明半暗的走道上緩緩前進。

在我記憶中最遙遠的地方，我聽見母親察覺我怠慢的憤怒語音響起，說的是一種她在現任情人聽過以前就匆匆拋棄，但瓦倫緹娜——「丙」並未從語音中切割出去的德語腔調。在我耳裡沒有，但她在假裝自己有。她對英語強加德語頓挫，藉此洗刷既有腔調中的俄語——喬治亞語污漬。

雖然這些大膽想法這更像幻想而非實情，內心深處某個聲音還是告訴我，無論如何都不能讓布萊恩聽到。這會是某個我目前還不明白的密謀在我腦海中萌芽的一刻嗎？我時常這麼認為。

「我當時應該覺得，布萊恩，」我回應他那關於我兩顆腦袋的問題，「夏農應該是某種精神崩潰發作。精神分裂、大幅度躁鬱，或其他什麼心理醫師會想到的詞。這麼一來，我們這些門外漢想把理性動機套用到他身上，是在浪費時間。當然他得有個契機、一根最後的稻草，」——我幹麼說得這麼遠？「他的顯聖時刻，老天。他拒絕承認自己看過的那個顯現時刻，我們以前會說實際上讓山米逃跑的那個理由。[44]」

布萊恩依然用微笑鼓勵我繼續涉險，不過笑得跟石頭一樣僵硬。

「我們先換個話題好嗎？」他問得平淡，好似我沒說過剛才那些話。「今天早上，莫斯科中心要求夏農一週後進行第二次會面，而夏農同意。中心的倉促貌似有失謹慎，但對我來說卻傳達出全面的專業判斷。長期而言，他們畏懼自己的情報來源——誰不怕呢？也就是說，我們必須同樣加快腳步。」

一陣不由自主的憤怒推了我一把。

「你一直把『我們』說得好像一件已經確定下來的事，布萊恩。」我用我們家常的明白歡快語氣抱怨。「我覺得有點難以忍受的地方是，所有進度和資訊都刻意繞過我。我是『星塵』的發起人，可別忘了。為什麼沒人持續向我報告我自己發起的行動進度？」

「一直都有人在對你報告啊，孩子啊，就是我啊。對情報局其他人來說，你已經走入歷史，這也合情合理。如果我照我的方法來，你也不可能得到『避風港』。時代在變，你的年紀已經岌岌可危，一直都是，只是現在才顯露老態。普露還好嗎？」

她要我向你轉達祝福，謝謝你，布萊恩。

「她知情嗎？這些夏農的事。」

「沒有，布萊恩。」

「繼續保持。」

「遵命，布萊恩。」

繼續保持？繼續對普露隱瞞艾德的事？今天早上才宣示無條件的忠誠，就連我都感動到差點叫辦事處滾邊去的那個普露？作為辦事處所能奢望的最佳軍人配偶，從來沒有一字一句背叛過辦事處信任的那個普露？現在偏偏就是那個布萊恩在告訴我她不值得信任？去他的。

「我們的姐妹局當然也疾呼要求懲處夏農，你絕對毫不意外。」布萊恩說。「逮捕他、踢走他，以儆效尤，然後每個人都獲頒獎章。結果：一樁什麼也沒幹成的國恥，還讓我們在脫歐脫到一半的時候看起來像群白痴。所以就我看來，我們得把這個選項直接選抽掉。」

又是「我們」。他端了一盤腰果給我，我抓了一把順他的心。

「橄欖？」

不，謝了，布萊恩。

44 美國一九四一年出版的小說《山米在逃什麼？》（What Makes Sammy Run?），描述主人公山米一路全靠欺騙及背叛，逃離貧民窟，並在好萊塢翻身成功的故事。

「你以前很愛吃。卡拉瑪塔[45]來的。」

真的不必，謝了，布萊恩。

「下個選項。我們把他拉進辦事處總部，對他施展古典引誘。好啦，夏農，你是完全曝光的莫斯科中心間諜，所以你現在必須受我們掌控，不然你就完蛋了。你想這招會有效嗎？你了解他，但我們不了解，他待的部門也不。他們以為他有個女友，但就連他們也不太確定。也可能是個男友。可能是他的室內設計師，就說來幫他整修他的公寓，然後拿他的薪水付房貸買下樓上那戶。他這麼對你說過嗎？」

沒有，布萊恩，他沒有。

「他跟你說他有個女友嗎？」

沒有，布萊恩。

「那麼也許他就沒有。有些傢伙能自己解決，別問我怎麼解決的。也許他就是那少數人之一。」

也許他是，布萊恩。

「那你認為給他來場古典引誘的最可能結果是什麼？」

我給出這道問題應得的考慮。

「最可能的結果，布萊恩，是夏農叫你們滾。」

「為何如此？」

「跟他打羽毛球看看啊。他會寧願被真刀真槍擊垮。」

「我們又不是在打羽毛球。」

「艾德不會屈服的，布萊恩。如果他認為一件事比自己重要，才不會為了挽救面子而去奉承或讓步。」

「那麼他打算殉道囉。」布萊恩滿意地做出觀察，好像認出了一條常有人跡的小徑。「同時間，我們也要展開平常的拉鋸戰，決定誰來擁有他的屍體。是我們發現他的，因此只要我們還在玩他，他都是我們的。一旦我們不再利用他，那就遊戲結束，然後我們的姐妹局就會來耍些邪惡手段。那就讓我問問你。你還愛他嗎？不是肉體上的。真正地愛他？」

這就是你的布萊恩．喬登，你只能渡過一次的那條河。魅惑你，傾聽你的苦水與建言，從不吼叫、不批判，一向超然物外，帶著你逛大觀園，直到他連你呼吸的空氣都掐在手裡，接著才捅你一刀。

•

「我對他很著迷，布萊恩。或說在這一切爆開來之前曾經。」我長飲一口威士忌後輕輕地說。

「就像他也對你著迷一樣，孩子。你能想像他對別人用對你的口氣說話嗎？我們能利用那點。」

「但要怎麼利用，布萊恩？」我扮演一位好門徒，帶著認真的微笑追問，儘管在布萊恩喜歡說成是我私事腦袋的空間裡，彼此矛盾的聲音在高聲合唱。「我一直在問你，但你不知怎麼不太能回答重點。

45　Kalamata，位在希臘南方的高級橄欖產地。

這套算盤裡的『我們』是誰？」

耶誕老公的眉毛抬到極限高度，對我報以最開朗的微笑。

「噢，我親愛的孩子。就你跟我，還會有誰？」

「敢問我要做些什麼？」

「你一直以來最擅長的那些事啊！想辦法跟你的人套交情。你已經完成一半了，算準時機再繼續後面一半。告訴他你是誰，指出他手法的紕漏，冷靜地、平淡地，然後逼他投誠。當他說『好，我會的，奈特』的那一瞬間，在他脖子上安好轡繩，溫柔地把他牽進圍欄裡。」

「把他溫柔地牽進來之後呢？」

「我們把他耍回去。讓他在白天正職繼續死幹活幹，餵他精心捏造的錯誤資訊，送進莫斯科的通信管道。他能撐多久我們就管理他多久，只要我們玩他玩到膩了，就讓姐妹局吹著大義的號角把『丙』的情報網一網打盡。你會得到長官表揚，我們會在頒獎時為你歡呼，你也為算你的年輕朋友做了最好的處置。好啊，少一分則不忠不義，多一分遭興師問罪。現在聽聽這個。」他不讓我有機會能拒絕，精力充沛地滔滔不絕。

•

布萊恩不需要小抄，他從來沒用過。他現在並非用辦事處手機對我洋洋灑灑打出一串事實與數字。

他毫無停頓、皺眉，不為哪個被遺漏的惱人細節索盡枯腸。這是一個在羅馬的蘇聯研究學院只花整整一年學會流利俄語、又花了零碎時間把華語專長加進履歷的男人。

「過去這九個月，你朋友夏農向他的雇主正式申報了總共五次前往歐洲國家派駐倫敦使館的出訪紀錄。法國大使館兩次，單純參加文化活動。德國大使館三次，一次是德國統一日[46]、一次是英籍德語教師的頒獎典禮、另一次則是出於不明社交目的。你剛說了什麼吧？」——他突然冒出一句。

「我只有聽著，布萊恩。只有聽著。」

就算我說了什麼，也只是在心中說出來。

「他所有此類出訪都得到所在部門許可，我們大概不會知道他是在事前還是事後申報，但日期都有加以紀錄，在這裡，你可以看一下。」——他從身旁變出一個拉鍊資料袋。「還有一筆未加解釋的電話紀錄，從霍克斯頓某個電話亭打進德國大使館。他要找旅遊部門的布蘭特女士，而對方正確地回覆他們那裡沒有什麼布蘭特女士。」

他停頓，但只是確認我還在聽。他不必操這個心，我只是嚇呆了。

「因為街道監視器對我們敞開心房，我們還得知夏農昨晚前往『乙地』的騎行途中，停下來在某間教堂裡坐了二十分鐘。」——不可自拔的微笑。

「哪種教堂？」

---

46 十月三日。

「低教堂[47]，近年依舊對外敞開大門的唯一一種教堂。沒有銀器、沒有宗教畫、沒有半件值錢的聖遺物。」

「他跟誰說過話？」

「沒人。那裡有一對街友，兩個都是真貨，隔著走道還有一位穿黑衣的老男大姐，還有一位教堂司事。據司事所言，夏農沒有下跪，就坐著。然後走出去騎著單車離開。那麼，」——他重整態勢——「他去那邊幹麼？對造物主呈獻靈魂嗎？他選了一個他媽古怪的時機，我是這麼覺得，但每個人看法不同。還是他在確認自己沒被跟蹤？我傾向於第二種看法。你覺得他是為了什麼去拜訪法國及德國大使館？」

他再次斟滿我的杯子，心急地往後一坐，等待我的答案——雖然我盡力了，但我一時之間想不出任何答案。

「這個嘛，布萊恩。或許換個玩法，從你先說吧。」我玩著他那套本人也樂在其中的把戲如此提議。

「我覺得他是去大使館佈網，」他滿意地回答。「嗅出最精華的那一絲情報，再餵給他的俄國癮君子。他的天真或許是演給『丙』看的，但就算他當下的笨拙不是演出來的，在我看來他入行資歷也已數以年計。換你吧。想問多少就問。」

我只有一個問題想問，但本能要我先挑軟柿子開刀。我選擇阿多．川奇。

「阿多！」他驚呼。「我親愛的上帝啊，阿多！下地獄啦。正在休長度未定的園藝假[48]，沒有變通方案。」

「為什麼？他的罪狀是什麼？」

「當初被我們吸收進來——這是我們的罪狀。有時候我們親愛的辦事處就是太喜歡偷雞摸狗了。他自己的罪狀，則是結婚對象階級比自己上流太多。另外他在做些見不得人勾當的時候，還被一群暗網的扒糞記者逮個正著，儘管他們搞錯了好些細節，但正確的部分太多了。順便問一下，你在跟那個拋棄我們的女孩子打炮嗎？芙洛倫絲？」——帶著最羞澀的微笑。

「我沒跟芙洛倫絲打炮，布萊恩。」

「從來沒有？」

「從來沒有。」

「那幹麼在電話亭打電話給她，還帶她上館子吃晚餐？」

「她拋下了『避風港』，棄手下情報員於不顧。她只是個心有迷障的女孩子，我覺得我應該跟她保持聯絡。」藉口太多了，但別介意。

「好吧，那從現在起要更小心。她犯規了，你也是。還有其他問題嗎？花多少時間想都行。」

47 即不舉行儀式的英國新教教堂。

48 園藝假（gardening leave），指因利益衝突而不允許經辦公務，或接近辦公室的支薪假。通常是在被其他單位挖角後，因利益衝突而使人放的假。

我花了一些時間。又花了更多時間。

「布萊恩。」

「孩子？」

「〈耶利哥行動〉究竟是什麼鬼？」我問。

•

代號文件的神聖性很難傳遞給不信者。代號本身經常半途變更，以混淆敵方視聽，與內容具有同等機密程度。掌握任務情報的少數成員在局外人耳力能及之處說出代號，在布萊恩的辭典裡算是一條滔天大罪。然而我偏偏就是在質問俄國部門的當家：〈耶利哥〉究竟是什麼鬼？

「我是說，老天，布萊恩，」我無畏他僵硬的微笑繼續說，「夏農只是在那玩意從影印機出來的時候瞄到一眼，事情都發生了。不管他看到、或自以為看到的是什麼，也都被他看到了。萬一他叫我一起動手，那我該說什麼？跟他說我完全不知道他在說什麼？這才不是指出他手法的紕漏，也不是把轡繩安在他的脖子上溫柔地牽進門。」我更加猛烈：「夏農清楚〈耶利哥〉的全貌——」

「他自以為清楚。」

「——莫斯科也清楚。『丙』顯然因為〈耶利哥〉興奮起來才親自接下工作，還讓莫斯科提供完整支援團隊。」

他的嘴角看似出於贊同而更加上揚，但雙唇依然緊閉，彷彿堅決不讓一言半語通過。

「是一段對話。」他最後終於脫口。「大人物之間的一段對話。」

「哪些大人物？」

他無視這個問題。

「我們是個分裂的國家，奈特，你很快就會發現。全國老百姓的分裂，清楚地反映在我們主人的分裂上。沒有哪兩個大臣會在同一天站在同一邊，他們交辦的情報需求隨時浮動、甚至於相互抵觸的地步，也並不讓人意外。畢竟思考不可思考之物是我們職責的一部分。我們這些俄國老手都坐在這房間裡思考不可思考之物多少回了？」

他試圖撈出一句格言。一如既往他撈到一句：「路標不會朝自己指的方向走，奈特。我們這些謙卑的凡人必須自己選擇走去哪，路標才不負責我們的決定，可不是嗎？」

是的，布萊恩，是也不是。不管是不是，你現在就是在哄騙我。

「但我能假設你就是ＫＩＭ／1嗎？」我提出。「因為你是駐華盛頓分處的主任。還是說這個假設太離譜了？」

「孩子啊，你想怎麼假設就怎麼假設。」

「但你準備告訴我的全部就這些嗎？」

「你還需要知道什麼？有些一鱗半爪能給你，代表你該知道的就是這麼多。你問的最高機密對話是我們跟我們美國表親之間的對話，目的在於讓兩方最高層摸索彼此意向，由情報局擔任中介。討論中的一切都是假設性的，沒有任何拍板定案的內容。夏農的證詞表示自己看到某份五十四頁文件無關痛癢的一部分，並記了下來，大概記得不正確，然後自己導出偏誤結論，接著就把這偏誤結論轉達給莫斯科。他看到了哪個無關痛癢的部分，我們也毫無頭緒。他已經被逮個正著——或許可說是你的功勞，即使那並非你原本的目的。你不需要跟他進行什麼辯論，只要亮鞭子給他看，告訴他一旦逼不得已你就會揮鞭。」

「我能知道的全部就這些嗎？」

「已經比你需要的還多了。有一瞬間我讓情緒戰勝了理智。將就吧。這是僅限我們兩人的一對一對話。我這陣子會搭機往返華盛頓，我在機上時你找不到我的。」

那句突兀的「將就吧」伴隨著某樣金屬物件摔到兩人間酒桌上的撞擊聲。那是一支銀灰色的智慧型手機，跟我以前交給手下情報員的型號完全一樣。我看著它，然後看著布萊恩，又看著那支智慧型手機。我表現得不情不願拿起來，在布萊恩的雙眼盯著之下把它收進我的外套口袋。他的表情柔和下來，嗓音重拾溫柔親切。

「你會成為夏農的救星，奈特。」他安慰我這麼說。「沒有別人能對待他有你一半親切了。如果你覺得猶豫，想些替代方案。要我把他轉給蓋伊．布拉默嗎？」

我想到了些替代方案，不過跟他腦中想到的那個不太一樣。他站起來，我也跟著站起來。他握住我的手臂。他以前常這麼做。他對自己以肢體接觸來聯繫情感這點頗為自豪。我們沿著那條車廂走道展開漫長的返途跋涉，路經園上花邊的喬登家列祖列宗肖像。

「除此以外全家都好嗎？」

我告訴她史蒂芙訂婚並準備結婚了。

「我的老天，奈特，她才不過九歲吧！」

兩人相視咯咯笑著。

「然後陳雅開始大力投入繪畫。」他向我報告。「她即將在柯克街辦一場巨型畫展，千真萬確。不再有可怕的粉彩，不再有可怕的透明水彩和不透明水彩，只展油畫及胸像。你們家普露以前對她的作品頗有好評，我記得。」

「她現在還是。」我忠實地回答，儘管這對我來說是全新消息。

我們面朝面站在門梯上。或許我們都有個此後不會再相見的預感。我翻遍腦海想找一個無關緊要的話題，而布萊恩一如既往早我一步：

「你也不必為了阿多勞心費神，」他輕笑著勸我，「那男人生命中經手的每一件事都搞砸了，所以他之後會很受歡迎，或許早就找到一個安全的國會席次，現在就等他入主。」

我們睿智地嘲笑了世事歹毒。握手時他以美式作風拍了拍我的肩膀，跟著我走下法律規範的階梯一半高度。那輛 Mondeo 停在我面前。亞瑟把我載回家裡。

•

普露坐在筆電前，瞥了我的臉一眼，她不發一語起身，開了溫室通往花園的門鎖。

「布萊恩要我吸收艾德。」我在蘋果樹下告訴她。「我跟你說過的那男孩子。我的定期羽球約。那個話很多的人。」

「到底吸收他能幹麼？」

「當雙面間諜。」

「要接應誰還是什麼？」

「俄國目標。」

「那他不是應該先從單面諜當起嗎？」

「技術上來說他已經是了。他是我們姐妹處的高階文書助理。他輸送機密給俄國人被當場逮個正著，但他還不知道。」

一陣漫長沉默之後，她以自己的專業精神作為掩護：「那麼一來，辦事處必須蒐集正反兩面所有證據，並提交皇家檢控署，並於公開法庭接受陪審團公平審判，而不是抓他的朋友來霸凌或放黑函。我相信你應該有告訴布萊恩你不玩這套。」

「我其實告訴他我會下手。」

「為什麼？」

「我想艾德惹錯人了。」

18.

蕾娜特一向早起。

週日晨間七點，太陽昇起，我途經攝政王公園枯焦苔原，大步向北前往月見草村，熱浪毫無停歇的跡象。根據我的研究（在普露的而非我的筆電上進行的。普露在旁睜隻眼閉隻眼地旁觀。出於對情報局的不移忠誠，加上情有可原的閉口不談過往踰矩，我沒對她完整講解任務），我要找的是一區翻修得美輪美奐還附管理員的維多利亞式公寓。我本來會感到意外，因為外交人員喜歡群聚在母艦附近，就蕾娜特來說，指的是貝爾格雷夫廣場上的德國大使館。但就連她在赫爾辛基當德國情報站副手與我的副手合作那時，她也堅持在合理範圍內住得盡量遠離（她會說成盡量免於接觸）Diplomatengesindel（外交官鼠窩）。

我走進月見草村。莊嚴肅靜主宰了刷成粉色調的愛德華式別墅群。某處教堂鐘鳴，然而響得羞怯。一位勇敢的義式咖啡吧老闆搖下條紋遮雨棚，金屬嗚噎聲對仗著我的腳步迴響。我右轉再左轉。貝利沙公寓是一座盤踞在死巷底部陰影處的六層樓灰色磚砌建築，一道石階通往華格納式的拱頂柱廊，黑色雙扇門緊閉，謝絕一切訪客。這些翻修得美輪美奐的公寓只有門牌號碼而沒有住戶名牌，唯一的門鈴名牌寫著「門房」，然而一張失禮的手寫字條夾在後頭寫著「週日別按」。只有鑰匙主人能進入大門，而那門鎖出人意料竟然是插孔式的，隨便一個辦事處的賊幾秒之內就能打開，我則需要稍微久一點，但我沒有開鎖鉤。鎖孔蓋因為長期使用而刮花了。

我走到死巷的向陽處，對櫥窗陳列的童裝擠出有興趣的樣子，同時盯著櫥窗倒影中的雙扇門。就算是貝利沙公寓，也總該有哪個住戶會需要來趟晨跑吧。雙扇門的其中一扇打開，只不過不是為了晨跑住戶而開，而是一對身著黑衣的年長夫婦，我猜他們準備上教堂。我趕忙過街走向他們，放心地叫出一聲：我得救了。我像個大白痴一樣把我的鑰匙留在樓上了，我這麼解釋。他們笑了。哎呀，他們只對自己人笑——什麼時候的事兒啊，親愛的？我們分開，他們快速走下石階時還在互相呵呵笑著，我則沿著一條無窗的走廊前進直到左側最後一扇門，就在通往花園的門前。蕾娜特喜歡住在後門逃生方便的一樓大公寓，在赫爾辛基如此，在倫敦亦然。

八號門上有一片拋光黃銅信箱蓋。我手中的信封收件人只寫「給蕾妮」，並標明為私人信件。她認得我的筆跡。她喜歡我叫她蕾妮。我把信封送進信箱蓋，敲了信箱蓋使其開闔數次，按了門鈴就快速沿著走廊回到死巷，左轉再右轉回到主街，經過咖啡店時還跟義大利老闆揮手說了聲「嗨」，再穿越街道，走過一道鐵閘門，然後登上在我面前高起如一道乾裂的菸草棕色圓頂的月見草丘。丘頂有穿著鮮豔的印度一家人嘗試升起一張四邊形大風箏，但風弱到連我坐的長椅四周枯葉都翻攪不動。

我等了整整十五分鐘，到第十六分鐘我幾乎要放棄。她不在、她出門跑步、她跟一個情報員情人在一起、她前往愛丁堡或格林德伯恩參與其中一趟文化之旅或任何她的臥底身分需要她露面握手的場合、她在最愛的敘爾特島海灘上逍遙。接著是更令人難堪第二批可能性：她可能有個丈夫或情人住在那裡，從她手上一把搶過那封信，接著準備登上丘陵來抓我。只不過在這個時間點爬上丘陵的不是前來復仇的丈夫或情人，而是蕾娜特本人，她的雙拳在結實矮短的身體上到處敲著，一頭金色短髮隨著步伐躍動，藍色眼珠燒著熾熱火光，一位迷你版的女武神即將前來告知我將在戰鬥中死亡。

她看到我就換了一條路線，徒留踢起的一陣塵土。她靠近時，我出於禮節站起來，但她掠身而過，一屁股坐在長椅上，怒瞪著等我在她旁邊坐下。在赫爾辛基時，她說著合理的英語和更好的俄語，但要是熱情占據了她的內心，會把英語俄語都丟到一旁，重拾她老家北方德語的自在。從她的開場白聽來，很明顯，自我八年前在波羅的海岸邊某間嘎嘎作響、有著雙人床與柴爐的小屋裡，耗費許多週末跟她做愛那時聽過相比，她的英語已有大幅進步。

「你是瘋透了嗎，奈特？」她流利地質問，怒目抬頭瞪我。「你究竟是什麼意思？私密——只能聽又不錄音的談話？你是想吸收我，還是想跟我睡？我對兩種提案都毫無興趣，你可以跟派你過來的不管哪位這樣說，因為你整個離經叛道，而且各方面都讓很我難堪。了解？」

「了解，」我應和，接著等她情緒穩定下來，因為蕾妮特內在的女人老是比她內在的間諜還衝動。

「史蒂芬妮還好嗎？」她暫時平復並詢問。

「比還好更好，謝謝你。她終於苦盡甘來，訂了婚準備結婚，你敢相信嗎。保羅呢？」

保羅不是兒子，蕾娜特很難過沒生小孩。保羅是、或說曾是她丈夫：半是中年花花公子，半是柏林出版商。

「謝謝，保羅也好得很。他的女人們越來越年輕，也越來越蠢，選的書越來越慘。所以都還普通。你在我之後還有找其他小情人嗎？」

「我還好。我已經安頓下來。」

「你還跟普露在一起吧？我希望。」

「沒錯。」

「這樣啊。你是要自己告訴我召喚我來這裡的理由，還是我要打電話跟我們大使說，我們的英國朋友在某個倫敦公園對你家情報站主任進行一些不合宜的提案？」

「或許你應該告訴他，我被我方情報局掃地出門，現正進行救援任務。」我明示，等待她身體就緒：肘膝緊靠、手貼大腿。

「真的嗎？他們炒了你？」她問。「不是什麼白痴的整人遊戲嗎？什麼時候的事？」

「我記得是昨天。」

「因為什麼不謹慎[49]的戀情嗎？」

「不是。」

「我能問你是來救誰的嗎？」

「你。不只是你一個人。你們。你、你的手下、你的情報站、你的大使跟一大票在柏林的人。」

蕾娜特睜著一雙藍色大眼聆聽時，你根本想像不到它們會眨。

「你認真的嗎，奈特？」

「從來沒那麼認真。」

她仔細咀嚼了這番話。

「不用想也知道你應該在錄音對話以供日後參考吧？」

「其實沒有。那你呢？」

「其實也沒有，」她回覆，「如果你來只是要救我們，那就請快。」

「如果我跟你說，我的前情報局握有一份情報，說是倫敦本地的某位英國情報社群成員，過去以來一直對你們提供我方與美國合作夥伴的最高機密對話的相關資訊，你會怎麼回應？」

她的答案來得比我預期的還快。是在登上丘陵的同時就準備好的嗎？還是在離開公寓前就從上頭聽到了指示？

「我會回應說，或許你們英國人正在搞一場很可笑的祕密審查。」

「什麼審查？」

「或許你們試著藉由即將到來的脫歐，對我們公務上的忠誠做某種粗糙的檢驗。然而現在這場荒謬的危機，除了你們口中的政府之外沒別的了。」

49　原文 imprudent，有諷刺主角妻子名為 Prudence 的意味。

「但你總不會說這種事情不可能發生在你頭上吧？」

「你要問假設性的問題，我就給假設性的回答。」

語畢，她迅速閉嘴，暗示這場會面結束了；只是她非但沒有跺步離開，還坐得紋風不動，等待更多事情發生又不願顯露於色。那印度一家子厭倦把風箏放起來了，下了丘陵離開。丘陵腳下一列慢跑者由左往右。

「我們假設他的名字叫艾德華．夏農。」我提議。

她不以為然地聳肩。

「然後，依然是假設性的，夏農之前是我方跨情報局的駐柏林聯絡團隊一員。他還對德國瘋狂著迷，根本是個德國宅。他的動機複雜，而且與雙方情報局的共同目標毫無關聯。但這份動機沒有惡意，實際上還出於相當程度的善意。」

「想當然我沒聽過這個人。」

「你當然沒聽過。然而，他在過去幾個月裡造訪過你們大使館數次。」我對她說出詳細日期，承蒙布萊恩告知。「既然他在倫敦的工作無法為他提供與貴情報站的連結，他不知道要帶著機密情報去找誰。於是他決定在貴大使館裡攔下隨便一個找得到的人，直到有一位能轉交這些情報的貴大使館成員出現。夏農是個聰明人，但就策劃陰謀來說，他是你會說成『Vollidiot──大白痴』的那種人。這個場景有可能嗎──假設性的？」

「當然有可能。跟童話故事一樣，一切都有可能。」

「或許提到夏農曾經被你們一位名叫瑪莉亞．布蘭特的職員接待會有些幫助？」

「我們這裡沒有人叫瑪莉亞．布蘭特。」

「我確定你們沒有。但貴情報站花了十天才能決定你們查無此人。要花足足十天人仰馬翻的審議，你們才能表示對他提供的情報沒有興趣。」

「如果我們表示對他的情報沒有興趣——很明顯我會拒絕——那為什麼我們還會坐在這裡？你都知道他的名字，也知道他嘗試兜售機密，還知道他是個『大白痴』，你只要設一個假買方然後逮捕他就行。在這種假設性結果當中，我方大使館從各方面來說都進退得宜。」

「假買家，蕾妮？」我無可置信地大叫。「你是在說艾德還為自己定價了？我覺得這件事很難相信。」

又是那種凝視，但更柔和、更狎昵。

「艾德？」她覆述。「你們這樣叫他嗎，你們的假設性叛徒？艾德？」

「別人都這樣叫他。」

「但你也這樣叫？」

「這叫法很順口，沒什麼意思。」我暫時展開防衛機制回擊。「你剛剛才說夏農試著賣他的機密。」

現在換她開始迴避。

「我才沒說過那種事。我們討論的是你荒謬的假設。情報販子才不會主動為自己定價。他們要先展示自己的商品，再來獲得買家信心，條件只能在這之後才談。你我不是都很清楚嗎？」

我們當然清楚。我們在赫爾辛基就是被一個德國出身的情報販子湊在一起。布萊恩・喬登查覺事有蹊蹺，指示我與德國友方進行多方檢驗，德國友方派來蕾妮。

「所以，漫長的十個晝夜過去，柏林才終於命令你回絕他。」我沉思道。

「你整個在胡說八道。」

「不，蕾妮，我試著分擔你的痛苦。十天十夜，等待柏林把事情搞砸。你看看你，貴為倫敦情報站主任、閃亮勳章唾手可得。夏農準備向你進貢夢寐以求的生猛情報。但是呢，噢糟糕，要是他搞砸了怎麼辦？想想負面外交影響，還有我們親愛的英國媒體：脫歐中途恰現五星級德國間諜之亂！」

她開始反抗，但我不讓她有喘息機會，因為我也不讓我自己有。

「你們有睡嗎？不是你，而是你們的情報站有睡嗎？你們的大使有睡嗎？柏林有睡嗎？十天十夜過後，他們才通知你，一定要讓夏農知道他提供的情報不受歡迎。如果他再次靠近就要向相關英國當局檢舉他。瑪莉亞化作一絲輕煙消失之前跟他說的就是這些。」

「才沒那種十天十夜，」她回擊，「你跟以前一樣又在幻想情境。假如真的有這種情報上門——但就是沒有——那會遭到我方使館立即、無從撤銷、沒有考慮餘地的拒絕。如果你的情報局或前情報局會有其他看法，那一定是被耍了。我突然間變成騙子了嗎？」

「不，蕾妮，你做得很好。」

她發火了。對我也對她自己。

「你又想誘惑我讓我聽話嗎？」

「我在赫爾辛基做過那種事嗎？」

「你當然有。你誘惑每一個人。你就是這點出名，他們也是因為這點才錄取你。錄取你來當羅密歐，為的是你那無所不在的同性戀魅力。你太堅持，我太年輕，結果你看。」

「我們當時都很年輕也都很堅持，你還記得的話。」

「我才不記得這種事情。我們對同一件慘劇有完全不同的記憶。就爽快點同意那件事吧。」

她是個女人。我蠻橫又想利用她。她是個名聲崇高的專業情報官員。她被逼到走投無路了，而她不喜歡這樣。我是個舊情人，對現在的彼此來說都是應該留在過去的片段。然而我是她生命中渺小卻珍貴的一角，她永遠不會釋懷。

「蕾妮，我想做的只是，」我放棄撫平進入聲音中的急切以強調，「盡量客觀地解決事情，因為我懂你們情報局內外程序，必須花十天十夜才能掌握艾德華・夏農那份自動上門的英國目標項級情報。你們開過多少緊急會議？有多少人經手過那份文件、互通電話、郵件與信號？或許還不是每次都使用最安全的線路？有多少急著要保護自己把柄的恐慌政客與公務員在走廊上說過多少竊竊私語？我是說，老天啊，蕾妮！」我情緒爆發。「一個跟你們一起在柏林生活過的年輕男子，他熱愛你們的語言和人民，還認為他有一顆德國人的心。他不是什麼罪犯傭兵，而是一個真正在動腦、還有瘋狂使命感，想要獨力解救歐洲的男人。你在扮演瑪莉亞・布蘭特的時候難道沒有從他身上感受到嗎？」

「我什麼時候又突然扮演過瑪莉亞・布蘭特？究竟是什麼給你那種愚蠢的印象？」

「別跟我說你會把他交給副手。而不是自己端走，蕾妮。一個英國情報單位來的投誠者，還帶著完整最高機密？」

我還期待她再度反抗，否認、再否認，就像我們兩個所受的教育那樣。然而某種心軟或屈服攻克了她。她把頭從我這裡別開，抬向晨空。

「那是他們炒掉你的原因嗎，奈特？」她問。「因為那個男生？」

「一部分是。」

「而你現在要來把我們從他手中拯救出來。」

「不是從艾德手中。是從你們自己手中。我一直想告訴你的是，夏農提供你們的情報不只是被浪費掉了。在倫敦、柏林、慕尼黑、法蘭克福、還是你們主子開過會的其他地點，在那些地方的通信線路某處，情報已經被敵對陣營攔截拿去利用了。」

一群海鷗猛撲而下，在我們腳邊停歇。

「美國陣營？」

「俄國。」我說，在她繼續極度專注地觀察海鷗時等著。

「裝成我們情報局？用我們的假旗幟？莫斯科吸收了夏農？」她為了確認而問。

只有緊握在膝上一雙準備好開打的小拳洩漏了她的盛怒。

「他們告訴他，瑪莉亞拒絕接受他提供的情報，只是策略性拖延，同時之間他們的行動已經成形了。」

「他就信了那種鬼話？老天爺啊。」

我們又並坐無語。但她投射出來的敵意已經沖刷殆盡。就像在赫爾辛基時一樣，即使我們都不承認，依然是並肩作戰的同志。

「〈耶利哥〉是什麼？」我問。「那份逼他叛變的天大機密代號文件。夏農只讀到一小部分，但似乎足以讓他跑去投靠你們。」

她瞪大雙眼直盯我的雙眼，就像我們做愛時那樣。她的聲音已經失去官腔銳利。

「你沒聽說過〈耶利哥〉？」

「不清楚。從來沒清楚過，而且照這樣子看來，我永遠不會搞清楚。」

她失神了。她冥想進入恍惚境界，慢慢地又張開眼睛，看見我還在這裡。

「你能對我發誓嗎，奈特？以一個男人、以你的身分發誓，發誓你對我說的都是實情？完整的實情？」

「如果我知道完整實情早就告訴你了。我剛剛說的就是我所知的一切。」

「俄國人已經說服他了？」

「他們也說服了我方情報局，幹得有夠漂亮。〈耶利哥〉是什麼？」我又問了一次。

「按照夏農告訴我的那些情報對你說嗎？我準備要說的是貴國的骯髒祕密喔。」

「如果它們就是的話，請便。我聽說是對話，那是我所能知道最靠近核心的部分了。一段英美高層在情報頻道上進行的極度敏感對話。」

她深呼吸了一下，再次閉眼，又睜開並將視線鎖定在我雙眼上。

「據夏農所說，他讀到的是一份清楚證據，表明一份已進入策劃階段的英美祕密作戰，作戰有雙重目標，一是掏空歐盟的社會民主體制，二是廢除歐盟國際貿易稅。」她再次深呼吸後繼續。「在後脫歐時代，英國會竭盡所能增加對美貿易額，美國則會提供英國所需，只是有若干但書。但書之一會是一場聯合祕密作戰，藉由說服——賄賂與黑函不在此列——公務員、議員與歐洲建制派的意見領袖以達成目標。此外還要大規模散佈假新聞，加深歐盟會員國間的既有分歧。」

「你引述的是夏農的話嗎？」

「跟他聲稱是〈耶利哥〉引言的已經夠接近了。他聲稱背下其中三百字。我當時有筆記下來，一開始還不相信他。」

「你現在相信了嗎？」

「是，我信了。我方情報局也信了，我方政府也信了。看來我們還掌握其他附屬情資來佐證他的故事。不是每個美國人都是恐歐洲分子。不是每個英國人都熱血沸騰，不計代價，想跟川普的美國結成貿易同盟。」

「但你無論如何還是回絕他了。」

「我方政府寧可相信英國有一天會重返歐盟家族行列，並因此不願意對一個持友善態度的國家展開間諜行動。我們感謝你提供的情報，夏農先生，但基於這些理由，我們很遺憾地無法受理。」

「你就是這樣對他說的。」

「我收到的指令要我這樣對他說，所以我就是這麼對他說的。」

「用德語？」

「其實是用英語。他的德語沒有他以為的那麼好。」

這也就是為什麼瓦倫緹娜要對他說英語而不是德語，我忖度著，碰巧解開了夜夜滋擾我的一道難題。

「你問過他的動機嗎？」我詢問。

「當然問過。他對我引用歌德《浮士德》，一見面就是這招。我問他有沒有共犯，他對我引用里爾克：Ich bin der Eine——我隻身一人。」

「什麼意思？」

「說他只有一個人。或許是孤獨的一個人，或許是僅有的一個人，或許都是，去問里爾克吧。我想查那引言出處還查不到呢。」

「那是你們第一次見面還第二次？」

「第二次見面他就對我動怒了。我們執行公務時不能哭，但我一度想哭。你會逮捕他嗎？」

一句布萊恩的格言游回我腦海：

「我們這一行會說，他要被逮捕還嫌太善良。」

她的視線回到乾枯的山坡上。

「謝謝你來拯救我們，奈特。」她最後才好像發現到我那樣說。「很遺憾我們沒辦法還這個人情。我想你現在該回家找普露了。」

19.

只有天曉得我在期待艾德做什麼反應給我看——他此刻正慢慢走進「體育家」更衣室，為我們第十五場比賽做準備。但我很確定不想接收到的反應，是興高采烈地露齒微笑，以及一句「嗨，奈特，週末過得好嗎？」在我的經驗中，幾個小時前才跨越個人底線，明白已經無路可退的賣國賊，是不可能散發如此甜美的滿足感的。那種相信自己就是宇宙中心的喜悅，往往接著就會突然陷入恐懼、自責與最深刻的孤獨當中：從現在起，除了敵人，你還剩誰能信任？

就算艾德此刻可能醒悟過來，理解到完美主義者安妮特即使對〈耶利哥〉表露溢美之詞，也不見得是可以福禍共享的朋友中最可靠的那個。他可曾留意到其他細節？像是她那口偶爾不太牢靠的德式英語發音，會不自主地鬆懈變成喬治亞味的俄語腔，又匆匆修正？或是她那略嫌刻板又過時的誇大德式穿著舉止？我看著他從日間裝束中掙脫而出，試著找出任何能推翻我第一時間想法的跡象：他以為我沒在看他時，表情也沒變得陰沉，舉手投足毫無遲疑，聲音不帶迷惘。

「我週末過得很好，謝謝，」我對他說，「你也是嗎？」

「很棒，奈特。對，真正棒。」他向我堅稱。

我不認為他從第一天就曾對情緒做出最起碼的掩飾，我只能推測他因背叛而帶來的初嘗快感，還要再過一陣子才會磨耗殆盡；由於他相信自己是在促成英國入歐的大業，而非背叛這個信念，他內心每一處都跟他的外觀一樣，為自己而洋洋得意。

我們前往第一球場。艾德大步向前，甩著球拍，兀自咯咯笑著。我們拋了顆球決定先發，球頭指向艾德那邊。或許造物主有朝一日會對我解釋，為什麼艾德打從開始締造不敗紀錄以來，每次都能該死地贏得拋球。

但我沒被嚇倒。或許我已不再保持最佳體態——受不可抗力影響，我的日常行程已經忽略晨跑和健身房，但今天，出於糾結到難分難解的諸般理由，就算拚上這條老命，我都得逼自己打敗他。

我們約定兩局勝負。艾德顯現出已提升到全新境界的一切跡象，贏個幾場球對他來說已經不算什麼。如果我能餵他一記底線高球，他就會開始扣球不穩。於是我餵了一記高球，但他卻大反我合情合理的期待，沒把球扣到網上，反而將球拍往空中一拋，空手接住球，接著文質彬彬又充滿自信地宣布：

「就到這兒吧，謝了，奈特。今天我們倆都是贏家。其他事情也一併謝了。」

其他事情？例如不小心揭穿了他該死的俄國間諜身分？他從球網下鑽過來，一隻手拍在我肩上——前所未有——沿著吧檯，把我押到我們固定桌聚的位子旁，命令我坐下。他回來時帶著兩杯冰鎮的嘉士伯拉格啤酒，以及橄欖、腰果、薯片。他在我對面坐下，將酒杯遞過來，並舉起自己的酒杯，用迴盪著他北方出身的腔調，發表一段準備好的演講：

「奈特，我有一件對我而言意義重大的事情要告訴你，希望對你也是。我準備跟一個好女孩結婚了。如果不是因為你，我也不可能遇見她。所以我衷心感謝有你，不只過去這幾個月一起打了幾場相當愉快的羽毛球，還為我介紹夢寐以求的女性。所以真的、真的感謝。對啊。」

早在那聲「對啊」之前，我早就知道這故事了。我只介紹過一位好女孩給他，根據憤怒的芙洛倫絲當時拒絕分享的散漫無章臥底故事，我只在那麼兩個場合見過她：第一次是我走進虛構出來的消耗品貿易商友人辦公室，她是現場的臨時高級祕書；第二次是她告訴我她不想再他媽的騙人了。她會不會同時也告訴未婚夫，他鍾愛的羽球搭檔其實是個資深職業間諜？我們互相舉杯，他微笑中的大方親切若是能作為參考，那麼芙洛倫絲沒說過。

「艾德，這絕對是了不起的好消息，」我抗議，「但這位美好的女性是誰？」

他會因為根本就知道芙洛倫絲和我過去六個月來多數時間都在並肩工作，因而發覺我是個騙子嗎？還是他就繼續保持現狀，對我露出魔術師般狡詐的露齒微笑，從長筒帽裡拉出芙洛倫絲的名字唬我？

「你還記得芙洛倫絲嗎？」

我試著回想。芙洛倫絲？芙洛倫絲？等等——其實過了很久。搖搖頭。恐怕想不起來。

「跟我們一起打球的那個女生啊。老天，奈特。」他滔滔不絕。「就在這裡。還有蘿拉。三號球場。你記得啦！她在你事業夥伴那裡當臨時工，你找她來湊第四個人。」

該讓記憶重見天光了。

「當然！那個芙洛倫絲。確實是個出眾的女孩。我由衷恭喜你們。我怎麼會那麼那麼蠢？真是——」

我們握手時，我還在設法應付另外兩份更難彼此相容的情報碎片。芙洛倫絲還緊守著辦事處的宣誓，起碼就我所知的部分而言。而艾德，已知俄國間諜，向我方情報局近期雇用過的成員求婚——於是國恥爆發的可能性倍增到無限大。但這些不過是艾德描述他想去「快速公證登記一下，不唬爛」的計畫時掠過我腦海的零碎念頭。

「我打給我媽，她覺得棒透了。」他挨身越過啤酒，熱切地抓著我的前臂對我吐露。「她信耶穌信得很深，媽也是，蘿拉也是，一向如此。我想，她會說，你懂，要是耶穌沒出現在婚禮上可是會讓人很失望的。」

布萊恩．喬登言猶在耳：在教堂裡坐二十分鐘……低教堂……沒有銀器。

「只是媽無法出遠門，不太方便，」他解釋，「沒辦法臨時接到通知就立刻過來，她的腿跟蘿拉都不方便。所以她只說：『你們倆高興就好。你們都準備好之後，我們再去教堂辦一場正式的，廣發通知，大家都來。』她覺得芙洛倫絲是天之驕女——誰不會這麼覺得？就跟蘿拉一樣。所以我們大家就定在本週五，跟平常一樣，十二點整準時到霍本區戶政事務所，因為那裡會排隊，尤其是週末即將來到。預估他們最多會用十五分鐘處理你，等到下一組新人進來，我們就轉身去酒吧，要是你方便、普露又願意接受臨時邀請的話。畢竟她是個忙碌的高手律師。」

我擺出能逼得史蒂芙不耐煩的慈父微笑，還沒把前臂從他手中抽回，好給自己一點時間消化這個驚天動地的消息。

「所以，艾德，你這是在邀請普露和我參加你們的登記結婚，對嗎？」我以帶著適度莊重的訝異向他確認。「你與芙洛倫絲。我只能說我們榮幸之至。我知道普露也會有同感。她聽說了你很多事情。」

我還在試著對這則重大消息做好調適，他便給出解脫的一擊。

「對呀，那個，我想既然你都來了，你可以……那個……也當一下我的伴郎之類的，如果你覺得可以的話。」他補上這句，隨即換上寬闊無邊的露齒微笑，這跟他一逮到機會就要伸手抓我這新發現的需求一樣，即將在我們的交流中成為某種固定套路。

看旁邊。看下面。清空你的腦袋。抬起頭來。微笑出自然而然的懷疑：

「當然不只可以而已，艾德。但你也該找個跟你年紀相仿的人吧？老同學？你在大學認識的人？」

他想了一下這個提案，聳了肩，搖了頭，靦腆地露齒微笑。「可能沒辦法。」我此時已經不太明白自己內心真實與佯裝的感受兩者之間的區別。我收回前臂，另外來一次男子漢之間的握手，英式的。

「如果普露也沒問題的話，我們覺得她可以當公證人，畢竟要有個人來公證。」他繼續說個不停，好像我的杯子還沒溢出來一樣。「如果你逼一下戶政事務所，他們能請個人過來，但我們猜想普露應該更擅長。只是因為她是律師，不是嗎？她會讓一切又合法又有秩序。」

「她當然會，艾德。只要她能從工作身抽身出來。」我謹慎地加上一句。

「另外，如果你沒問題的話，我幫我們三個訂了中餐廳，晚上八點半。」正當我以為已經聽完所有話時，他還繼續說著。

「今晚嗎？」我問。

「如果可以的話，」他瞇起近視眼，瞄了吧檯後面的鐘說。那鐘快了十分鐘，顯示為八點十五分。

「實在遺憾普露沒辦法趕來，」他體貼地補上這句，「芙洛倫絲當時實在很期待見到她。現在還是。對啊。」

好巧不巧，普露就這麼一回取消了法扶客戶預約，坐在家裡等待我今晚的會面戰果。但我還是暫且自己先知道這件事就好了，因為現在「作戰男兒」正取回主控權。「芙洛倫絲也很期待見到你，奈特。」他補上一句，以防我因為受到冷落而有被冒犯感。「好好見上一面。畢竟你就要當我伴郎了。還有我們打過的每場比賽。」

「我也期待跟她好好見上一面，」我說，然後暫時告退，繞進男子更衣室。

途中我發現一桌兩女兩男精力充沛地在聊天。要是我沒弄錯，身高比較高的那女人，就是上次在「乙地」推著嬰兒推車的那個。我在更衣淋浴區的男聲紛雜之中，用適當消毒過的語氣向普露報喜，並且提出我靈機一動想出的作戰計畫：吃完中國菜，我就立刻把他們倆帶回我們家。她的語氣沒有變化，想知道我是否需要她做出什麼特定行動。我說我會需要待在書房十五分鐘，給史蒂芙打約好的那通電話。她說，好啊，當然，親愛的，她會固守城池，還有別的嗎？我說我現在沒想到別的事了。我正在踏出某個計畫無法回頭的第一步——沒弄錯的話，這計畫有個尚未明確證實的起源，就從跟布萊恩一塊兒坐下當時、發生在他口中的我另一顆腦袋裡，甚至還在那之前：就我局內部的心理醫師所言，叛亂思想種子的播種時刻，遠遠早於結果，顯現於外在行為。

話雖如此，方才描述與普露的短暫談話，我回想起來自己簡直就是客觀第三者；而在普露的記憶當中，我則瀕臨失去客觀。無庸置疑的是，普露一聽到我的聲音，立刻就辨認出我們現在處於作戰模式。雖然我永遠不該這麼說，但她仍是辦事處的一大人才損失。

「金月」很樂於接待我們，中國裔的店主是「體育家」的終身會員，艾德成為我的固定對手這件事讓他印象深刻。芙洛倫絲準時抵達，衣衫凌亂得迷人，讓記得她上次來過的服務生個個一見鍾情。她從應付建築工人的現場直接過來，牛仔褲上的油漆痕跡能作為證明。

按一切理性標準而言，我現在應該要感到束手無策，但我心頭兩件最迫切的掛念之事，卻在我們坐下之前就已得解脫。芙洛倫絲選擇忠於我們那不太合理的臥底故事：她友善地看著我們，但說了句冷淡的哈囉又見面了。而我整個計畫的重心，就在於邀請這對新人和普露一起喝杯餐後咖啡。這提案得到兩人發自內心的讚嘆和同意。我只剩叫一支氣泡酒（這間餐廳最能充當香檳的玩意兒）為他們倆慶祝，陪著打哈哈，直到把人帶回我家，然後自己溜上書房為止。

我問他們是否一見鍾情？我當然會這麼問，因為我介紹這對小倆口認識，表面上不過是昨天發生的事。兩人都對我的問題感到困惑，不是因為答不上來，而是因為覺得太過理所當然。這個嘛，我們不是約過那場羽球雙打嗎？——彷彿這回答足以解釋一切，實際則否。我對那場活動唯一留下的難忘回憶，是芙洛倫絲辭職後對我大發脾氣。然後是我錯過的那場中式晚餐——「就是我們現在坐的這一桌對吧，芙洛？」艾德驕傲地說——兩人都同感驕傲，一手拿著筷子，另一手摸來摸去。「就從那次起——這個嘛，人之常情吧。不是嗎，芙洛？」

我真的聽到他講出「芙洛」嗎？永遠別叫她芙洛——除非你剛好是她的真命天子？他們討論婚禮的

喋喋不休，還有無法放任彼此獨處這點，讓我想起了之前週日午宴上的史蒂芙與朱諾。我告訴他們史蒂芙也訂婚了，他們像一對共生動物樂成一團。我還告訴他們巴羅科羅拉多島上的巨型蝙蝠有什麼益處，這話題現在是我的派對大招。有個問題是，每次艾德加入話題，我都會不由自主地把當下聽到的墜入愛河的喜悅嗓音，與三個晚上前瓦倫緹娜、又名安妮特、又名「丙」不得不容忍的咬牙切齒版本作出比較。

我假裝手機收不太到訊號，走到街上打出第二通電話給普露，採取同樣輕快的語氣。馬路對面停著一輛白色廂型車。

「現在出了什麼問題？」她問。

「沒什麼。只是查勤。」我回應後覺得自己很蠢。

我回到桌前，向他們確認普露已經從律師事務所回到家中，迫不及待要招待我們。我發布的聲明被鄰桌一對吃得很慢的男子偷聽。當心他們的間諜技巧，他們到我們離開時都還在咀嚼。

我辦事處總部的個人檔案上明文記載，雖然我能獨力進行一流的作戰思考，但我的書面作業卻不盡然。我們三人手挽著手，漫步走了幾百碼來到我家——半瓶氣泡酒就讓艾德喝開了，他堅稱我身為伴郎就應該遭受他的骨感左手掌控。我突然想到，縱然我進行過許多一流的作戰思考，現在起卻端看我的書面作業品質了。

此前我對普露的描寫都相當節制，但只是因為我還在等那朵局勢所迫的齟齬烏雲散去，好讓我們凝望彼此的眼神調和成正確色彩。一切多虧普露在我被我親愛的同仁們審問完的早晨、那段起死回生的政策聲明，烏雲已然消散。

如果說我們的婚姻並未得到世人理解，普露本人也沒有。直言不諱、救貧扶弱的左傾律師，集體訴訟的無畏悍將，巴特錫的布爾什維克分子，圍繞她身旁的輕率標籤當中，無一能對我所了解的普露做出公允評價。縱然她家世有不倒靠山，但她的天下是自己打出來的。她的法官父親是個厭惡子女和自己競爭的王八蛋，讓孩子們活得不成人樣，還拒絕支援普露上大學或法學院。她的母親死於酗酒，哥哥則墮落成社會敗類。我認為普露的人性光輝與善良無需多言，但對其他人、尤其是我親愛的同仁們來說，有時卻需要格外強調。

•

打完歡聲雷動的招呼，四人在我們巴特錫家中的溫室坐下，聊著愉快的家常瑣事。普露跟艾德占據沙發。在我們過來前，普露已先打開花園的門，捕捉附近四方微風，擺好蠟燭，從禮物櫃裡為準新郎與準新娘搜出一盒高檔巧克力，還迅速找到一瓶我根本不知道家裡有的陳年雅馬邑白蘭地，最後泡好咖啡，裝進野餐用的大保溫瓶。但在一片歡樂之中，她有些事不吐不快：

「奈特，親愛的，不好意思，但請別忘記你跟史蒂芙有那個有點緊急的事情要討論。我想你當初是說九點——」這是指示我看手錶，我一躍而起、倉皇地說：「感謝老天，還好你有提醒。我很快回來。」便連忙上樓進了書房。

我把父親晚年穿著典禮服裝的裱框相片從牆上取下，照片朝上，擺在桌面，接著從抽屜裡抽出一堆寫字紙，一次一張，放在玻璃鏡面上，以免留下指紋。後來我才想到，我準備打破辦事處的各條條文時所做的舉動，其實全都遵從著辦事處古法。

我首先寫了一段總結至今已知不利於艾德的情報。接著我列出十項外野工作指示，一次一個乾淨的段落，不帶芙洛倫絲所謂的「該死副詞」。我在文件開頭加上她先前的辦事處代表記號，後頭接上我自己的。我重讀自己寫下的內容，沒有發現錯漏，便把那一頁紙折了兩次，塞進棕色素面信封，信封上用幼稚的筆跡寫上「給芙洛倫絲．夏農太太的報價單。」

我回到溫室，發現自己成了多餘的冗員。普露儘管沒有表明，但已經把芙洛倫斯當成同樣逃離辦事處魔爪的知心，因而與她建立起雖然莫名、卻是立即的羈絆。現場話題來到了建築工人。芙洛倫絲雖然公開表示對勃艮第紅酒成癮，還是揣著一杯醇烈的陳年雅馬邑白蘭地說個不停。艾德在她身旁沙發上打瞌睡，時不時睜開眼睛欣賞她。

「我說真的，普露，對付一群波蘭石匠跟一群保加利亞木匠，再加一個蘇格蘭領班時，我想的都是：給我該死的字幕啊！」芙洛倫絲說到自己一陣爆笑。

她需要尿個尿。普露為她指明方向。艾德看著她們走出溫室，又把頭垂到膝蓋上，雙手插在兩腿中間，墜入另一段夢境。我趁艾德不注意，提起芙洛倫絲掛在椅背上的外套帶到門廳，把棕色信封放進右口袋，掛在正門旁。芙洛倫絲與普露歸來。芙洛倫絲注意到外套不見了，滿是質疑地看了我一眼。艾德的頭依然低垂。

「噢，你的外套，」我說，「我怕你一時忘記。有個東西從外套裡突出來，看起來實在像是帳單。」

「該死，」她眼睛幾乎眨都沒眨一下，「大概是波蘭電工的。」訊息收到。

普露濃縮地講述正與大藥廠的男爵們進行的大戰。芙洛倫絲興致高昂地回了一句「渣中之渣。去他們的。」艾德半睡半醒。我提議說現在是好孩子的上床時間。芙洛倫絲同意。她說他們住在倫敦另一頭，說得好像我不知道：準確來說，是從「乙地」騎一哩單車處，不過她沒說到這部分，或許還不知情。我用私人手機叫了一輛優步，車來得匆忙，匆忙得有點古怪。我幫芙洛倫絲穿上皮外套。他們連說了好幾次「謝謝你們」，離開時迅速得仁慈。

「真是很棒、很棒的一晚，普露。」芙洛倫絲說。

「讚。」艾德在瞌睡、氣泡酒與陳年雅馬邑白蘭地的迷茫中應和。

我們站在門階上揮別，直到車影離開視野。普露挽起我的手臂。在這完美的夏夜去公園晃晃如何？

公園北端有一張離步道有段距離的長椅，單獨座落在河道和柳樹叢間的小空地上。普露和我稱它是「我們的長椅」。如果天氣好，送客時間又合理，我們喜歡在晚宴後坐在這裡歇腳。我記得，出於莫斯科歲月殘留下來的某種本能，直到坐上這張長椅讓我們的聲音被河水錚鏦與夜晚都市的擾攘淹沒前，我們都不曾交換任何見不得人的隻字片語。

「你覺得那是真的嗎？」我首度打破漫長沉默後問她。

「你是說，他們倆在一起的事嗎？」

一般而言，普露對自己的判斷相當謹慎，對這件事卻毫無疑慮。

「他們是在茫茫人海飄流的一對軟木塞，現在才找到彼此。」她以她的直率作風表示。「那是芙洛倫絲的看法，我很樂於聽她分享。他們出生時是從同一顆軟木樹上裁下來的，只要芙洛倫絲相信這套，他們就不會有問題。艾德相信她相信的一切。她希望自己懷孕了，但還不太確定。所以不管你準備怎麼對付艾德，要記得，我們是同時在對付三個人。」

•

普露跟我對隨後的低聲對話記得的內容有些出入，但我明確記得我們的音量縮回莫斯科時期的大小，宛如是坐在高爾基文化休閒公園的長椅上，而不是在巴特錫。我對她說了布萊恩告訴我的一切，說了蕾妮告訴我的一切，她不帶評論地聽著。瓦倫緹娜和艾德那已然戳破的傳奇幾乎不再令我心煩，全都付諸遙遠過去。一如在作戰規劃時常需考量到的，剩下問題就在於如何利用敵人的資源去對付敵人——雖然我比較不像普露那樣渴望把辦事處定位成敵人。

對逐漸成型的主要計畫進行微調時，我還記得自己胸中滿盈一股素樸的感激，因為我們彼此的想法與話語匯合為一，歸屬於誰已經無關緊要。但普露絕對不想聽到這種話。她引述那封我親手寫給芙洛倫絲、條條重點的信，推演我已採行的準備措施可能帶來的後果。在她的回憶版本中，我是談話主流，她只是順水推舟；反正她就是不承認自己年輕時的辦事處配偶身分與熟年時的律師身分這兩者之間有半點共通之處。

我從長椅起身，沿著河畔步道漫步幾碼，注意保持在普露聽得到的距離內，用布萊恩給我的消毒手機撥給他。可以肯定的是，此時普露跟我，用她的話來說，已經對所有實際問題達成了全面坦誠的共識。

•

布萊恩曾經警告我，他可能往返於倫敦與華盛頓之間，但我從聽筒聽見的背景喧囂，顯示他人正在陸地上，身邊有人圍繞，多數是男性，而且都是美國人。於是我猜想他人在華盛頓首府，而我打斷了他的會議，這代表運氣好的話，他沒空專注在我身上。

「是，奈特，有什麼情況？」——他習慣性的親切語氣染有一絲不耐。

「艾德要結婚了，布萊恩，」我平淡地告知，「本週五。對象是我在『避風港』的前副手。我們聊過的那女人，芙洛倫絲。在霍爾本戶政事務所。他們不久前才剛離開我們家。」

他沒有表示意外。他早就知道了，知道得比我還多——哪一次不是這樣？但我自有打算，不再受他指使。他需要我，勝於我需要他。給我記好了。

「如果你敢相信的話，他要我當伴郎。」我加上一句。

「你接受了？」

「不然你期待我怎麼做？」

他把某些媒體素材分發下去，聽筒一片嘈雜。「你有整整一個小時跟他在俱樂部裡獨處，」布萊恩暴躁地提醒我，「究竟為何不去引誘他？」

「我該怎麼做？」

「跟他說，在你接下伴郎工作之前，他應該先知道幾件關於他自己的事，接著就從這邊下手。我也可以把這工作交給蓋伊，他不會浪費時間。」

「布萊恩，可以請你聽我說幾句嗎？婚禮只剩四天。夏農現在整個人在九霄雲外。這不是派誰去接近的問題，問題在於是現在就接近他，還是等他完婚。」

我也一樣暴躁。我是自由之身。在河畔步道離我們長椅五碼之處，普露賞了我一個無聲的點頭，以示肯定。

「夏農情緒飛上天了，布萊恩。如果我現在對他放線，他只會叫我滾，後續計畫也都別談了。布萊恩？」

「等著！」

我等。

「你還在聽嗎？」

是的，布萊恩。

「我不允許夏農在我們掌握他之前，跟『丙』或其他人約見，懂嗎？」

約見指祕密會面。德國間諜黑話，也是布萊恩的。

「你當真要我這樣告訴他？」我氣憤地頂撞。

「你應該要他媽的開始去做你的工作，別再浪費時間。」他在場面逐漸火爆之際迅速回擊。

「我要告訴你，布萊恩。他現在的心情讓人無從下手。句號。在他回到現實世界以前，我都不會走到那一步。」

「那你到底還想走到哪一步？」

「讓我跟他的新娘芙洛倫絲談談。她是唯一能聯絡夏農的管道。」

「她會向夏農打小報告。」

「她受過辦事處訓練，還曾經在我手下工作，幹練又識大體。如果我對她詳細說明目前的情況，她也會對夏農詳細說明。」

背景嘟噥聲不斷，直到他強硬地回話。

「她有意識到嗎？那個女孩有意識到她的男人想幹什麼好事嗎？」

「我不確定她意識到多少有何關聯，布萊恩。我一次也沒對她說明過情況。如果她是共謀，就讓她知道她也即將遭受懲罰。」

他的聲音稍稍緩和。

「你打算怎麼接近她？」

「我要邀她共進午餐。」

聽筒外冒出更多喧嘩。接著猛然回到電話前：「你要邀她做什麼？」

「她是成人了，布萊恩。她才不歇斯底里，而且喜歡吃魚。」

鴉雀無聲。但布萊恩不在這群鴉雀之列。

終於：「老天，你要帶她去哪兒？」

「我以前帶她去過的地方。」是時候多耍一點脾氣。「聽著，布萊恩，如果你不喜歡我的提案，我也無所謂，就把這該死的工作交給蓋伊，要不就你親自回來處理。」

普露在我們的長椅上用食指畫過喉嚨，表示掛電話的信號，但布萊恩用短短一句「你跟她說到話就當場向我回報。」搶先掛斷。

低著頭，挽著手，我們慢慢走回家。

「我想她大概也略知一二，都是這樣的。」普露深思道，「也許沒知道太多，但知道的程度已經足以讓她心煩。」

「好啦，她現在開始會知道的可不只一二。」我無情地回應，同時想像在他們霍克斯頓公寓裡，芙洛倫絲正蹲在建築工人留下的瓦礫堆間讀著我信上的十個重點，艾德則安眠無憂。

20.

我不訝異自己從沒看過芙洛倫絲這麼緊繃的表情，或說缺乏表情（有的話我才驚訝）：就連她在同一間餐廳坐在我對面宣讀阿多．川奇與他家樂善好施女爵的罪狀時都沒看過。

至於我映照在重重鏡面裡的表情，這個嘛：作戰中死魚臉是最好的形容。

餐廳空間是L字形。短邊有個吧檯與軟墊長椅，供那些得知桌位還沒整理完畢的客人等候。那麼何不在那邊坐下，開一支十二鎊的香檳呢？我就這麼做，等待芙洛倫絲進場。但我不是唯一在等她的人。那批瞌睡黃蜂般的服務生全走了。今天的工作人員有點殷勤過頭，一進門領班就迫不及待帶我去看預約座位，要不就是詢問我和女士有無任何飲食限制或特殊需求。我們的桌位與我訂的不同，並未靠窗——很不巧，先生，今天窗邊桌都有客人先訂了——但他希望這個安靜的角落能符合我的需求。他也能加上一句「並符合珀西．普萊斯麥克風的需求」，因為據珀西所說，如果背景有一片人聲鼎沸要應付，那麼窗戶會大肆妨礙你的收音。

但就算是珀西的巫師們也難以照應擁擠吧檯的每個邊邊角角，於是領班以服務業最愛的冗言贅字，問出下一個問題：

「我們希望客人您可以直接前往我們為您保留的座位，安靜舒適地享受前菜的部分，當然我們也能帶客人您到吧檯區進行現場候位的動作，只不過對某些客人來說可能會有點太過熱鬧。請問客人您接受嗎？」

熱鬧，恰如其分地是我需要、而珀西的麥克風不需要的元素。我選擇去吧檯候位，挑了張軟墊雙人沙發，在我自己喝的十二英鎊香檳之外還加點一大杯勃艮第紅酒。一群裝作不是珀西派來的用餐客人入場，芙洛倫絲大概緊跟在後，因為當我回神時，她早已在我旁邊坐下，幾乎沒聲招呼。我指著勃艮第紅酒給她看，她搖搖頭，於是我點了冰檸檬水。她沒穿辦事處工作服，這次穿了休閒正式褲裝。無名指上沒戴斑駁銀戒，這次什麼也沒戴。

我則穿著海軍藍休閒西裝和灰色法蘭絨襯衫，外套右口袋裝著一管黃銅管身的唇膏，來自日本製造商，普露的享受之一。把唇膏下半部切掉，就能得到一個又深又寬的空腔，足以容納一大卷微縮膠卷；或者就我今天來說，是裁成小張、寫上親筆訊息的列印紙。

芙洛倫絲的神情舉止恰如其分地裝作沒事。我邀她共進午餐，不過措辭諱莫如深，而她讀過「傳說」就會知道為什麼：我是以她未來丈夫的伴郎身分、還是以她前主管的身分邀她？我們聊了些閒話，她有禮貌，但也有所防備。我壓低音量，低過嘈雜人聲，開始進行當前任務：

「第一題。」我說。

她喘了口氣，斜頭倚近，近到我能感覺到髮梢扎刺。

「是，我還是想嫁給他。」

「下一題？」

「是，是我叫他去做的，但我不知道他要做什麼。」

「但你慫恿了他。」我暗示。

「他說他得去做某件事，以阻止一場反歐盟陰謀，但那件事違反規定。」

「你怎麼說？」

「如果他覺得必須去做，那就去他媽的規定。」

她無視我的問題，逕自不停說著。

「完事後，是個週五，他一回家就哭，不肯說原因。我告訴他，只要他相信自己做得對，那麼做了什麼都沒關係。他說他相信。我說那就沒關係了，不是嗎？」

她忘記自己剛才展現的戒酒決心，喝了一口勃艮第。

「要是他發現自己在跟誰交易怎麼辦？」我丟出圈套。

「他會自首或自殺吧。這就是你想聽的？」

「也算情報。」

她準備拉高音量，又壓抑下來。

「他沒辦法說謊，奈特，他只會說實話。就算他同意去當雙面間諜，也只會是塊廢材。再說，他也不可能同意。」

「你們的婚禮計劃呢？」我再次丟出圈套。

「已經依照你的指示，邀了全世界在婚禮後去酒吧同樂。艾德覺得我瘋了。」

「你們要去哪兒渡蜜月？」

「我們不渡蜜月。」

「回家後立刻預訂托基[50]當地的飯店，帝國飯店或同等級的。蜜月套房。兩晚。如果要收押金那就付。現在，找個理由打開你的手提包，放到我們中間。」

她打開手提包，抽出一張面紙沾沾眼角，不經意地把打開的手提包留在我們之間。我左手越過軀幹，啜了口香檳，把普露的唇膏丟進去。「我們一進餐廳就在直播中。」我告訴她。「我們選的餐桌被監聽，整間店擠滿珀西的人。保持或甚於你平常的難搞。懂嗎？」

冷漠地點頭。

「說出來。」

「懂了，媽的。」她小聲地回以怒火。

領班等著我們。我們面對彼此坐進美好的角落桌。領班保證我有全餐廳最佳的景觀可欣賞。珀西一定有把他送去美姿美儀學校。同一本的龐大菜單。我堅持點開胃菜，芙洛倫絲否決，我鼓勵她試試燻鮭魚，她說好吧。我們同意主餐點歐洲比目魚。

「所以，先生，兩位今天要點的是一樣的餐點。」領班大聲說出，好像跟以前都不一樣似的。

她直到剛才還在設法不看我，現在她看了。

「你介意告訴我為什麼你他媽的把我拖來這裡嗎？」她衝著我的臉問。

「十分樂意。」我用差不多緊繃的語氣回應。「那個跟你同居，而且顯然還想娶你的男人，已經被你曾經待過的那間情報局確認是一份主動投靠俄國的情報資產。或許這對你來說不是新消息了，或者是？」

幕起，登台。就像過去普露跟我在莫斯科演給麥克風聽的那樣。

•

在「避風港」，他們告訴我芙洛倫絲脾氣不好，但截至目前我也只在羽球場上看過她實際發作。要問我那是真的，還是演的，我只能說她天生如此。這是大尺度的即興演出：如藝術般自由發揮，受靈感驅動，自發，毫無慈悲。

起初她紋風不動，表情僵硬地聽我講完。我說我們握有艾德背叛的影音證據，無從置疑。我說我們歡迎她親自去欣賞那份錄影（這是一派謊言）。我說我們有充分理由相信她被辦事處掃地出門後，滿懷對英國政治菁英的仇恨，因此當我得知她跟將我方辛辣機密呈獻給俄國人、執著復仇又憤世忌俗的孤狼過從甚密時，我毫不訝異。我說，儘管這種行為愚不可及或更甚之，但我得到授權，可賜她一線生機。

「你先用簡明英語對艾德解釋，上次那事情一爆開，他就徹底毀了。告訴他，我們鐵證如山，證據還有各種玩法。通知他貴情報局渴望他的鮮血，但要是他同意毫無保留地跟我們合作，那麼，還是有一

50 托基（Torquay），英格蘭西南部德文郡的濱海度假城鎮。

條救贖之路為他敞開。要是他心存質疑，那麼合作之外的另一個選項，就是蹲很久很久的苦牢。」

上述一切都說得平靜，你懂的，沒有高潮迭起，只被煙燻鮭魚上桌干擾過一次。從她維持的不動聲色研判，她正在醞釀一點點淺薄而正當的憤怒；但此前我對她的一切見聞，都無法讓我準備好招架眼前這場大爆炸的規模。她無視我才剛交代的那些明確訊息，直接對傳遞訊息的信差發動一場毫無保留的攻擊，也就是我。

我以為因為自己是個間諜，就是受上天眷顧的一員、他媽的宇宙中心，實際上我不過是又一個被體系過度操縱的公學出身自爽男。我靠羽毛球佈網，羽毛球是我釣小白臉的手段。我哈艾德哈到想跟他上床，只因為他拒絕跟我有進一步發展，我現在才設計他去當俄國間諜。

朝我猛烈瞎罵一頓，她就是一隻試圖保護自己的男人和未出世的孩子的受傷野生動物。要是有一整晚時間讓她翻出腦海中直衝我而來的每道黑暗念頭，她能把這工作做出前所未有的新高度。

在堅持想知道一切是否還令人滿意的領班毫無必要的干擾後，她繼續控訴。她直接從教官手冊中抽出一段示範，做出第一次的策略性讓步：

好吧，讓我們假設——為了爭論需要——艾德有種扭曲的忠誠感。讓我們假設他因此徹夜酗酒，而俄國人其實對他進行過污點作戰[51]。所以艾德就同意去做那些給他一千年都不會去做的事，我們就全都假設如此。他如果完全曉得，只要我們想要，他就會深陷萬劫不復，難道我真的想像不為他提供任何平等條款，他就會去登記當個該死的雙面諜嗎？所以，簡而言之，如果我能大發慈悲告訴他我方辦事處能提供哪種給雙面間諜的保障，而不必提及這個把頭塞進他媽的獅子大口裡的男人名字？

當我回答艾德沒有討價還價的餘地，只能信賴我們，要不就承擔一切後果時，她把另一波對我的猛攻留待比目魚上桌後，接著就展開簡短憤慨的中傷，一邊盤算第二波策略性讓步。

「假設他真的為你工作，」她的讓步語氣只稍稍平穩，「只是假設。就說我說服他去好了，我也可能真的會。然後他搞砸了，要不然就是被俄國人識破了，總有一件會先發生。接下來怎麼辦？他就毀了啊，他就被利用完了，管他去死，他得睡垃圾堆。為什麼他得經歷這些爛事？何苦咧？幹麼不說你們全部滾回家等著直接進大牢就好？最後，哪種比較糟？被兩邊陣營當成該死的人偶一樣玩弄，最後橫死後街？還是對社會大眾進行賠償，然後人身完整地出獄？」

我將這番話當成是要我將話題帶到緊要關頭的提示：

「你很狡猾地無視他罪行的規模，以及對他不利的如山鐵證，」我用我最具說服力又最克制的語氣說，「其他純然只是臆測。你的未婚夫深陷麻煩當中，我們是在提供一個讓你拉他出來的機會。不要就拉倒，我恐怕得這麼說。」

但這些話只是觸發另一陣刻薄回應：

「所以，你現在是法官兼陪審團了啊，是嗎？幹他媽的法庭！幹他媽的公平審判！幹他媽的人權，還有你那公民社會老婆以為她自己支持的隨便什麼狗屁！」

在她漫長的思考時間過後，我才成功保住因她而得來不易的勉強進展。然而，即便是現在，她都維

---

51 原作拉丁拼寫俄文 kompromat，惡意收集或編造他人污點，以作為指控迫害材料的手法。

持著外在尊嚴。

「我什麼都不會答應，好嗎？該死的一件都不。」

「繼續。」

「如果，唯有艾德說：好吧，我錯了，我愛我的國家，我會合作，我會當雙面諜，我會冒險。我說如果。他會得到赦免還是不會？」

我把線放長。別做任何無法收回的承諾。布萊恩的格言。

「如果他拚到了，我們也認定他拚到了，內政大臣也簽字了：對，他完全可能獲得赦免。」

「然後呢？他免費賭上自己的項上人頭嗎？來點急難備用金[52]如何？」

我們演夠了。她精疲力竭，我也精疲力竭。是時候落幕了。

「芙洛倫絲，我們費了很多功夫才見到你。我們要的是你跟艾德無條件的服從。作為回報，我們會提供專家管理和完整支援。布萊恩需要一個明確的答案。現在就要。不是明天。只能是一句『好，布萊恩，我會』，或者『不，布萊恩』，然後承擔一切後果。你選哪句？」

「我需要先跟艾德結婚。」她頭抬都不抬地說，「在這之前不做任何決定。」

「在你把我們剛剛達成的協議告訴他之前？」

「對。」

「你何時會告訴他？」

「從托基回來之後。」

「托基？」

「我們要去那裡渡我們四十八小時的該死蜜月。」她突然爆發靈機一動的憤怒。

一陣雙方互相精心編排的緘默。

「我們是朋友了嗎，芙洛倫絲？」我問道，「我認為我們是。」

我向她伸出手，她握上我的手時依然沒抬起頭。起初她有點遲疑，接著就牢牢握住，我則祕密地向她這場一生難再的演出道賀。

52 原文 risk money，意指讓銀行人員點帳有誤時可拿來補上的備用金。

21.

兩天半的等待，三個晚上猶如一百個晚上，我記得其中每分每秒。芙洛倫絲的辱罵再怎麼不著痛處，也都是從她生活經驗提取而出，我停止推演眼前作戰變數的少數時刻，她的灼人演出就回到我腦海，控訴我從未犯過、以及好些確實犯過的罪。

普露自從團結宣示之後，投入的心力沒有絲毫減少。她沒有因為我跟蕾妮幽會而表現出痛苦；她老早就將這類情事盡付無從挽回的過去。在我冒昧提醒她的法律事業面臨的危機，她淡而酸地回覆，自己早就充分留意到了，謝謝你。我問她，英國法官是否會將洩密給德方與洩密給俄方劃分為不同情況，她冷笑著回應：在諸多親愛的我國法官眼裡，洩密給德方更糟。自始至終，她不斷否認的內心深處那位受訓辨事處配偶，正以一種我狡猾地視為理所當然的高效率在執行機密任務。

她在專業生活中保留了娘家姓氏史東威，這也是她指示助理預約租車時用的姓。如果租車公司需要證照細節，她都能在取車時提供。

應我要求，她打了兩通電話給芙洛倫絲。第一通動用姊妹情誼，問這對蜜月新人要在托基當地的哪間飯店停留，因為她想寄花束過去，想得不得了，而奈特也一樣鐵了心，一定要寄一瓶香檳給艾德。芙洛倫絲說是帝國飯店，預約登記為夏農夫婦。普露回報芙洛倫絲聽起來很專注，還配合裝出待嫁新娘的緊張樣子給珀西的監聽人員聽。普露寄她的花，我寄我的酒，我們各自上網訂購，任憑珀西團隊的警覺心自由發揮。

普露打給芙洛倫絲的第二通電話，是問自己能為籌劃婚禮後的酒吧聚會幫上什麼忙，因為她合夥人的私人辦公室就在那條路底。芙洛倫絲說她會訂一間大包廂。包廂本身還行，只是有點尿騷味。普露保證會去看看，雖然他們都同意現在要改地點有點晚了。珀西，你在桌底下有聽著嗎？

我們用普露的筆電和信用卡，而不是我的，查詢飛往不同歐洲終點的班機，注意到在大聖日期間[53]，一般航空公司還有許多頭等艙位可訂。我們在蘋果樹的樹蔭下再次推演作戰計劃的每個微枝末節。我有忽略哪個必要動作嗎？一生奉獻於祕密行動的我，即將晚節不保，這件事是能想像的嗎？普露表示想像不到。她重新審視一遍我們的部署，沒發現疏漏。那麼，與其在這邊無用地煩惱，我何不打通電話給艾德，看看他有沒有時間吃個午餐？無需其他加油打氣，那正是我身為伴郎的職責，而現在正好是艾德要與芙洛倫絲交換誓言的整整前二十四個小時。

我打給艾德。

他很激動。真是好主意，奈特！很棒！他只有一個小時，不過或許可以拖延一下。「狗與山羊」沙龍酒吧如何，一點整到？

就「狗與山羊」了，我說。那裡見。一三〇〇時整。

「狗與山羊」沙龍吧那天密密麻麻擠滿高級公務員，這不讓人意外，因為這間店距離唐寧街上的外交部與財政部五百碼。不少高級公務員和艾德年紀相仿，所以他在婚禮前夕突破人群朝我跋涉而來，卻沒幾顆頭轉過去對他打招呼，這場面在我我眼裡看來，不知怎麼地不太對勁。

這裡沒有我們固定的桌位，但艾德利用身高與手肘創造出良好效果，很快地就讓好幾張吧檯凳子從一片混亂中騰出空位。我奮力親上前線，買來幾瓶散裝拉格啤酒，沒有杯壁結霧，但也相去不遠；還有一些沿著吧檯一手一手傳過來的農夫午餐三明治，內含切達乳酪、醃洋蔥與脆麵包。

有了這些必需品，我們成功為自己即興創造出一個監視者角落，然後彼此大吼，讓音量維持在人聲鼎沸之上。我只希望珀西的人在探耳偷聽，因為艾德說的字字句句都滋潤我耗損的神經：

「她完全徹底的狂啊，奈特！芙洛狂啊！她邀每個名流朋友參加會後派對！小孩和全世界！還在托基訂了一間讚到不行的飯店，有游泳池及按摩館！你猜怎麼？」

「怎麼？」

「我們一毛不剩，奈特！完全破產！全付給建築工人了！對啊！婚禮夜的隔天早上要洗碗抵債了！」

突然午休時間結束，他該回到別人要他進去的某個白廳暗洞[54]裡了。整間酒吧好像接獲指令那樣，

53 猶太曆的一月一日至十日。
54 原文作 hole，口語上兼具窄室與險境之意。

瞬間淨空。我們站在相當安靜的人行道上，只有白廳車流呼嘯而過。

「我本來要辦一場單身漢之夜，」艾德尷尬地說，「就你跟我之類的。芙洛阻止說這全是男性鬼話。」

「芙洛倫絲是對的。」

「我把她的戒指拿走，」他說，「說等她變我老婆之後再還她。」

「好主意。」

「我一直放在身上才不會搞丟。」

「要不要我來保管到明天？」

「不必啦。很棒的羽球賽，奈特，有史以來最棒。」

「等你從托基回來會更棒。」

「一定很棒。對啊。那明天見。」

你不會在白廳的人行道上擁抱，雖然我懷疑他有此念頭。他最終代以雙手握手禮，抓住我的右手上下晃動。

•

時光匆匆，此刻來到傍晚。普露和我回到蘋果樹下，她看著 iPad，我讀著史蒂芙叫我讀的生態學書籍，內容在講即將來臨的末日。我一定是陷進某種白日夢裡，因為我花了一陣子才發現我聽到的嘎嘎鳥鳴，其實是從布萊恩．喬登給的消毒智慧型手機傳來的。但這回我晚了一步，普露搶先從我掛在椅背上外套裡取出手機貼上耳畔：

「不，布萊恩。他老婆。」她語氣輕快，「來自過去的聲音。你好嗎？很好。你家人呢？很好。恐怕得告訴你他現在在床上，人不在最佳狀態。整個巴特錫都受乾旱所苦。我幫得上忙嗎？這個嘛，我確定那會讓他感覺好一點，他一醒來我就告訴他。你也是，布萊恩。沒有，還沒，但這地方的郵政不太牢靠。有機會我們一定過去。她真是太聰明了，我也試過油畫，但不太成功。不管你在哪，你也晚安，布萊恩。」

她掛斷電話。

「他捎來祝賀，」她說，「還邀請我們參加陳雅在寇克街開的畫展。我怎麼覺得我們去不了。」

•

來到早晨。好長一段時間以來都是早晨：卡羅維瓦利丘陵森林的早晨，約克郡山頂霪雨霏霏的早晨，「乙地」與作戰室雙螢幕的早晨、月見草丘、「避風港」、「體育家」一號球場的早晨。我沖好茶，擠好柳橙汁，回到床上：通常此刻是做出昨天無法下的決定，或是研究週末要做什麼、假期去哪裡的最理想時光。

但今天我們只討論要穿什麼參與盛會，那場盛事會有多好玩，托基是個多麼高明的建議，因為孩子們看起來有點難以自己做出任何有用決定（「孩子們」是我們給艾德與芙洛倫絲取的新簡稱），而我們的對話又是怎麼防範未然地回歸莫斯科歲月的作風；你會從珀西．普萊斯身上了解的其中一件事，就是床邊如果有電話分機，友情只能擺第二。

我直到昨天中午，都還以為婚禮全辦在一樓，但離開「狗與山羊」時，我糾正了這個想法。我當時在目標區域進行謹慎的攝影偵查，確認了艾德與芙洛倫絲所選的登記事務處位在六樓。能臨時預約到這裡的時段的唯一理由，是因為新人在抵達受理櫃檯之前，得先爬完它們引以自豪的八段險峻冰冷石階，還要再爬半段才能進入別有洞天的拱頂等候室。等候室猶如一座沒有舞台的戲院，播放著輕音樂，心神不寧的人海一落落地散布在豪華絨面座位上，遙遠的另一頭立著一扇閃亮黑漆的大門，標示寫著「僅供婚禮」。另有一架迷你升降機，身障者優先使用。

透過這趟偵查，我還證實四樓整層租給了一間會計師事務所，以一座威尼斯風格的空橋，連接通往對街一棟相似的大樓。更好的是，對面大樓有一條全程下行的螺旋階梯通往地下停車場。從那停車場見鬼的深度看來，是對每個笨到會想爬上來的人開放的。但對那些打算經過四樓空橋走下去的人，若不是通過認證的該街區住戶，就會被拒絕通行；看看那貼在對開厚實電動門旁的「民眾請勿進入」的刺眼告示就好。那間特許會計師事務所的黃銅名牌上列出六個合夥人的名字，最上面一個是「M．貝里先生」。

隔天早晨，普露與我在幾乎無聲中著裝打扮。

•

我將以用於特別任務的方式來報告這場事件。我們刻意提早在上午十一點十五分抵達。我們爬上石階，中途在四樓暫停，普露戴著飾花禮帽微笑，我則跟會計事務所的女性接待員展開一段家常對話。她開口回答我的問題：不，她的雇主在週五不會提早關門。我告知她我是貝里先生的老客戶。她機械式地回說，貝里先生整個早上都在開會。我說我們也是老同學了，但不必驚動他，我下週同一時間會再安排正式預約。我遞給她一張上次外派留下來的印刷名片：貿易顧問，女王大使館，塔林，然後等待她同意讀一下名片。

「塔林是哪裡？」她少根筋地問。

「愛沙尼亞。」

「愛沙尼亞在哪兒？」——一陣輕笑。

「波羅的海，」我告訴她，「拉脫維亞北邊。」

她沒問我波羅的海在哪裡，只是咯咯笑著說我已經打響自己名號了。我同時還暴露了臥底身分，但誰還在乎？我們再登上兩段階梯，來到等候室的洞天，然後選了最靠近入口的位置坐下。一位身穿綠色制服、配戴少將肩章的高大女人，在前面把結婚團體整理成隊伍。每場婚禮結束時，喇叭會播放叮噹鈴響，最接近閃亮黑漆門的團體接著會被引導進門。門關，叮噹鈴響十五分鐘後再會。

十一點五十一分，芙洛倫絲與艾德手挽手在樓梯間現身，看起來像是在幫建築協會打廣告似的：艾德穿著一套全新的灰西裝，不合身的程度跟他舊的那套一樣；芙洛倫絲穿著一千年前某個晴朗春日早晨穿過的同一套褲裝，當時她還身為一位大有前途的年輕情報官員，準備對機密行動處的大佬們發表「玫瑰蓓蕾」。她抓著一束紅玫瑰，應該是艾德買給她的。

我們親吻彼此：普露親芙洛倫絲、普露親艾德；接下去，作為伴郎，我把我的吻種在芙洛倫絲的臉頰上。我們的第一次。

「現在不准躲喔。」我用最滑稽的語調大聲在她耳邊說。

我才剛脫離芙洛倫絲，艾德的長臂就以一種拙劣的男子漢方式環抱著我（我疑惑他以前究竟有沒有試過），我一回神，他就胸貼胸地把我舉到與他齊高，一半是為了在這過程中讓我窒息。

「普露，」他宣告，「這個男人羽毛球打得有夠嚇人，但其他方面都是好人。」

他把我放下，興奮地又喘又笑，我則掃視著新來到的臉孔、儀態或輪廓，因而確認了一件我已經知道的事：普露絕對不是這場婚禮的唯一見證人。

「艾德華與芙洛倫絲組，請進！艾德華與芙洛倫絲組，謝謝你們。請到這裡。走這邊。」

穿著綠制服的少將在指揮我們，但那扇閃亮黑漆大門依然緊閉。叮噹鈴聲響起，漸強又漸弱淡出。

「嘿，奈特。我出門前忘了戒指。」艾德傻笑著對我低語。

「你還真是個混球。」我回應。他推了一下我的肩膀表示只是在逗我。

芙洛倫絲看過我丟進她手提包裡、那管普露昂貴的日本唇膏內部了嗎？她讀過上面所寫的地址了嗎？她在Google地圖上查過那地址，然後定位到那間位在外西凡尼亞的阿爾卑斯高山、由一對曾是我情報員的加泰隆尼亞老夫婦經營的偏遠賓館嗎？不，她才不會，她太聰明了，她懂得反監視技巧。但她至少讀過伴隨著那張地址塞進唇膏，由我完全遵照傳統步驟，寫在一小卷列印紙上的手書嗎？親愛的包立與法蘭契絲，請你們盡力幫助這些好人，亞當上。

登記承辦人員是位落落大方又一絲不苟的女士。她盤起一頭金髮，幫人辦結婚維生，年復一年，從她語調節奏中的耐心聽得出來。每當她傍晚回家看到丈夫，丈夫會說：「今天多少人啊，親愛的？」她會說：「全天無休，泰德」或喬治、或隨便她丈夫叫什麼名字，然後雙雙在電視機前坐下。

婚禮進行到高潮。在我經驗裡，這世上有兩種新娘：一種會以聽不見的音量碎念台詞，另一種則高聲放送，好讓全世界都聽得到。芙洛倫絲的流派屬於後者。艾德從她那兒得到提示，同樣滔滔不絕，抓著她的手，近距離直盯著她的臉龐。

暫停。

承辦人員不悅了，眼睛盯著門上時鐘。艾德還在掏掏摸摸，他忘記戒指放在新西裝的哪個口袋，還咕噥了聲「該死」。登記人員的不悅轉為一種諒解的微笑。找到了！——就在新西褲的右口袋裡，在他以羽球擊垮我時、裝著置物櫃鑰匙的同一個地方，對啊。

他們交換戒指。普露移動到芙洛倫絲左側。登記人員追加幾句相當個人的善意祝福，她每天都要追加個二十次。叮噹鈴響，傳出他們結合的可喜消息。第二扇門在我們面前打開。我們完成了。

我們左右各有一條走廊。我們沿著梯間往下走到四樓，每個人都快馬加鞭，只有芙洛倫絲躊躇不前。她難道改變心意了？會計事務所的接待員咧著嘴笑，迎接我們到來。

「我去查了，」接待員自豪地說，「有紅屋頂。塔林有紅屋頂。」

「當然有。另外，貝里先生保證我隨時都能借用天橋。」

「沒問題，」她哼著，按下身邊的一顆黃色按鈕。電動門震動著往兩邊緩慢滑開，又在我們身後緩慢閉上。

「我們要去哪？」艾德問。

「抄捷徑，親愛的。」普露帶領我們快步走過威尼斯風格天橋時說道。車輛在我們腳下穿梭。

我在螺旋梯上一步兩階地小跑向下，艾德和芙洛倫絲在我身後差不多位置，普露殿後。但在我進入地下停車場時，不知道究竟是珀西的人追上我們了，或者只是我們下樓伴隨的腳步聲？租來的車款是黑色福斯油電混合 Golf。普露一小時前把車停到這裡。她開了車鎖，坐進駕駛座，我則為新郎新娘撐著後門。

「來吧，親愛的艾德。驚喜。」普露機靈地說。

艾德猶豫了，看向芙洛倫絲。芙洛倫絲越過我坐進後座，拍了拍身旁的空位。

「來吧，老公。別辜負人家的好意。我們出發。」

艾德爬進車內，一雙長腿在她身邊只能側坐，我則坐進副駕駛座。普露鎖上中控鎖，開向出口，把停車票投進機器，柵欄震動著往上抬。兩側後照鏡影像目前看來是淨空的：沒有汽車、沒有摩托車；但珀西的人若是早就在艾德的鞋、新西裝、還是其他什麼能標記的地方灑上標記，那淨空也沒有太大意義。

普露事先將倫敦市機場輸入衛星導航，在螢幕上顯示為我們的目的地。該死。我該早點想到這個的，但我沒有。芙洛倫絲和艾德還在摟著脖子親吻，但艾德不久後就探頭向前盯著導航，然後又轉回芙洛倫絲：

「發生什麼事了？」他問。無人回答之後：「是怎樣，芙洛？告訴我啊，別瞞我，我不希望你瞞著我。」

「我們要出國。」她說。

「我們沒辦法啊。我們又沒帶行李。我們請去酒吧的人該怎麼辦？而且我們還沒帶該死的護照。瘋了。」

「護照我都帶了，等一下會拿到行李。就買些東西吧。」

「用什麼買？」

「奈特和普露給了我們一點錢。」

「為什麼？」

接著四人各自陷入沉默：普露在我身旁，鏡中的艾德、芙洛倫絲彼此離得老遠，面面相覷。

「因為他們知道了，艾德。」芙洛倫絲終於回答。

「知道什麼？」艾德問。

又一次，我們只是恰巧共乘一車。

「他們知道你的良心叫你去做的事情了。」她說，「他們逮到你，而且很不爽。」

「他們又是誰？」艾德問。

「你自己的情報局。還有奈特的。」

「奈特的情報局？奈特才沒有情報局。他是奈特欸。」

「你們的姐妹局。他是其中一員。這不是他的錯。所以你跟我需要靠奈特及普露的幫忙，到國外避一下風頭。否則我們兩個都得坐牢了。」

「她說的是真的嗎，奈特？」艾德問。

「恐怕是，艾德。」我回答。

•

在那之後，一切都如夢似幻。就作戰而言，這一趟幾乎是你能期盼最輕鬆愜意的滲透出境。我當年也做過幾次，只不過從來沒在自己的國家做過。普露用自己的信用卡刷下兩張即將飛往維也納的頭等艙機票時，沒有遭到刁難。他們報到時也沒有登機廣播呼叫旅客姓名。普露和我向這對幸福新人揮別，目送他們出關走進安檢時，也沒有人過來說「請跟我們走一趟」。正確，他們沒回頭向我們揮手；要是這麼做了，他們的婚姻總共就只能維持個幾小時。

正確，芙洛倫絲揭穿我臥底身分那刻起，艾德就沒跟我說過話，連再見都沒說。他對普露則抱持平常心，悄悄對她說了聲「加油，普露」，甚至試圖在她臉頰上輕吻。不過輪到我時，他只是隔著大大的眼鏡鏡片盯著我，最後彷彿再也看不下去那樣，往一旁撇過視線。我曾想告訴他我是個正派的人，不過太遲了。

致謝

我誠摯感謝一小群忠實朋友與先行讀者，某些人不願具名，他們與此書的初期草稿纏鬥，並慷慨給出時間、建議與鼓勵。容我提及漢米許・麥吉本（Hamish MacGibbon）、約翰・戈德史密斯（John Goldsmith）、尼可拉斯・莎士比亞（Nicholas Shakespeare）、凱莉・羅威爾與安東尼・羅威爾（Carrie and Anthony Rowell），以及貝恩哈特・多克（Bernhard Docke）。大概半個世紀以來，我們家的文壇前輩瑪莉・英格朗（Marie Ingram，親家母，小說家）具備的博學與熱情從未令我們失望。作家暨記者米夏・葛列尼（Misha Glenny，黑道無國界作者）就俄國與捷克事務對我毫不吝惜地給出專業意見。有時，我猜我處心積慮讓小說墮入英國法律實務的五里霧中，無非就是為了享受讓作家暨御用大律師菲利浦・桑茲（Philippe Sands）把我從中拉出來的樂趣，這次他也以他那雙權威之眼，審視文脈不合宜之處，再度拉了我一把。至於羽毛球的詩藝，則承蒙吾兒提摩西（Timothy）提點。對我長年以來的助理，薇琪・菲利普斯（Vicki Phillips）的勤勉不懈、多才多藝，以及永不磨滅的微笑，我致上由衷感激。

餘生若此

郭重興

勒卡雷大概不會喜歡我用飽含悲涼的「餘生」來述說讀完《間諜本色》的感懷。可不是？之前的《間諜身後》已經把所有角色的生靈亡魂都召喚了回來，也算是給這齣歷四十餘年的長篇史詩做個了結，撫慰了我們一直纏繞在心頭的緬懷，而新作《間諜本色》則節奏明快，詼諧幽默，甚至以相當非勒卡雷式的「圓滿」做收。這等等又何來「餘生」之有？

若說自甘成為「普丁糞坑清潔工」的川普及英國脫歐這一連串鳥事，使得勒卡雷憤而重拾健筆，寫出這本你一翻開首頁就停不下來，直到終頁才得罷手的「新」小說，其原委也不會再有《此生如鴿》續篇來追索一二了。倒是因《間諜本色》的問世而有幸再度享受閱讀間諜小說者如我，胸中卻梗了個塊壘，不吐不快。

畢竟柏林圍牆已從地球上消失，凶殘陰狠的卡拉與其英國對手，我們親愛的史邁利之間的對決也不復見於「文學」世界了，代之而起的是年方四十五的奈特，非公校出身，又不忝列「牛津、劍橋」菁英階層，只好以宿命的「風塵俗吏」結束其公職生涯。奈特打羽毛球（你能想像史邁利身穿及膝短褲、馬球衫、腳套名牌球鞋，蹦蹦跳跳地揮拍嗎？）太太是幹練的律師，女兒正處於青春後期，滿嘴幹話，還把老爸當庸才看。

但奈特也不是省油的燈，混了二十年的國外駐站主任，在諜報世界一向遊刃有餘，不僅收服了不少敵兵叛將（俄國的），也是花名在外，情史不斷。可這些閱歷不會只是本「僅供消遣」的花名冊，一旦危機出現，奈特即能神不知鬼不覺重新爬梳他的舊歡情仇，抽絲剝繭，把引線一一拆除，建功不說，也意外成了月老。

我們跟著奈特隻身前往捷克溫泉勝地，已經淪為窩藏俄羅斯黑手黨的匪窖卡羅維瓦利，和曾經亦敵亦友的三面叛諜「啄木鳥」又是敘舊又是對幹，最後以「抱我」和兩行清淚告別，許下的承諾是「下次你來，我會殺了你」。我們也看到奈特的舊愛蕾妮，柏林駐倫敦使館的臥底情報頭子，一大清早往山坡上走來，滿臉火氣（可真可假，間諜的面具？），和奈特展開一場以老情人怨懟開場的經典諜對諜：

蕾妮：「你太堅持，我太年輕，結果你看。」

奈特：「我們當年很年輕也都很堅持，你還記得的話。」

但畢竟都是諜海老手的兩人，還是坦然面對眼前的困局。奈特要到了答案，而蕾妮：

她的視線回到乾枯的山坡上。

「謝謝你來拯救我們，奈特。」她最後才好像發現到我那樣說。「但遺憾我們沒辦法還這個人情。我想你現在該回家找普露了。」

就如史邁利是所有冷戰間諜的精神和思想導師。《間諜身後》有這麼一段對話，我每次思及都不禁鼻酸：

彼得：「你要去哪裡？」

「去死。跟你一樣。我有個姐姐在亞伯丁市。我不會交給你的，彼得，如果這是你來這裡的目的。」

「即使為了大義也不行？」

「大義也是喬治（史邁利）說了算，向來如此。」米莉回答。

奈特也有他自己的現代版史邁利，俄國處主任喬丹・布萊恩。布萊恩家世顯赫，還是中階主管時就坐擁承自先人的華廈，中國太太是畫家，三個女兒都極具音樂天分，倒是兒子不僅敗事，簍子也捅個沒完。幸福的布萊恩在各方各面都幾乎和老是綠雲罩頂，以德國古文學為心靈庇護所的史邁利各自活在地極的兩端。

也是這樣一個犀利的布萊恩對身陷困境的昔日手下愛將伸出援手，讓間諜奈特得以再度一展身手，化解了一場差險落入敵營圈套的鬧劇。但過於優渥與自信武斷的布萊恩終逼使奈特悄悄在內心築起一道圍牆，背離了指令，走上自己的解決之道，也完成了勒卡雷間諜史詩的餘篇，把一場錯接的叛國大戲轉化成有情人終成眷屬的幸福劇。

那麼這是誰的餘生？不是作者的。勒卡雷一生筆耕不輟，一代宗師的地位無可動搖。難道是他筆下那些活在暗處的英雄嗎？史邁利告老後和姿色依然的安隱居瑞士，鎮日浸淫在德國古文學典籍中。彼得·貴蘭姆縱有一段無法磨滅的傷心情史，也在法國鄉間的祖宅和新歡過著田園詩般的生活，而或許不得不離開「辦事處」的奈特，愛妻的陪伴加上與生俱來的達觀、揶揄個性，大概也會繼續享受揮拍的樂趣吧。那麼所剩就只有讀者了，尤其是已臨不逾矩之年，打從學生時期就捧讀勒卡雷的我輩了。原以為《間諜身後》是老作家的封筆之作，沒想到又跳出令人耳目一新的《間諜本色》。冷戰、柏林圍牆俱往，人間已換，已近九旬的勒卡雷卻硬是可以把它寫得那麼生動、出色。「世間已無勒卡雷」（借用黃仁宇《萬曆十五年》的篇章名），小說的興味終將能永存，但不免失色許多。這是可以肯定的。

勒卡雷　作品集 26

間諜本色
Agent Running in the Field

作者	約翰・勒卡雷 John le Carré
譯者	王凌緯
社長	陳蕙慧
副總編輯	戴偉傑
編輯	陳大中
行銷企劃	陳雅雯、余一霞、汪佳穎、蘇曉凡
封面繪圖	Emily Chan
封面設計	井十二設計研究室
排版	宸遠彩藝有限公司
讀書共和國集團社長	郭重興
發行人兼出版總監	曾大福
出版	木馬文化事業股份有限公司
發行	遠足文化事業股份有限公司
地址	新北市新店區民權路 108-2 號 9 樓
電話	(02) 2218-1417
傳真	(02) 8667-1891
客服專線	0800-221-029
法律顧問	華陽國際專利商標事務所　蘇文生　律師
印刷	通南彩色印刷股份有限公司
出版日期	2022 年 06 月初版一刷
定價	新台幣 400 元
ISBN	9786263141834（紙本）
	9786263141865（PDF）
	9786263141889（EPUB）

國家圖書館出版品預行編目

間諜本色 / 約翰 . 勒卡雷 (John le Carré) 著 ; 王凌緯譯 . -- 初版 . -- 新北市 : 木馬文化事業股份有限公司出版 : 遠足文化事業股份有限公司發行 , 2022.06
336 面 ; 14.8X21 公分 . -- (勒卡雷作品集 ; 26)
譯自 : Agent Running in the Field.
ISBN 978-626-314-183-4(平裝)

873.57　　111006083